W0083355

Der junge Yves ist aus der südfranzösischen Provinz zum Studium nach Paris gekommen. Aus Angst, sich zu verlieren, nimmt er stets dieselbe Metro und dieselben Straßen, jeden Tag geht er mit seinen Büchern ins Café an der Ecke, wo er lernen, aber wo er vor allem ein bekannter Unbekannter bleiben kann. Eines Sonntags trifft er dort auf Evelyne, eine Klavierlehrerin Anfang dreißig, die mit ihrem Sohn, dem dreizehnjährigen Jérôme, seinen Tisch besetzt. Fortan drehen sich seine Gedanken um diese unnahbare, widerspruchsvolle Frau, eine Liebesgeschichte beginnt. Als Evelyne wegen einer Anstellung in die Banlieue zieht, wohnen sie bald zu dritt in dieser möblierten Wohnung mit dem Klavierzimmer und den tausend Schallplatten – bis Evelyne eines Tages verschwindet und die beiden ihrem Schicksal überlässt.

Elena Costas Roman, in dem die französische Presse eine Nähe zu Patrick Modiano erkennt, zeichnet die Erinnerungen von Yves und Jérôme mit einem Abstand von dreißig Jahren nach. Zwischen den zwei Stimmen wechselnd nähert er sich in einer stillen, präzisen Sprache den Themen der Einsamkeit, des Verlassen- und des Erwachsenwerdens sowie der tröstenden Kraft von Musik, während indirekt das Porträt einer Frau entsteht, die kompromisslos nach Freiheit sucht.

Elena Costa

Der Traum vom kühnen Leben

Roman

Aus dem Französischen
von Lis Künzli

EDITION BLAU
Rotpunktverlag

Dieses Buch erscheint im Rahmen des Förderprogramms des Institut Français.

Die Übersetzung wurde von Pro Helvetia gefördert.

Deutschland

prohelvetia

Die Übersetzerin und der Verlag bedanken sich dafür.

Der Rotpunktverlag wird vom Bundesamt für Kultur mit einem Strukturbeitrag für die Jahre 2021–2024 unterstützt.

Die Originalausgabe ist 2020 unter dem Titel
La vie audacieuse bei den Editions Gallimard erschienen.

© 2020 Editions Gallimard, Paris

© 2021 Edition Blau im Rotpunktverlag, Zürich
(für die deutschsprachige Ausgabe)

www.rotpunktverlag.ch
www.editionblau.ch

Lektorat: Daniela Koch

Umschlag: Grand Bassin vor dem Palais du Luxembourg, Paris.
Foto: Chris Lawrence / Alamy
Gestaltung: Patrizia Grab

Satz: Gaby Michel, Hamburg

Druck und Bindung: Friedrich Pustet, Regensburg

ISBN: 978-3-85869-923-7

1. Auflage 2021

Dieses Buch ist auch als E-Book erhältlich.

Für meine Eltern

JUGEND

1

Ich habe Evelyne im November 1987 zum ersten Mal gesehen, da war ich achtzehn. Kurz zuvor war ich bei meinen Eltern in Antibes ausgezogen, um in Paris Jura zu studieren. Evelyne und ich sind nur wenige Monate zusammen gewesen, aber es kommt mir vor, als hätte unsere Beziehung viel länger gedauert. Sie gehört zu den Frauen, die weiter auf ein Leben einwirken, nachdem sie einen verlassen haben. Es ist rund dreißig Jahre her, dass sie verschwunden ist, doch es scheint mir, als säßen wir noch immer in diesem Café ein paar Schritte von der Rue Saint-Antoine und lernten uns gerade kennen. Ich kann mich noch an jede Einzelheit von damals erinnern, das Einzige, was die Zeit mir genommen hat, ist das Gefühl, noch derselbe zu sein. Die Jahre sind vergangen, und inzwischen habe ich Mühe, mich in den Gesichtszügen dieses jungen Manns wiederzuerkennen, der ihr gegenübersitzt. Er erinnert mich an einen Freund, den ich vor langer Zeit gekannt habe und der jedes Mal mein Mitleid erweckt, wenn ich an seine Qualen denke. Inzwischen bin ich so alt wie sein Vater, ein Vater, der seinen Sohn vor einer unglücklichen Begegnung schützen möchte. Dieses geheime Leben, das ich in meinem Innern noch immer mit Evelyne weiterführe, ist mir stets umfassender erschienen als die fünf Monate, die wir beide miteinander geteilt haben. Ich höre noch immer unser Lachen in dem Café, das Stimmengewirr, und gleich darauf beschleicht mich ein Gefühl des Unbehagens, da mir wieder einfällt, wie mein Leben danach ins Schlingern geriet. Dann habe ich den Eindruck, in einem Albtraum zu sein, aus dem ich nicht erwachen kann, und das Lachen wird mir so unheimlich wie ein Gelächter, das durch die Nacht hallt. Am Anfang befand ich mich in Paris oft in einer Art Dämmerzustand, bevor ich Evelyne kannte. Ich war nicht bei mir selbst, ich hatte keinerlei Kontakte geknüpft und rutschte jeden Tag tiefer in die Einsamkeit. Ich wusste nicht, dass ich bald aufwachen und zu leben beginnen würde.

Ich verbrachte damals viel Zeit in einem Café an der Rue du Petit-Musc. Ich hielt es vor Einbruch der Dunkelheit nicht zu Hause aus und hatte in dem Bistro bei mir um die Ecke, das ich gegen sechs Uhr abends aufsuchte, eine Zuflucht gefunden. Es war Herbst und regnete fast ununterbrochen. Ich setzte mich stets in den hinteren Teil neben den Flipperkasten. Ich nahm meine Lehrbücher aus der ledernen Umhängetasche und verteilte sie auf dem Tisch, weniger, um zu lernen, als um meine Verlegenheit zu überspielen. Ich war es noch nicht gewohnt, allein ins Café zu gehen, und fühlte mich unsicher. Wenn ich mich nicht mehr konzentrieren konnte, mehrmals hintereinander denselben Abschnitt las, ohne den Sinn zu erfassen, schob ich eine Münze in den Flipper. Das Blinken hinter der Scheibe, die banale Melodie, vermischt mit der Automatenstimme, die Englisch sprach, verschafften mir das Gefühl, an einem modernen Ort zu sein, der in Kontrast stand zu der Atmosphäre, die von den dunkelroten Lederbänken, dem Mahagoni-Mobiliar und den Schwarz-Weiß-Fotos an den Wänden ausging. Zwei imposante Porträts eines Manns und einer Frau im Halbprofil waren so platziert, dass sie sich einander zuwandten. Die Frau musste um die dreißig sein, er um einiges älter. Sie hatte ein anmutiges Gesicht und schien von dem Mann mit den dunklen, streng nach hinten gekämmten Haaren gleichzeitig eingeschüchtert und bezaubert zu sein. Später habe ich von einem der Stammgäste gehört, es seien die Eltern des Besitzers. Die anderen Bilderrahmen waren bunt durcheinander über die Wände verteilt: Aufnahmen aus dem Viertel und Klassenfotos, auf denen kleine Knaben in Uniform auf einer Bank saßen und mit traurigem Blick ins Objektiv starrten. Bestimmt stammten diese Bilder ebenfalls aus den privaten Beständen des Wirts, so als würde er uns bei sich zu Hause in seinem Wohnzimmer empfangen. Irgendwann machte mich das Geratter des Flippers verrückt, und ich spickte die Kugel ins Leere, um die Partie zu Ende zu bringen. In dieser Phase meines Lebens kam es mir vor, als würde ich immer demselben Weg folgen und wie die Kugel durch ein schwarzes Loch fallen. Jeden Tag erwachte ich mit neuem Elan, bis mich dieselben Hindernisse wieder an diesen Platz im dämmerigen Licht des Cafés trieben.

Ich wohnte damals in der Rue de la Cerisaie, einer Querstraße zur Rue du Petit-Musc, an deren Ecke das Bistro war. Ich hatte Anfang Juli, gleich nachdem ich von der Assas-Universität die Zulassung für das erste Jahr erhalten hatte, eine Einzimmerwohnung gemietet. Am letzten Samstag im August brachte mich mein Vater mit meinen Sachen von Antibes nach Paris. Am nächsten Morgen fuhr er wieder zurück. Ich begleitete ihn bis zur Haustür, es muss kurz vor sieben gewesen sein, die Luft war noch frisch und die Temperatur angenehm kühl. Ich wartete eine Weile, bevor ich wieder ins Zimmer hinaufging, in dem sich zwischen den Koffern und Umzugskartons noch die ganze Sommerhitze staute. Ich starrte auf die Straßenecke, an der das Auto abgebogen war, um das Bild meines Vaters, der mir durch das halb offene Fenster zugewinkt hatte, noch einen Augenblick in mir festzuhalten. Ich fand es aufregend dazustehen, mit diesem neuen Leben vor mir, doch während sich die Gegenwart meines Vaters verflüchtigte, wurde ich auf einmal von der Stille überwältigt. Ich war unfähig, sie wegzudrängen, ich hatte den Eindruck, nicht mehr zu existieren, oder nur noch in Gestalt dieses dunklen Flecks auf dem Boden. Die gleiche Empfindung hatte ich bereits, als ich kam, um Wohnungen zu besichtigen, und zum ersten Mal mit der Anonymität einer Großstadt konfrontiert war.

Ich hatte damals bei einer Cousine meines Vaters im vierzehnten Arrondissement übernachtet und war zwei Tage später mit dem Nachtzug nach Antibes zurückgefahren. Ich kenne mich in Paris nicht gut aus, gestand ich ihr am Abend meiner Ankunft, und hätte Angst, nicht pünktlich zu den Terminen zu erscheinen, die ich telefonisch mit den Vermietern vereinbart hatte. Am nächsten Morgen wurde ich um elf Uhr von einer Frau erwartet, die in der Rue de Courcelles wohnte, sie vermietete eine Dienstmädchenkammer unter dem Dach. Die Cousine hatte mich beruhigt: Die Pariser würden sich am Metroplan orientieren, und wenn ich mich verlaufe, müsse ich nur eine Bahn nehmen und an der nächsten Station wieder aussteigen, und schon würde ich mich wieder zurechtfinden. Sie selbst wohnte mit ihrem Mann bei der Metrostation Edgar-Quinet.

Es war ein besonders heißer Tag, und anders als am Meer blies der Wind hier nicht stark genug, um die Luft etwas aufzufrischen. Als ich mich, wie ich dachte, in der Nummer 79 der Rue de Courcelles vorstellte, kicherte die Frau, die mir öffnete: Nein, sagte sie, sie sei nicht diese Madame Bouveret, die ich suche, sie habe keine Wohnung zu vermieten. Ich sehe ihre Bluse und ihren karierten, eng an der Taille anliegenden Rock noch immer vor mir. Sie wünschte mir viel Glück und beeilte sich, die Tür wieder zu schließen, für den Fall, dass ich mich nicht abwimmeln lassen wollte. Aber ich hatte mich nicht geirrt, ich zog den Zettel hervor, auf dem ich die Adresse und den Termin notiert hatte. Es war wirklich die Nummer 79, im dritten Stock. Als ich die Treppe hinunterging, überlegte ich mir, ob sich die Wohnung vielleicht in einem anderen Gebäudeteil befand, doch im Erdgeschoss gab es keine Tür zum Hof. Es gab auch keine Nummer 79 a. Ich ging mehrmals den Gehsteig rauf und runter und überprüfte die Nummern. In der prallen Sonne legte sich unter meinen Kleidern der warme Schweiß auf meine Haut. Ich hatte das Gefühl, dass sich die Häuserfassaden aufeinander zubewegten, dass die Straße sich faltete wie ein Blatt Papier, um mich in einen Abgrund zu ziehen, in dem die Hitze immer brütender würde. Es fiel mir nicht ein, einen Passanten zu fragen, so absurd kam mir das Ganze vor. Gab es diese Adresse überhaupt? Vielleicht hatte ich sie am Telefon falsch verstanden. Ich dachte an den Rat der Cousine und lief Richtung Metrostation Courcelles, wo ich eine Stunde zuvor ausgestiegen war. Am Mittag war ich im Marais zur Besichtigung einer Einzimmerwohnung verabredet.

Vor dem Gebäude der Nummer 23 der Rue de la Cerisaie stand ein etwa vierzigjähriger Mann, der mich erwartete. Ich war so erleichtert, als ich auf ihn zuging, dass ich sofort beschloss, die Wohnung zu nehmen. Es war nichts weiter als ein ziemlich dunkles Zimmer im obersten Stock, doch die Holzbalken zu beiden Seiten des Fensters verliehen dem Raum einen gewissen Charme. Wir unterschrieben den Vertrag im Café an der nächsten Straßenecke bei einer Citronnade. Die Wohnung gehörte seinen Eltern, und er hatte während seines Medizinstudiums selbst darin gewohnt. Ich weiß nicht warum, aber die Vorstellung, dass er darin gelebt hatte, beruhigte mich, als würde dieser Umstand das Zimmer, das ich eben besichtigt hatte, etwas weniger trist machen. Um die Bastille herum würden viele Studenten wohnen, sagte er, und es werde mir in dem Arrondissement bestimmt gefallen.

Das Leben in Paris war wenig aufregend, viel eintöniger, als ich mir das im Sommer vorgestellt hatte. Die Stadt beschränkte sich für mich auf die paar Straßen, die ich entlanglief, bevor ich in den Metro-Korridor hinabtauchte. Sämtliche Häuser glichen einander, und es gab überhaupt keine Orientierungspunkte. Paris war ein riesiger Wald, den ich zu betreten scheute, als könnte ich mich darin verlaufen, an einer Straßenkreuzung verloren gehen. Am Morgen ging ich über den Boulevard Henri-IV zur Place de la Bastille, dort nahm ich die Metro, die mich, nach dem Umsteigen in Châtelet, zur Station Luxembourg brachte, nicht weit von der Universität. Das war der einzige Weg, den ich kannte. Nach dem Unterricht, gegen vier Uhr nachmittags, ging ich erst nach Hause, danach ins Café, um zu lernen. Ich entfernte mich nie weit von meiner Wohnung, so als wäre die Stadt von einem Netz unsichtbarer Grenzen durchzogen, die ich nicht überschreiten konnte, ohne dass mich ein Unbehagen überkam. Am Ausgang der Metro wurde ich manchmal vom Regen überrascht, der dieses Gefühl des Verlorenseins, wie man es im Ausland hat, noch verstärkte. Die Straßennamen hören sich alle gleich an, und jeden Tag folgt man demselben Weg vom Hotel zum Strand. Damals wäre ich unfähig gewesen, den Boulevard Saint-Germain auf einem Plan auszumachen, ihn zur Avenue de l'Opéra in Bezug zu setzen. Ich war nie dorthin gegangen, sodass mir noch immer das Paris der alten Schwarz-Weiß-Postkarten mit den berühmten Monumenten, die mir mein Großvater jedes Jahr zum Geburtstag schickte, intakt im Gedächtnis blieb. Die übrige Stadt war imaginär für mich, aufgrund ihrer Größe schier unfassbar, so als wäre sie rund um diese Postkartenbilder herum gewachsen, die ich bei meinen Eltern in Antibes im Laufe der Jahre nach und nach an die Wand meines Zimmers pinnte.

Ende der neunziger Jahre wurde ich mir meiner damaligen Gedankenlosigkeit bewusst, als ich einmal den Boulevard de Courcelles entlanglief und mich plötzlich in der Rue de Courcelles wiederfand, die eine Querstraße dazu ist. Ich begriff, dass ich zehn Jahre zuvor, in jenem Juli 1987, die Straße mit dem Boulevard verwechselt hatte.

Zu Beginn des Semesters hatte ich mich von den kleinen Studentengruppen, die sich zu bilden anfingen, ferngehalten. Da war ein junger Mann, mit dem ich einen Vortrag in Verfassungsrecht vorbereitet hatte und der mir mehrmals vorschlug, mit ihm in ein Café in der Rue Soufflot zu gehen, wo sich die meisten Studenten nach den Vorlesungen trafen. Er war ziemlich mager, einen Meter neunzig groß und hatte blonde Haare. Er besuchte seine Eltern, die in Bordeaux lebten, nur selten und musste eine natürliche Nähe zu mir empfunden haben, da ich wie er aus der Provinz kam. Ich schlug seine Einladung jedes Mal aus unter dem Vorwand, mit dem Lernen im Rückstand zu sein. Die Assas-Universität war sehr selektiv, und viele Studenten vom ersten Jahr schafften den Sprung ins zweite nicht. Ich zog es vor, in mein Viertel zurückzukehren, zu den anonymen Gästen im Café an der Rue du Petit-Musc. Ich brauchte diese Abschottung, um zu diesem Teil meiner selbst Zugang zu finden, den ich zu entdecken begonnen hatte und von dem ich nur, wenn ich allein war, einen Blick erhaschte. Ich war immer noch dieser wohlerzogene, bedeutungslose Junge, der vor allem nach Paris gekommen war, um Bekanntschaft mit sich selbst zu schließen. Ich bin dem großen Blonden weiterhin vor dem Hörsaal oder auf der Straße begegnet, irgendwann in Begleitung eines Mädchens und eines Jungen, die sich etwas abseitshielten. Ich hörte ihn auflachen und ärgerte mich genauso über ihn, wie es mich ärgerte, dass ich ihm Beachtung schenkte. Er lächelte herablassend und wandte sich dann den anderen zu; er erinnerte mich an den Jungen, der ich gewesen war, als ich noch in Antibes lebte. Manchmal wechselte ich die Straßenseite, um ihn nicht grüßen zu müssen, und während ich mich entfernte, meinte ich durch das Stimmengewirr Gelächter zu hören, und mein Herz schlug schneller. Ich weiß nicht warum, aber ich hatte den Eindruck, er wisse Bescheid über meinen verpassten Termin in der Rue de Courcelles, als hätte er mich auf dem Gehsteig vor der Nummer 79 hin und her laufen sehen.

Wenn ich von der Universität kam, machte ich stets einen Umweg über die Rue du Petit-Musc. Die Straße war im Gegensatz zum Boulevard Henri-IV nicht sehr belebt und erinnerte mich an die Stille der Provinz. Oft schloss ich die Augen und stellte mir vor, ich wäre in Antibes, bei meinen Eltern. Es lag derselbe Frieden in der Luft, eine gewisse Leichtigkeit, und ich fühlte mich auf einmal ein kleines bisschen besser. Die verblichenen Vorhänge hinter der Scheibe des Cafés und die Fotos an den Wänden, die man von außen sehen konnte, gaben mir das Gefühl, weit weg von Paris zu sein. Das Bistro bildete eine Art Enklave, es wurden dort nur Kleinigkeiten serviert, sodass es von der Hektik der Brasserien auf den Boulevards verschont blieb, die mittags und abends von hungrigen Touristen überschwemmt wurden.

Am Eingang des Cafés hing eine Tafel mit Kleinanzeigen, Aushängen von Kunstgalerien oder Werbung für die Läden des Viertels an der Wand. Der Durchzug vom Kommen und Gehen der Kunden sorgte dafür, dass sich immer wieder eine verwehte Visitenkarte unter ein Tischbein festklemmte, geschwärzt von den Spuren der Schuhe und an den Rändern eingerissen. Oft ließ ein schwarzer Rand den Text hervorstechen, sodass ich ihn unwillkürlich las, und statt die Karte an die Theke zurückzubringen, schob ich sie in meine Lehrbücher. Ich brauchte damals ganz einfach irgendwelche Namen, an die ich mich halten konnte, um mich nicht ganz so allein zu fühlen. Diejenigen, die in gutem Zustand waren, benutzte ich als Lesezeichen und, wenn sie dick genug waren, als Lineal, um die Stellen zu unterstreichen, die ich mir einprägen musste. Dabei nahm ich verschwommen das Großgedruckte wahr. Von Zeit zu Zeit unterbrach ich meine Arbeit, um die Karte zu lesen, wartete ein paar Sekunden, bis mein Blick wieder klar wurde, und sah mir dann alles genau an, den Text, die Schrift. Und wenn ich später meine Lehrbücher wieder aufschlug, stieß ich auf die alten Karten aus Bristolpapier, die ich Anfang des Semesters gesammelt hatte und die zwischen den Seiten geblieben waren.

Bei Françoise
Stilvolle Bettwäsche
45, Boulevard Morland

Segelboot 10 Meter zu verkaufen
Modell Jeanneau Love Love (Diesel)
Zu besichtigen Port de l'Arsenal
Bei der Hafenmeisterei nach René fragen

Galerie Myriam Herzog
Vernissage
Donnerstag, 24. September 1987 um 18.30 Uhr
20, Place des Vosges

Ich sah die Anzeigen durch, so wie man einen alten Terminkalender überfliegt, ohne wirklich zu wissen, ob die Ereignisse etwas mit einem zu tun gehabt haben, fragte mich, ob viele Leute an der Vernissage gewesen waren, ob René sein Schiff inzwischen verkauft hatte. Ich hatte so lange an diese Menschen gedacht, dass sie wie Bekannte geworden waren. Ich hatte das Gefühl, selbst an der Vernissage teilgenommen zu haben und im Laufe des Abends, eine Champagnerschale in der Hand, Myriam Herzog begegnet zu sein.

Damals klammerte ich mich in Gedanken, um mich zu beruhigen, auch an Leute, die meinen Weg kreuzten. Das hatte in gewisser Weise mit den Visitenkarten begonnen, die ich im Café aufsammelte, und mit den Männern an der Theke, die ich von meinem Tisch aus gerührt beobachtete. In der

Metro reichte es, dass eine alte Frau auf dem Sitz gegenüber lächelte, und ich redete mir ein, ich sei ihr Enkel und wir wären, mit wissendem Blick, an denselben Ort unterwegs. Ich betrachtete ihre Gesichtszüge, suchte in der Art, wie sie die Handtasche auf dem Schoß an sich drückte, wie ihr Oberkörper und ihre Arme im ruckelnden Wagen zitterten, nach einer vertrauten Gestalt, die ich in der Kindheit gekannt hatte. Ich versuchte das Bild meiner Großmutter zu verscheuchen, um für das der alten Frau Platz zu schaffen, dann stieg sie an ihrer Station aus, und ihr Gesicht wurde genauso durchsichtig wie das jeder anderen Unbekannten. Ich wäre nicht in der Lage gewesen, sie auf der Straße wiederzuerkennen. Wenn ich neben einer attraktiven Frau saß, stellte ich mir vor, wir seien verliebt. Ich unterdrückte die Lust, ihr meinen Arm um die Schulter zu legen, um sie zu küssen, ihren Schenkel zu streicheln, und meine Aufregung schien mir, so in mir zurückgehalten, nur umso intensiver. Damit schaffte ich mir für einen Augenblick einen Anker in dieser Stadt, in der ich keine Familie hatte, keinen Freund, wo mir mit Ausnahme dieser stillen Präsenz, die ich erfand, alles feindlich gesinnt war. So gelang es mir, mich für die Dauer der Fahrt zu trösten, und wenn ich wieder zu mir kam, kehrte auch die Einsamkeit zurück, noch stärker und noch quälender als zuvor.

Inzwischen war November geworden, und es war bereits dunkel, wenn ich im Café an der Rue du Petit-Musc ankam. In meiner Nische, die die Gespräche dämpfte, lernte ich am selben Tisch wie gewöhnlich für meine Jahresabschlussprüfungen. Trotz der drei Wandlampen über meiner Bank war es die düsterste Ecke, sodass der Platz stets frei blieb. Ich schob die beiden Zweiertische zusammen und verstreute den Inhalt meiner Umhängetasche darauf. Mit der Zeit ließ ich mich nicht mehr stören vom Hin und Her der anderen Gäste zwischen dem vorderen Raum und der Toilette im rechten Winkel zum Flipperkasten. Im Spiegel neben dem Eingang beobachtete ich die Männer, die mit aufgestütztem Ellbogen an der Theke hingen. Ich erkannte sie an der Breite ihrer Schultern, an den Motiven auf ihren Jacken. Sie erinnerten mich an die Gemälde von Edward Hopper, auf denen jeder in seiner eigenen Einsamkeit versunken ist. Aber ich hatte das Gefühl, außerhalb des Bilderrahmens zu sein wegen meines Platzes im hinteren Teil und der Visitenkarten in meinen Büchern, die mir die Gewissheit gaben, ein kleines bisschen über diesen angetrunkenen Männern zu stehen.

Eines späten Sonntagnachmittags saßen Evelyne und ihr Sohn am Tisch neben dem Flipper, an dem ein rotes Fahrrad lehnte. Ich hatte sie noch nie gesehen. Ich zögerte einen Moment, bevor ich mich auf die Bank setzte, ich hätte auch zu Hause lernen können, aber sie hatte ihren Kaffee bereits ausgetrunken. Evelyne las in einer Zeitschrift und hob nicht einmal den Blick in meine Richtung, als ich neben ihr Platz nahm. Auf dem Tisch lagen ein Lottoschein und vier oder fünf Rubbellose. Die Bedienung brachte mir einen Kaffee, ohne dass ich ihn bestellen musste, ich nahm immer dasselbe. Abwartend öffnete ich schon mal ein Lehrbuch, solange ich meine übrigen Sachen nicht auspacken konnte. Der Junge, der etwa zwölf oder dreizehn war, flipperte, und das Geratter störte meine Konzentration. Er sah seiner Mutter sehr ähnlich, sie hatten beide dieselbe ungezwungene Art. Er musste sich auf die Zehenspitzen stellen, um die Bahn der Metallkugel verfolgen zu können, seine Technik bestand darin, schnell hintereinander auf die Knöpfe zu drücken, aber nach ein paar Sekunden ließ er nach, und seine Bewegungen ermüdeten. Das war meist der Moment, da er das Spiel verlor. Von Zeit zu Zeit warf Evelyne ihm einen teilnahmslosen Blick zu und kehrte dann wieder zu ihrer Lektüre zurück. Die lange, dünne Zigarette, die sie in Nähe der Lippen hielt, den Ellbogen auf dem Tisch, trug noch zu ihrer Nonchalance bei. Zwei, drei Mal unterbrach der Junge das Spiel und setzte sich neben sie ans andere Ende der Bank. Sobald sie anfing, seine Stirn zu streicheln oder ihn zu küssen, kehrte er zum Flipperkasten zurück. Ich hatte meine Eltern in den letzten drei Monaten nur ein einziges Mal gesehen, und ich konnte mich in dem Augenblick an keinen einzigen Sonntagsspaziergang erinnern, den ich in diesem Alter mit meiner Mutter unternommen hatte, so als wäre meine Kindheit mit ihrer Abwesenheit ausgelöscht worden. Evelyne und ich saßen so nah beieinander, dass es aussehen musste, als seien wir zusammen ins Café gekommen. Ich konnte ein entfernter Cousin oder ein angeheirateter Neffe sein, was auch erklärt hätte, warum sie mir nichts zu sagen hatte. Rührte dieser Eindruck, Evelyne zu kennen, daher, dass ich mich von ihr angezogen fühlte? Oder eher von diesem starken Einsamkeitsgefühl?

Sie hatte blonde, leicht gewellte Haare, deren Strähnen an den Wurzeln dunkler waren.

Es war nach sechs, als sie sich ein Glas Rotwein bestellte. Sie hatte eine hohe, für eine Frau um die dreißig etwas kindliche Stimme. Sie schien auf jemanden oder auf eine bestimmte Uhrzeit zu warten, um zu einer Verabredung zu gehen. Obwohl ich mit dem Lernen im Rückstand war, wollte ich nicht nach Hause. Ich fühlte mich gut neben ihr, trotz ihrer selbstgefälligen Art. Ich dachte mir, der mit dieser Unbekannten verbrachte Augenblick könnte mir später als Ausgangspunkt zu einem meiner Ausflüge dienen, um mit ihr zu entfliehen, wenn ich wieder allein wäre. Und in dieser Lücke, die sich auftat, nahm die Beziehung, die ich mir mit Evelyne einbildete, die Form erst vager Erinnerungen an, die immer präziser wurden, je länger ich sie beobachtete. Es war, als gäbe es weder Vergangenheit noch Gegenwart, nur dieses erträumte Leben, dessen Versatzstücke ich in die Wirklichkeit einsetzte, bis schließlich alles eins wurde.

Sie trug einen Lederrock und dazu einen knallroten, zur Farbe ihrer Lippen passenden Pullover. Ich beugte mich über mein Buch und tat, als würde ich lernen, schrieb Anmerkungen an den Rand oder unterstrich Sätze, ohne sie gelesen zu haben. Ich legte meine linke Hand über die Augen, damit Evelyne meinen beharrlichen Blick nicht bemerkte. Ich sah, wie ihre Pumps ihre Waden und Knöchel zur Geltung brachten, verweilte auf der Falte in der Mitte der Schenkel, ließ die Augen zur Form ihrer Brüste wandern und stellte mir vor, wie ich am Morgen meine Hand unter ihren Pullover geschoben hatte, um sie zu streicheln. Ihr Rock verkürzte sich jedes Mal, wenn sie ihre Beine übereinanderschlug oder wieder nebeneinanderstellte. Mehrmals streifte mein Arm den ihren, aber da sie nicht ans Ende der Bank rutschte und nichts sagte, schwieg ich ebenfalls und machte keine Anstalten, mich zu entschuldigen.

Ihr Sohn setzte sich ihr gegenüber auf den Stuhl, um seine Limonade zu trinken. Er hatte mehrere Partien hintereinander gespielt und die beiden letzten Kugeln energielos weggespickt ohne den Versuch, sie zurückzuhalten, hatte ihre Bahn mit den Augen verfolgt, bis sie hinter dem Glas eine nach der anderen verschwunden waren.

»Und?«, fragte er, während er mit dem Strohhalm in seinem Glas rührte, »gehen wir?«

»Gleich, Jérôme, ich habe noch nicht ausgetrunken«, antwortete sie mechanisch.

Sie las in ihrer Zeitschrift und blätterte plötzlich mit einer zackigen Bewegung die Seite um, die nicht zu ihrer vorherigen Lethargie passte.

»Mach doch noch ein Spiel, ich glaube, ich habe noch Münzen.«

Der Junge stöberte in der Handtasche und kehrte zögernd zum Flipper zurück. Er kauerte sich neben das Fahrrad. Ich hörte, wie sich die Kette um die Pedale ins Leere drehte, dann ein metallisches Geräusch, als ließe er ein Geldstück über die Speichen gleiten, erst ganz langsam und dann abwechselnd mit Beschleunigungen, die wohl seinem Geisteszustand entsprachen, einer Mischung aus Wut und Langeweile.

Als er wieder aufstand, stieß er mit dem Kopf gegen die Tischplatte, und das Weinglas fiel um. Seine Augen waren rot und geschwollen, aber er weinte nicht. Ich streckte Evelyne ein Taschentuch hin, der Wein war auf ihre Strumpfhose gespritzt. Die Zeitschrift war voller roter Schlieren. Ich weiß nicht mehr, ob es *Elle* oder *Marie-Claire* war, ich erinnere mich nur, dass auf der Titelseite in Großbuchstaben stand: »Wie man einen untreuen Mann zurückerobert«.

Evelyne war aufgestanden, um sich abzuwischen, und streifte dann den Mantel über, während sie Jérôme ein Zeichen gab, sich anzuziehen. An der Klappe einer Manteltasche las ich den Namen eines großen Couturiers. Als der Kellner kam, um die Glasscherben aufzulesen, drehte sie sich zu ihrem Sohn um:

»Jérôme, du bist wirklich un-ver-bess-er-lich!«, sagte sie laut zu ihm, indem sie jede Silbe absetzte.

Es kam mir vor, als spielte sie nur, als sei alles unecht, wegen des unterdrückten Schluchzers, mit dem sie es sagte.

Der Wein hatte auf meinem Mantel, der auf der Bank lag, einen Flecken hinterlassen, und sie beharrte darauf, ihn auf ihre Kosten in die Reinigung zu bringen. »Ich werde mir eh einen neuen kaufen«, sagte ich zu ihr, ich hatte keine Lust, dass sie bemerkte, wie abgenutzt er war: Am Verschluss fehlten zwei Knöpfe, und das Futter war zerrissen. Aber sie gab nicht nach, und nachdem sie mir auf einem abgestempelten Metroticket ihre Telefonnummer notiert hatte, ging sie mit meinem gefalteten Mantel über dem Arm davon. Sie hatte vergessen, sich für das Taschentuch zu bedanken.

Zum ersten Mal seit meiner Ankunft in Paris fühlte ich mich nicht mehr ganz so einsam, als ich mein Zimmer betrat. Es genügte, ihre Telefonnummer auf dem Metroticket zu lesen.

2

Drei oder vier Tage nach unserer Begegnung sah ich Evelyne wieder. Ich hatte sie angerufen, um meinen Mantel zurückzubekommen, und wir verabredeten uns für den späten Nachmittag im Café an der Rue du Petit-Musc. Ich ging nach den Vorlesungen erst nach Hause und streifte mir ein hellblaues Hemd über, das besser zu ihrem Stil passte. Danach machte ich einen Umweg, um Zigaretten zu kaufen, und da sah ich sie an der Ecke zur Rue Saint-Antoine. Evelyne hielt ungefähr auf der Höhe ihrer Schulter einen Kleiderbügel in der linken Hand. Sie trug eine Stoffhose und einen beigefarbenen Regenmantel. Es war ungewöhnlich warm für die Jahreszeit trotz des Winds, der die weiße Hülle aufbauschte. Es sah aus, als würde sie mir ein Signal, einen Notruf aussenden, wie eine weiße Flagge, die am Horizont flatterte. Ich folgte ihr langsam aus einiger Entfernung, bis sie das Café betrat, ohne dass ich wagte, sie anzusprechen, sie hatte mir, als ich sie zum ersten Mal sah, nicht gesagt, wie sie hieß, und auch am Telefon nicht. Als ich sie so beobachtete, fiel mir auf, dass das Café sich in einem einstöckigen Haus befand, was eher an eine kleine Provinzstadt denken ließ.

Ich trat ein und ging auf Evelyne zu, sie hatte sich im

großen Raum mit dem Rücken zur Wand hingesetzt, unter die Porträts des Mannes und der Frau aus den fünfziger Jahren. Mein Mantel lag ausgebreitet neben ihr auf der Bank. Ich hatte das Gefühl, ich sei noch nie in diesem Café gewesen, so anders war die Atmosphäre hier als in dieser Ecke, wo der Flipperkasten fast den ganzen Raum einnahm. Obwohl es draußen bereits dunkel war, war es hier heller, und das Geschirrklappern hinter dem Ausschank, die Gespräche ringsum vermittelten mir nicht das übliche Gefühl der Einsamkeit. Als ich sie begrüßte, antwortete sie kaum; sie beeilte sich zu sagen, der Flecken sei rausgegangen.

Evelyne bestellte ein Glas Rotwein und rief dem Kellner mit einem zwinkernden Seitenblick auf mich zu:

»Ich hoffe, heute wird er es nicht verschütten!«

Sie schien nicht sehr oft hierherzukommen, denn der Kellner zog ein schiefes Gesicht, als hätte er die Anspielung auf das Missgeschick ein paar Tage zuvor nicht verstanden.

»Für mich dasselbe«, sagte ich.

Der Kellner hatte auf dem Hals, hinter dem Ohr, eine blaue Tätowierung, ein leicht gebogenes Kreuz, das sich jedes Mal wellte, wenn er sich an einen Kunden wandte, um die Bestellung aufzunehmen.

Ich war überrascht, dass Evelyne etwas Zeit mit mir verbringen wollte. Sie hatte mich das letzte Mal ignoriert, in ihrer Zeitschrift gelesen, und als sie darauf beharrte, sich um die Reinigung zu kümmern, war ihr Ton herablassend. Ich war mir nicht sicher gewesen, ob sie zu dem Treffen erscheinen würde, sie hätte den Mantel auch an der Theke abgeben und nie wieder herkommen können.

Ich hatte viel an sie gedacht seit unserer Begegnung im Café, aber da ich ihren Namen nicht kannte, war sie mir nur verschwommen im Gedächtnis geblieben, etwas unwirklich, wie die Leute auf den Visitenkarten. Ich hatte das Metroticket mit ihrer Telefonnummer in das durchsichtige Fach meines Portemonnaies geschoben, und wenn ich es öffnete, überprüfte ich, ob Evelynes Nummer wirklich draufstand, um mich zu vergewissern, dass ich nicht geträumt hatte. Ich konnte die Nummer schließlich auswendig, als wäre sie ein unsichtbarer Faden, den ich aufgreifen konnte, um in Gedanken mit ihr in Verbindung zu treten. Nach unserer ersten Begegnung hatte ich mehrmals geglaubt, sie im Viertel zu sehen. Evelyne war so präsent in mir, dass ich ihr Gesicht auf unbekannte Frauen projizierte, die ich auf der Straße sah, bis ich merkte, dass ich mich getäuscht hatte. Ich hatte sogar geglaubt, sie in einem Film zu sehen, der im Fernsehen lief. Die Schauspielerin hatte einen kleinen Auftritt, eine junge Frau, die an einer Ampel abgesetzt wird und den Fahrer durch die halb offene Scheibe lässig fragt: »Hast du vielleicht einen Hunderter für mich?« Es dauerte nur einen kurzen Moment, ich war nicht sicher, ob sie es war. Vielleicht war es Aurore Clément, von der sie mir später irgendwann erzählte, dass sie oft mit ihr verwechselt wurde. Evelyne hatte mehrmals Autogramme gegeben in ihrem Namen. Obwohl sie gegen das Lachen ankämpfte, musste sie sich konzentrieren, um bei der Widmung nicht ihren eigenen Namen zu schreiben.

Evelyne sprach in heiterem Ton, und ich dachte, dass sie genauso einsam war wie ich, dass sie jemanden brauchte, an dem sie sich festklammern konnte. Sie sprach von dem letzten Film, den sie im Kino gesehen hatte, und erzählte mir dann von einer Reise, auf der sie in der Mailänder Scala ein Sinfoniekonzert mit Musik von Respighi besucht hatte. Es war das erste Mal, dass ich den Namen dieses Komponisten hörte, und ich wagte nicht zu fragen, ob er noch lebte. Vor zwei Jahren hatte sie ein Schuljahr lang eine Stellvertretung in Cannes gemacht und die freie Zeit genutzt, um die Côte d'Azur entlang und durch Norditalien zu reisen. Sie liebte diese Gegend. Ich konnte kaum meine Sätze beenden, hatte sie schon das Thema gewechselt, und manchmal ließ sie zwischen uns lange Pausen entstehen. Dann hatte ich das Gefühl, ihr noch besser zuzuhören, so als hätten wir schweigend am meisten miteinander zu teilen, als sagte sie mir so, was sie nicht in Worte fassen konnte. Ich betrachtete sie, während sie das Gespräch anführte. Evelyne hatte blaue Augen, und ihre leicht abstehenden Ohren waren hinter den offenen Haaren versteckt. Wenn sie nicht lächelte, gaben ihr die Mimikfalten um die Mundwinkel einen ernsten und traurigen Ausdruck.

Als sie erfuhr, dass ich im ersten Jahr Jura studierte, zeigte sie sich überrascht, dass ich so jung war.

»Witzig. Ich war mir sicher, Sie würden Klassenarbeiten korrigieren, als ich Sie zum ersten Mal gesehen habe. In Ihrem Alter kommt einem das Leben noch unendlich vor, und mit fünfunddreißig scheint es bereits so kurz. Man hat den

Eindruck, etwas verpasst, nicht die richtigen Entscheidungen getroffen zu haben.«

Und dann fügte sie hinzu, indem sie als Zeichen des Vorwurfs leicht das Kinn anhob:

»Sie werden den Frauen noch viel Kummer bereiten. So sind die Anwälte!«

»Wenn das so ist«, sagte ich, »werde ich bei den Jahresprüfungen bestimmt durchfallen.«

Und wir mussten beide lachen. Ich war genauso überrascht wie sie über meine Kühnheit; vielleicht hatte sie sich in diesem Moment nur über mich lustig gemacht. Sie hatte ein derbes, ansteckendes Lachen, das im Gegensatz stand zu ihrer sehr femininen Art, sich aufrecht zu halten, mit gereckter Brust, und zur Sorgfalt, die sie auf ihr Äußeres legte.

Evelyne kümmerte sich nicht um die Leute im Café, die uns beobachten könnten. Beim Eintreten hatte ich nur die Stammgäste an der Theke bemerkt. Sie schaukelte ihren Fuß unter dem Tisch, sodass ihr Anhänger regelmäßig an den Knopf ihrer Bluse schlug. Ich bekam Lust, die Halskette zwischen ihren Brüsten zu packen, damit dieses unangenehme Hin und Her aufhörte, ich stellte mir vor, dass sie sich zu mir beugte und ich die Strähne von ihrer Wange strich, um sie zu küssen. Sie gefiel mir, sie war anders als die Mädchen, mit denen ich in Antibes zusammen gewesen war. Es ging von ihr eine Kraft und gleichzeitig eine große Zerbrechlichkeit aus. Für Momente ging sie mir auf die Nerven, sie hatte dieses lässige, etwas unechte Gehabe, das mir schon beim ersten Mal aufgefallen war, so als versuchte sie ihre Bedrücktheit zu überspielen. Doch die Zerbrechlichkeit, gegen die sie ankämpfte, kam im Laufe des Gesprächs nach und nach wieder zum Vorschein. Evelyne wurde weniger redselig, sanfter, und strich mit dem Ende der verglimmenden Zigarette über den Rand des Aschenbechers, um meinem Blick auszuweichen. Ich hätte gerne ihre Hand genommen, damit sie mit dieser Manie aufhörte. Es schien mir, dass Evelyne sich in ihre Gedanken flüchtete, dass sie, während sie mit ihrer Zigarette spielte, identische Kreise in sich selbst zeichnete, die kleiner und kleiner wurden, und sich darin einschloss. Wenn ich sie zum Lachen brachte, hörte sie auf, mich auf Distanz zu halten, und ich wollte, dass sie noch mehr, noch heftiger lachte. Während ich sie beobachtete, spürte ich noch immer das gewohnte lastende Gefühl auf der Brust, aber es war nun nicht mehr so feindselig, wir mussten es nur mit unserem Lachen übertönen.

»Ich bin erst vor Kurzem nach Paris gezogen, ich wohne in einer kleinen Wohnung gleich hier um die Ecke«, sagte ich, indem ich mit der Hand Richtung Rue de la Cerisaie zeigte. »Die Straße ist ruhig, gut zum Arbeiten.«

Ich wagte sie nicht zu fragen, ob sie im selben Viertel wohnte. Ich hoffte, dass Evelyne mir ihre Adresse verriet, für den Fall, dass sie mir nicht vorschlagen sollte, uns wiederzusehen. Trotz meiner Angst, mich zu verirren, sah ich mich bereits durch die Straßen ihres Viertels streifen, um sie zufällig zu treffen und dabei einen Termin in der Gegend vorzutäuschen. Ich hatte Lust, mich auf ihre Suche zu begeben, so wie ich für die Suche nach mir selbst nach Paris gekommen war. Ganz sicher würde dieses Unbehagen verfliegen, wenn ich mit der Gewissheit, sie bald wiederzusehen, durch die Stadt gehen könnte.

»Sie wirken sehr seriös auf mich, scheinen jemand zu sein, der sich Gedanken um seine Zukunft macht«, sagte Evelyne zu mir.

»Ich habe nichts anderes zu tun, als zu studieren, und außerdem kenne ich niemanden hier, abgesehen von einer alten Cousine. Ganz allein ist es nicht so einfach, sich zu amüsieren, meinen Sie nicht?«

War es die leichte Beschwipstheit, die mich dazu brachte, so ungezwungen mit ihr zu sprechen, oder die Aufgeregtheit, die bei mir die Gegenwart einer solch verführerischen Frau auslöste? Ich wäre nie auf den Gedanken gekommen, ich könnte ihr gefallen, und die Situation war so seltsam, dass ich selbst überrascht war über meine Unerschrockenheit, so als wäre ich in einem Traum und keines meiner Worte könnte nach dem Erwachen gegen mich verwendet werden.

»Wenn ich Sie richtig verstanden habe, arbeiten Sie so viel, weil Sie noch keine Freunde gefunden haben? Und Sie haben neben Ihrem Studium noch keine Ablenkungen gefunden, die Ihnen lohnenswert erscheinen, das meinen Sie?«, fragte sie, während ich mein Feuerzeug ihrem Gesicht näherte, um ihre Zigarette anzuzünden.

»Genau. Seit ich in Paris wohne, habe ich den Eindruck, dass das ganze Leben so abläuft. Und dass wir alle ohne Kühnheit leben.«

Sie nickte, und wir schwiegen eine Weile, zwangen uns zu einem Lächeln, als ein amerikanisches Paar sich an den Nebentisch setzte. Sie waren um die zwanzig und trugen beide ein Jeanshemd. Der Mann hatte einen Stadtplan vor sich ausgebreitet, den er mit seinem Stift bekritzelte, er markierte die Orte, die sie besichtigt hatten, mit einem Kreuz. Der Kellner kam, um ihre Bestellung aufzunehmen: zwei Cola und eine Portion Pommes frites für zwei.

»Sprechen Sie gut Englisch?«, fragte mich Evelyne.

»Nicht wirklich. Ich komme aus Antibes und brauche es nur im Sommer, wenn die Touristen an die Côte d'Azur kommen und nach dem Weg fragen.«

Als die Amerikanerin die Hand ihres Verlobten streichelte, holte mich meine Schüchternheit wieder ein, und das Gefühl der Trunkenheit, das mich bisher getragen hatte, war wie verflogen. Ich spürte ein gewisses Unbehagen neben diesem Paar, das seine Intimität zur Schau stellte, während Evelyne und ich uns kaum kannten. Bin ich mit ihr zu weit gegangen, wenn ich nicht einmal fähig war, anders als in Gedanken, ihre Hand zu nehmen? Sie studierten den Plan, der Mann führte die Spitze des Kugelschreibers über die Wege, die sie wohl gegangen waren, indem er wie bei einem Malbuch achtgab, nicht über den Rand zu geraten. Evelyne und ich konnten unseren Lachanfall kaum unterdrücken, als wir den Akzent hörten, mit dem sie die Straßennamen aussprachen, so als befänden sie sich in einem imaginären Paris.

Der junge Mann unterbrach uns mit der Bitte, sie zu fotografieren. Er streckte mir mit verschwörerischer Miene die Kamera entgegen, er dachte wohl, wir seien ein Liebespaar im selben Alter wie sie. Jetzt, da Evelyne nicht mit ihrem Sohn zusammen war, kam sie mir wie eine Studentin vor, leicht und unbekümmert. Sie musste sehr jung Mutter geworden sein, und vielleicht machte es ihr deshalb Spaß, mit einem Achtzehnjährigen zusammen zu sein, so als könnte sie in falscher Reihenfolge leben und wieder zu einer Studentin im ersten Jahr werden. Ich stellte mich in die Mitte des Raums, um den besten Winkel zu finden. Die Amerikaner hielten sich um die Schultern, der Pommes-Teller, den der Kellner auf den Pariser Stadtplan gestellt hatte, war aufgegessen. Durch das Objektiv beobachtete ich Evelyne zu ihrer Rechten. Sie war im Profil und betrachtete die Bilder an der Wand, während sie mit ihrem Anhänger spielte, was das Bild etwas leer aussehen ließ, ohne Vordergrund, vor allem weil der Arm des jungen Mannes abgeschnitten war. Doch statt das Objektiv auf das Paar zu richten, drückte ich auf den Auslöser im Gedanken, dass auf diese Weise eine Spur von dem Augenblick, den ich mit Evelyne teilte, auf dem Film dieses Fotoapparats erhalten bleiben würde.

Als sie fünf Minuten später das Café verließen, winkten sie uns hinter der Scheibe herzlich zu. Sie würden in zwei Tagen, hatten sie uns in einem holperigen Französisch erklärt, nach Denver, Colorado, zurückkehren.

Evelyne beugte sich zu mir vor und drückte mir einen Kuss auf die Wange, um gleich wieder in den schäkernden Ton unseres Gesprächs zu verfallen. Dann imitierte sie den

strengen Ton, mit dem die junge Frau sich an ihren Verlobten gerichtet hatte:

»It's simple, honey. Here we are at the Rjuu du Petite-
Mjusc«, sagte sie und zeigte mit dem Finger auf den Tisch.

Ich brach in Lachen aus, während sie wegen des Blitz-
lichts des Fotoapparats noch immer die Augen zukniff.

Ich weiß nicht, warum Evelyne mir so gefallen hat, ich hätte
sie genauso gut nicht ausstehen können. Sie war nicht natürlich und versuchte sich als jemand anders auszugeben. Diejenige, die ich liebte, war die entspannte junge Studentin,
die in dem Café schallend loslachte, ich fühlte mich aber
auch von dieser Frau mit der eleganten Erscheinung angezogen. Wahrscheinlich fehlte es ihr, wenn sie so viel Mühe
auf ihr Äußeres verwendete, an Selbstvertrauen. Manche As-
pekte ihrer Persönlichkeit, die in mir jeder anderen gegenüber Antipathie ausgelöst hätten, zogen mich bei ihr an: ihre
frivole Art, ihre Vorliebe für Luxuskleider, ihr leicht mon-
däner Tonfall, in dem sie die Sätze betonte, und der italieni-
sche Akzent, mit dem sie die Titel von Respighis Werken aus-
sprach, die sie in Mailand gehört hatte. Noch nie war ich mit
einer solch starken Präsenz konfrontiert gewesen, bestimmt,
weil Evelyne älter war als ich. Ich war in dem Café euphorisch
wie nach einer Anästhesie, die mich vergessen ließ, dass ich
mir selbst überlassen war. Und während ich mich weigerte,
mich unter die anderen Erstsemester zu mischen, und in der
Einsamkeit jene Verbindung suchte, die mich mir selbst nä-
herbrachte, wünschte ich mir jetzt im Gegenteil, mit ihr zu-

sammenzubleiben, die Gewissheit zu haben, sie am nächsten Tag wiederzusehen. Ich hing an ihren Lippen in dem Bedürfnis, sie kennenzulernen, wollte sie aber auch über das erfassen, was sie durchscheinen ließ, wenn sie nicht sprach. Zeitweise kam es mir vor, als hätte ich selbst die Sätze gesagt, die sie äußerte, so sehr versuchte ich, Teil ihres Lebens zu werden.

Evelyne war Klavierlehrerin und sollte bald eine Stelle in einem Gymnasium im Vallée de la Bièvre antreten, wo ihr eine Dienstwohnung zur Verfügung stand. Es machte ihr Angst, Paris mit der Banlieue zu tauschen. Sie lebte von einer Stellvertretung zur anderen, die das Rektorat ihr anbot, und dazwischen gab sie Privatstunden bei den Schülern zu Hause und spielte ganze Nachmittage lang Klavier. Sie gab mir ihre Visitenkarte, auf der dieselbe Telefonnummer stand wie auf dem Metroticket:

Mme Evelyne Arnaudin
Klavierlehrerin
Diplomiert am Conservatoire Lausanne
42 56 20 78

Ich untersuchte die Karte, aber auch auf der Rückseite stand ihre Adresse nicht.

»Du kannst sie behalten, wenn du willst.«

Es war das erste Mal, dass sie mich duzte.

»Aber«, sagte ich, »du hast gar keinen Schweizer Akzent.«

Ich hatte erst gezögert, bevor ich sie ebenfalls duzte, wegen unseres Altersunterschieds.

»Na und, du doch auch nicht, du hast doch auch keinen südfranzösischen Akzent. Ich habe es hingeschrieben, damit es seriöser wirkt. Ich habe meine Klavierausbildung am Conservatoire von Besançon gemacht, wo ich aufgewachsen bin.«

»Ehrlich gesagt dachte ich, du seist aus Paris.«

»Wirklich? Wie kommst du denn darauf«, fragte sie mich mit einem falschen Ton der Entrüstung.

»Einfach so ... Die Pariserinnen sind hübscher als die aus der Provinz.«

»Hör zu, weißt du, was jemanden aus der Provinz von einem Pariser unterscheidet?«, fragte sie und gab die Antwort gleich selbst: »Ein Pariser schaut dich auf der Straße an, ohne dich zu sehen, so als hätte er dich schon vergessen, bevor er dich kennengelernt hat.«

Evelyne war nicht diese Frau bürgerlicher Abstammung, deren Gehabe sie angenommen hatte. Als ich sie über ihre Kindheit sprechen hörte, glaubte ich einen Augenblick, sie habe sich um meinen Mantel gekümmert, um mit mir zu reden, um alles rauszulassen, was sie in sich verborgen hielt, und dass ich sie nie mehr wiedersehen würde.

»Wenn du Schüler suchst, kann ich dem Wirt deine Karte geben, damit er sie hinter der Theke aushängt. Weißt du, ich komme jeden Tag zur gleichen Zeit hierher, sobald es dunkel wird.«

Sie schwieg einen Augenblick. Als ich spürte, dass sie

von mir wegdriftete, sah ich vor mir, wie sie auf einem Gemälde von Edward Hopper abends allein an diesem Tisch sitzt, über ihr Glas Wein gebeugt, und im Versuch, sie da herauszuholen, sie ihrem Schweigen zu entreißen, fragte ich ganz laut:

»Und Jérôme? Wie geht es ihm?«

»Er lebt bei seinem Vater, ich sehe ihn nur selten. Es ist besser so.«

Seit sie in Cannes war, habe sich ihre Beziehung noch weiter gelockert.

»Er ist ein schwieriger Junge«, fügte sie in gleichgültigem Ton hinzu, als wäre sie es gewohnt, diesen vorgefertigten Satz jedem Beliebigen zu wiederholen.

Es schien ihr für einen Moment gutzutun, schlecht über ihn zu reden. Dann wechselte sie erneut das Thema. Ihr Blick war leer, Evelyne war wieder zu einer gut gekleideten Frau geworden mit diesem etwas ernsten Ausdruck, den die Frauen aus bürgerlichem Haus oft aufsetzen. Der Gedanke streifte mich kurz, sie habe sich verkleidet: Sie war einfach nur ein Mädchen in meinem Alter, dem man die Jugend gestohlen hatte, und das es, genau wie ich, nicht schaffte, so unbekümmert zu sein wie die anderen Studenten.

3

Drei Tage nach unserem Treffen rief ich Evelyne von einer Telefonzelle aus an. Ich war nicht sicher, dass sie zu Hause war. Es musste ungefähr vier Uhr nachmittags sein, und meistens gab sie um diese Zeit bei ihren Schülern Klavierstunden. Vielleicht sollte ich mein Schicksal einfach dem Zufall überlassen? Wenn das Telefon ins Leere klingelte, würde ich nicht mehr versuchen, sie wiederzusehen.

Wir waren vor dem Café etwas überstürzt auseinandergegangen. Evelyne wollte nicht, dass ich sie zur Metrostation begleitete. Sie habe es eilig, hatte sie kurz angebunden gesagt. Ich ging nach Hause und hielt die weiße Hülle auf Schulterhöhe, um mich davon abzuhalten, ihr mit dem Blick zu folgen und auf dem Gehsteig hinterherzurennen. Am liebsten hätte ich den Reißverschluss aufgemacht und mein Gesicht hineingedrückt, um darin zu verschwinden. Sie hatte mich nicht geküsst zum Abschied. Ich bereute es, dass ich sie nach Jérôme gefragt hatte, denn fünf Minuten später brach Evelyne unser Gespräch ab und ging zur Theke, um die Getränke zu bezahlen, unter dem Vorwand, sie sei in der Nähe der Madeleine verabredet. Bestimmt schämte sie sich, mir zu gestehen, dass ihr Sohn nicht bei ihr lebte. Ich hatte nichts dazu gesagt, konnte jedoch meine Überraschung und den Gedanken schlecht verbergen, der mich spontan überkam, sie sei eine schlechte Mutter. Hatte sie ihren Sohn denn nicht ein ganzes Schuljahr lang alleingelassen, um in Cannes zu leben?

Ich spürte die Einsamkeit noch immer, doch seit unserer Begegnung im Café hatte die Leere das Gesicht von Evelyne. Wenn es verwischte, versuchte ich mich an das Foto zu erinnern, das ich von ihr neben dem amerikanischen Pärchen gemacht hatte, und sie tauchte wieder vor mir auf. Einen Augenblick lang saß sie dann auf der Bank und spielte mit ihrer Halskette, während sie die Fotos an den Wänden betrachtete, und das Stimmengewirr eines Cafés füllte meine Ohren. Evelyne war ein Schatten, den die Sonne entstehen und gleich wieder verblassen ließ, bis er sich ganz aufgelöst hatte, aber es schien mir, ich könnte danach genau an der Stelle, wo das Licht ihn hingelegt hatte, noch immer seinen Abdruck, seine intakten Umrisse sehen.

»Hallo. Guten Tag, hier ist Yves.«

»Hallo ... Wer ist am Apparat?«, fragte sie in einem strengen Lehrerton.

Ich hörte das Klavier im Hintergrund, falsche Noten, die mich hinderten, sie deutlich zu verstehen.

»Yves, vom Café an der Rue du Petit-Musc. Ich würde Sie ... dich gern wiedersehen ...«, sagte ich mit gepresster Stimme.

»Ich bin in einer halben Stunde fertig, ruf mich dann noch einmal an«, sagte sie und legte auf.

Ich war froh, dass Evelyne mich nicht vergessen hatte, und fragte mich, ob sie auch an mich gedacht hatte. Doch als ich dreißig Minuten später wieder anrief, nahm niemand ab. Was sollte sie auch an einem Achtzehnjährigen finden. Ich probierte es noch ein zweites Mal und überließ die Kabine dann einem Mann, der draußen wartete. Es war kühler geworden, und er hatte seinen Rücken an die Tür gedrückt, bestimmt um sich vor dem Nieselregen zu schützen, der eingesetzt hatte. Er stampfte mit den Füßen, um sich aufzuwärmen, was die Tür zum Klappern brachte. Bevor ich hinausging, klopfte ich an die Scheibe, um ihm nicht wehzutun. Die massige Statur des Mannes hatte einen Schatten in die Kabine geworfen, während ich telefonierte, und dieser Schatten begleitete mich auf der Straße weiter. Aber es war nur der Himmel, der noch grauer geworden war.

Zu Hause hängte ich den Mantel an einen Kleiderbügel und packte ihn in die weiße Hülle, auf der die Adresse der Reinigung stand, Rue de Birague 3, im vierten Arrondissement, daneben der Vermerk »de luxe«. Ich weiß nicht warum, aber ich war mir sicher, dass Evelyne in dem Viertel leben musste, in der Nähe ihres Sohnes, und dass sie auf dem Nachhauseweg an dieser Reinigung vorbeikam. Am Tag nach unserem Treffen hatte ich die Rue de Birague auf einem Plan gesucht, es ist eine Querstraße zur Rue Saint-Antoine. Die Vorderfront und die Auslage des Ladens waren in derselben Farbe gehalten wie die Hüllen, mit denen sie die Kleider schützten. Ich lief weiter die Straße hinunter, die zu einem kleinen Park führte, ohne dass ich die Place des Vosges erkannte. Dieselbe rote Backsteinfassade, dasselbe steile Schieferdach wiederholten sich auf allen vier Seiten des Platzes, und die Arkaden ließen mich an einen langen Tunnel denken, an dessen Ende ich in einen Abgrund fallen würde. Eine Touristengruppe fotografierte den Platz, und ich hätte um sie herumgehen müssen, um die Gegend weiter zu erkunden. Wegen dieser Angst, mich zu verlaufen, und angesichts der Menge Menschen machte ich wieder kehrt. Wenn ich mich von meiner Wohnung entfernte, hatte ich oft das Gefühl eines Taumels, eine Straße hinunterzugleiten, die leicht abschüssig war wie der Grund eines Schwimmbeckens, in dem man nach und nach den Boden unter den Füßen verliert.

Ich versuchte nicht mehr, sie zu erreichen. Ich hatte Angst, bei meinen Jahresprüfungen durchzufallen, wenn ich mich weiter mit dieser Frau traf, und so führte ich, geborgen in meiner Einsamkeit, das Leben, das ich mir mit Evelyne erträumte, einfach, indem ich an sie dachte. Abends stellte ich mir vor, sie sei bei mir im Zimmer: Evelyne, wie sie auf dem Rand meines Schreibtischs sitzt, in einem meiner Universitätsbücher blättert und ihr Bein durch die Luft schaukeln lässt. Die Szene schien so real, dass ich nicht mehr wusste, ob ich sie wirklich erlebt hatte oder ob es ein Bild war, das ich mir einzuprägen versuchte. Sie erklärte mir lachend, sie verstehe nichts von Verwaltungsrecht, und legte das Buch mit amüsierter Miene auf den Schreibtisch zurück. Ihr Ton war nicht lehrerhaft, sondern eher der einer Studentin in meinem Alter. Ich rief mir das Timbre ihrer hohen Stimme ins Gedächtnis, an der ich mich festklammern konnte und die in mir weitersprach, die mir antwortete, auch wenn ich nichts sagte. Es schien, als würde ich mich an eine Vergangenheit erinnern, die wir nicht erlebt hatten, und diese Vergangenheit füllte sich im Laufe der Tage immer mehr an. Es gefiel mir, mich ganz von Evelynes Gegenwart durchdringen zu lassen, und am Morgen vertiefte ich mich in meine Bücher, um sie wieder zu verdrängen. Im Café hörte ich noch immer ihr Lachen durch den Raum hallen, dann versuchte ich, sie zu vergessen, um die Leere wiederzufinden, nackt und gesichtslos. Es war, als würde ich jedes Mal einen Alarmknopf betätigen, um mich mit Gewalt einem Traum zu entreißen.

Mein Studium an der Assas war nur ein Vorwand gewesen, um nach Paris zu kommen, wo ich von unvergesslichen Begegnungen träumte. Aber auch wenn die Einsamkeit mich ins Bistro bei mir um die Ecke trieb, so hielt ich mich weiterhin abseits. Mein Unbehagen, meine ständige Angst ließen mich auf Distanz zu meinen Kommilitonen bleiben. Im Hörsaal belauschte ich die Gespräche des großen Blonden aus Bordeaux, er unterhielt sich mit seinen Freunden darüber, in welchen Vierteln der Hauptstadt, die ich nur dem Namen nach kannte, es abends Partys gab. Sie führten mir ihre Leichtigkeit vor Augen, während mich ein schweres Gewicht bei den Leuten dieser Kneipe zurückhielt. Ich hatte in Paris keinen einzigen Kontakt geknüpft, und ich hatte das Gefühl, meine Jugend zu verpassen. Sollte ich bei den Prüfungen durchfallen, würde ich zu meinen Eltern nach Antibes zurückkehren, und niemand würde sich an diesen jungen Mann erinnern, der sich immer an denselben Platz setzte, außer vielleicht ein, zwei Tage lang der Kellner mit dem blauen Tattoo im Nacken. Oft fiel mir der Satz meines Vaters ein: Das Leben ist ein Hindernislauf, und man muss Hürde für Hürde überwinden, um nicht zu fallen. Und die Semesterprüfungen waren die erste Hürde, die sich mir in den Weg stellte. Ich war ein Provinzler, der nach Paris kam, um all das hinter sich zu lassen, was er seit jeher gekannt hatte, die alten Schwarz-Weiß-Postkarten über dem Bett, den Hund, der jedes Mal hinter dem Eingangstor bellte, wenn jemand klingelte, die gerade Linie des Meers am Horizont, und ich wollte, sobald mir die Stadt einmal nicht mehr so viel Angst machen würde, herausfinden, wer ich wirklich war, über meine Kindheit hinaus.

Als ich eines Nachmittags das Lernen unterbrach, um Zigaretten zu kaufen, und am Collège des Francs-Bourgeois an der Rue Saint-Antoine, Ecke Rue du Petit-Musc, vorbeikam, erblickte ich Evelynes Sohn. Er hielt das rote Fahrrad am Lenker, das am Flipper gestanden hatte. Statt die Straße zu überqueren, um dem Gedränge nach Schulschluss auszuweichen mit dem Geschrei der Schüler und den Müttern, die in ihren Autos in der zweiten Reihe hupten, ging ich auf dieser Seite des Gehsteigs weiter. Ich hatte plötzlich den Eindruck, wieder ein Kind zu sein und vor meiner Schule in Antibes zu stehen. Eigenartigerweise fühlte ich mich fragiler als damals, als wären die Jahre umsonst verstrichen: Nicht nur war ich kein bisschen reifer geworden, ich hatte darüber hinaus die Unbekümmertheit verloren, die Kindern eigen ist. Jérôme war in Begleitung einer schwarzhaarigen Frau um die vierzig, die den Arm um seine Schulter gelegt hatte. Sie trug einen Nerzmantel und hielt einen dunkelbraunen Rucksack an einem seiner roten Träger. Es musste die neue Frau seines Vaters sein, denn sie hatte dasselbe Auftreten wie Evelyne, nur noch bürgerlicher. Die Frau sah mich mit abwesendem, leerem Blick an. Ich sagte Jérôme Guten Tag, aber niemand achtete auf mich. Ich fühlte ein Unwohlsein aufkommen und lehnte mich neben dem Schuleingang ans Geländer. Ich beobachtete die Kinder auf der Straße: Sahen sie mich, wie ich sie sah? Stellte mein Körper für die Schüler, die mich mit der Schulter anrempelten, wirklich ein Hindernis dar? Und dann diese bohrende Frage, die mich jedes Mal mit dem Gefühl überfiel, ich würde in der nächsten Sekunde das Gleichgewicht verlieren und in Ohnmacht fallen: Existierte ich überhaupt?

Schließlich beruhigte ich mich. Die Menge der Schüler hatte sich zerstreut, und ich erinnerte mich daran, dass ich eigentlich Zigaretten kaufen wollte. Langsam ging ich weiter, was mir guttat. Was mir fehlte, dachte ich auf dem Weg, war eine gehörige Dosis Mut, um meinen Ängsten die Stirn zu bieten, dann wäre das Leben angenehmer. Die Universität war nach den Prüfungen zwischen Weihnachten und Neujahr geschlossen, und meine Eltern hatten mit mir eine Reise nach Sardinien geplant. Doch es wäre besser für mich, ich würde Paris erkunden, jeden Tag dieser Ferienwoche nutzen, um ein neues Arrondissement kennenzulernen, damit mir die Stadt vertrauter wurde. Ich bräuchte mir nur einen detaillierten Plan von den Straßen und Vierteln zu beschaffen, ich wollte Montmartre, die Butte-aux-Cailles, Saint-Germain-des-Prés, das Quartier Latin entdecken, die Orte, an denen sich die anderen Studenten trafen, wie Saint-Michel oder das Odéon, die für mich nur Metrostationen waren, und warum nicht in den Vorortszug steigen und Versailles besichtigen. Danach würde ich mich leichter fühlen, ohne dieses Gewicht auf den Schultern.

Am Abend rief ich aus einer Telefonzelle meine Mutter an. Ich hätte keine Zeit für die Sardinien-Reise, sagte ich, ich hätte viel zu tun für das zweite Semester, und ich weiß noch, dass ich mit bewegter, zitternder Stimme auflegte. Beim einzigen Mal, da ich meine Eltern besuchte, seit ich in Paris lebte, hatte ich den Eindruck zu ersticken und war augenblicklich in die Gewohnheiten zurückgefallen, die ich ein paar Wochen zuvor hinter mir gelassen hatte. Nach meiner Rückkehr fühlte ich mich noch fragiler, noch einsamer als zuvor. Mein kurzer Aufenthalt in der stattlichen Villa meiner Eltern hatte meine Einzimmerwohnung düster gemacht, und die Holzbalken zu beiden Seiten des Fensters vermochten das Ambiente auch nicht aufzuheitern. Das nur mit einem Bett und einem Schreibtisch ausgestattete Zimmer kam mir plötzlich karg vor und enger als in meiner Erinnerung. Ein Gefühl der Traurigkeit hing in der Luft; ich hatte es mit der Zeit vergessen.

Nach den Prüfungen fiel ich erneut in ein Loch. Die Vorlesungen gingen erst im Januar weiter, und ich hatte den

Mut wieder verloren, Paris zu durchstreifen. Ich spürte eine große Müdigkeit und ließ die Tage einfach an mir vorbeiziehen, ohne wirkliche Beschäftigung, so als wollte ich mich mit Evelynes Gesicht, das sich nach und nach entfernte, in diese Leere einschließen, um sie ein letztes Mal zu betrachten. Ich wusste noch nicht, dass wir einander im Laufe dieser Ferienwoche im Viertel über den Weg laufen und mehrere Monate lang zusammen sein würden. Bald sollte Evelyne mir meine Jugend nehmen, so wie man ihr die ihre genommen hatte.

Ich habe mir lange ausgemalt, ich könnte die Zeit zurückdrehen. Ich würde die Wohnung in der Nummer 79 der Rue de Courcelles in dem kalten, schmucklosen Botschafts- und Büroviertel mieten und mein Leben noch einmal von vorne anfangen. Ich hätte Evelyne nie getroffen, mich vielleicht mit meinen Kommilitonen angefreundet. Doch es ist besser, nicht daran zu denken, wie mein Leben verlaufen wäre, wenn Jérôme im Bistro dieses Weinglas nicht umgestoßen und ich Evelyne in den Weihnachtsferien nicht wiedergesehen hätte.

Ich habe keine Ahnung, was aus ihr geworden ist in den letzten dreißig Jahren, in denen ich sie nicht mehr gesehen habe. Ob sie immer noch an der Côte d'Azur wohnt? Sie muss inzwischen fünfundsechzig sein, ihr Gesicht durch die starke Sonnenexposition von tiefen Falten gezeichnet. Wahrscheinlich würde ich sie auf der Straße gar nicht mehr wiedererkennen. Trotz ihrer Abwesenheit schien es mir die ganzen Jahre über, ihr Schicksal sei im Verborgenen noch immer mit meinem verstrickt, so wie zwei im Unglück vereinte Wesen fähig sind, egal, wie groß die Distanz ist, wie viel Zeit vergeht, eine viel intimere und ausschließlichere Beziehung aufrechtzuerhalten, als wenn sie sich weiterhin sehen würden.

Jeden Nachmittag ging ich ins Café an der Rue du Petit-Musc. Ich musste erst mehrere dieser langweiligen, untätigen Tage über mich ergehen lassen, bevor sich unsere Wege wieder kreuzten. Ich arbeitete für die Universität vor, indem ich den Stoff für das zweite Semester durchging. Ich dachte an Evelyne und schämte mich, gescheitert zu sein bei meinem doch so simplen Vorhaben, Paris zu erkunden, und wieder brauchte ich es, mich an ihr festzuklammern. Wenn die Bank frei war, setzte ich mich in den großen Raum, an den Platz, an dem sie bei unserer ersten Verabredung auf mich gewartet hatte. Die Porträts des Manns und der Frau, die auf das Geschehen herunterblickten, beruhigten mich, die Schwarz-Weiß-Fotos prägten den Raum, gaben ihm etwas Zeitloses. Jedes Mal, wenn die Bistrotür aufgestoßen wurde, hob ich den Kopf in der Hoffnung, es sei Evelyne und sie würde sich zu mir an den Tisch setzen. Manchmal hielt ich hinter der Scheibe nach ihr Ausschau und stellte mir vor, wie sie mit der weißen Hülle von der Reinigung über der Schulter hereinkäme, und alles würde wieder von vorn beginnen, mit dem amerikanischen Pärchen, das mich bitten würde, ein Foto zu machen. Einmal, noch vor Beginn der Weihnachtsferien, hatte ich mir überlegt, bei Schulschluss auf Jérôme zu warten. Vielleicht holte Evelyne ihn manchmal ab, aber dann fielen mir ihre Worte ein: Sie sah ihn nur sehr selten. Nach ihrer Trennung mehrere Jahre zuvor hatte ihr Mann das alleinige Sorgerecht für Jérôme erhalten. Vor dem Gymnasium hatte es ausgesehen, als wäre er der dunkelhaarigen Frau im Pelzmantel mit dem leeren Blick näher als seiner Mutter.

Am 24. Dezember, einem Donnerstag, machte das Café an der Rue du Petit-Musc gegen fünf Uhr nachmittags zu. Bis ich meine Sachen zusammengepackt hatte, hatte der Wirt das Licht bereits ausgemacht. Er hängte ein Schild an die Glastür, und ich beeilte mich, zu ihm auf die Straße zu kommen. Er drückte mir die Hand und wünschte mir frohe Festtage, und bevor er ging, fragte er mich mit einer sanften Stimme, die mich an die eines Arztes erinnerte, nach meinem Namen. Ich fürchtete mich davor, allein zurückzubleiben, so als würde ich gleich in Ohnmacht fallen, wenn er weg wäre. Ich wäre gerne noch länger mit ihm zusammengeblieben, wahrscheinlich, weil er mich geduzt hatte, mir mit Wohlwollen begegnet war, und ich wünschte mir, er würde mich von meinem Unbehagen befreien. Ich dachte kurz, er sei drauf und dran, mich einzuladen, den Heiligabend bei ihm zu verbringen. Er sah tatsächlich seinem Vater ähnlich, dem dunkelhaarigen Mann, dessen Porträt an der Wand hing. Ob seine Eltern noch lebten, wollte ich ihn fragen, um das Gespräch wieder in Gang zu bringen, doch er wünschte mir fröhliche Weihnachten und drehte sich um. Ich blieb vor dem Café stehen, um ein wenig die Zeit verstreichen zu lassen, und sah dem Wirt nach, der die Straße hinunterging Richtung der Seine-Quais. Das Café werde erst am Montag, dem vierten Januar, wieder öffnen, stand auf dem Schild, und darunter »Bis nächstes Jahr«, gefolgt von drei Punkten.

Ich ging in die Rue Saint-Antoine und rief aus einer Telefonzelle meine Mutter an. Nein, ich sei nicht allein heute Abend, sagte ich ihr, während ich mich zwang, beruhigend zu klingen, ein Kommilitone habe mir vorgeschlagen, den Abend mit ihm bei seiner Familie zu verbringen. Ich stellte mir diesen jungen Mann als den großen Blonden aus Bordeaux vor, der mich kaum noch grüßte, wenn wir uns im Hörsaal sahen. Ja, versicherte ich ihr, ich würde meinem Freund eine Schachtel Pralinen und seiner Mutter einen Strauß Blumen mitbringen. Einige Sekunden später legte ich auf, ich hatte nicht die Kraft, sie noch weiter anzulügen. Sie könne verstehen, dass ich nicht zu spät zur Feier erscheinen wolle, hatte sie mir geantwortet, sie werde meinen Vater von mir grüßen. Ich hatte ganz vergessen, ihnen eine gute Reise zu wünschen: Am nächsten Tag bestiegen sie das Schiff nach Italien.

Ich hatte keine Lust, in mein Zimmer zurückzukehren, obwohl die Straßen ausgestorben waren und in mir dasselbe Gefühl der Verlassenheit auslösten, das ich zu Hause hatte. Ich hatte noch etwas Kleingeld und rief Evelyne an. Ich hatte nicht vor, mit ihr zu sprechen, falls sie abnehmen sollte, ich wollte nur ihre Stimme hören, bis sie sich über das Schweigen ärgerte und auflegte. Der Anschluss war nicht mehr erreichbar. Evelyne hatte von einer Stellvertretung in einem Gymnasium in der Banlieue gesprochen: Vielleicht war sie während der Ferien umgezogen, um bei Schulbeginn im Januar mit dem Unterrichten anzufangen? Ich spürte gleichzeitig Erleichterung und einen Stich im Herz: Mit Ausnahme von Paris, seinen vier oder fünf berühmten Vierteln, würde ich nie neue Horizonte entdecken, dachte ich plötzlich.

4

An den folgenden Nachmittagen ging ich in den *Bar-tabac-PMU des Mousquetaires* an der Rue Saint-Antoine. Dort sah ich, etwas verloren an der Theke, mehrere Gäste aus der Bar an der Rue du Petit-Musc wieder. Ich setzte mich an einen Tisch neben der Kasse hinter der Glastür, wo es nur das regelmäßige Vorbeifahren der Autos zu sehen gab. Trotz des Durchzugs saß ich lieber hier als im hinteren Teil, wo die Atmosphäre noch trister war und die angeschlagenen Fliesen auf dem Boden und die weiß verputzten Wände den trostlosen Charakter weiter verstärkten. Männer spielten Billard, während sie sich gegenseitig in die Arme pufften. Statt das Café fröhlicher zu machen, trug ihre Ruppigkeit noch zu meinem Unbehagen bei. Hätte ich in ihrer Nähe gesessen, hätte ich Angst gehabt, einen Stock mitten in die Brust zu bekommen oder, während ich in meinen Skripten und Lehrbüchern blätterte, ihr Gespött über mich hören zu müssen.

Es kam mir vor, als würden sich die wenigen Ferientage einen ganzen Monat lang hinziehen, und ich begann der Italienreise mit meinen Eltern nachzutrauern. Einer der Stammgäste, ein alter Mann, der sich an den Nebentisch gesetzt hatte und mit einem Monokel die Zeitung las, fragte die Wirtin in theatralischem Ton, als sie ihm den Kaffee brachte: »Sind Sie glücklich, Madame?« Sie war um die fünfzig und trug über ihrem Pullover eine Angoraweste, wohl, um sich vor dem Durchzug zu schützen. Sie zuckte die Achseln: »Man schlägt sich durch, Monsieur Dubreuil, man schlägt sich durch.« Von ihrer tiefen, vom Zigarettenrauch, der das ganze Café erfüllte, kratzig gewordenen Stimme ging eine große Kraft aus. Vielleicht hatte er eine andere Antwort erhofft oder vergessen, dass er sie schon am Tag zuvor gefragt hatte, denn er wiederholte die Frage jedes Mal im selben affektierten Ton. Ich hatte stets das Gefühl, er richte sich an mich, weil er danach um sich blickte, als suchte er die Bestätigung durch ein Publikum. Seine Frage kapselte mich noch mehr in meiner Einsamkeit ein, sie erinnerte mich an die kurzen Momente mit Evelyne, die sich von der Leere abhoben, in der die Seminare an der Universität und die im Café an der Rue du Petit-Musc mit Lernen verbrachten Stunden auf die immer selbe Weise aufeinanderfolgten. Seit den Ferien war meine Langeweile so groß, dass mir schien, mein Leben sei stehen geblieben. Ich hatte das Gefühl, mich in einer eintönigen, endlos langen Gegenwart zu bewegen, und einzig die Vergangenheit, die ich mir mit Evelyne ausmalte, war hell. Ich füllte diese Leere mit Erinnerungen aus, die im Laufe der Tage zunehmend sinnlicher wurden, so als würden wir einander immer näher kommen. Dabei war ich unfähig, den Gedanken zu verdrängen, dass das alles nur erfunden war, und je mehr ich vor der Wirklichkeit flüchtete, umso elender fühlte ich mich.

Evelyne entglitt mir in diesem Wahn immer mehr. Wir hatten uns nur zweimal gesehen, und ich hatte inzwischen Mühe, mich an ihr Gesicht, an den Klang ihrer Stimme zu erinnern. Einzig ihr Lachen und die Farbe ihrer Haare waren intakt erhalten geblieben. Meine Einbildungskraft genügte nicht, sie derart in mir wachzurufen, wie sie mir bei unserer Begegnung erschienen war, und ich konnte nicht verhindern, dass sich dieser so starke Eindruck, den sie bei mir hinterlassen hatte, immer weiter verflüchtigte. Bald wäre Evelyne genauso durchsichtig wie die unbekannten Frauen in der Metro, für die ich eine Zuneigung verspürte, von der kurz darauf nur noch Gleichgültigkeit übrig blieb. Jeden Tag las ich vor dem Café an der Rue du Petit-Musc das Schild an der Eingangstür, das den Kunden frohe Festtage wünschte. Ich hatte Weihnachten allein verbracht, und es kam mir vor, als lebte ich außerhalb der Welt, als hätten die Kalenderdaten nichts mit mir zu tun.

Ich fand ein wenig Trost im Hund der Wirtsleute, einem alten, hinkenden Labrador mit braunem Fell, der sich an meine Beine schmiegte. Das Café war vom Kommen und Gehen der Kunden bestimmt, die Zigaretten kauften und Lotto spielten, und der Touristen, die minutenlang die Ständer mit den Ansichtskarten herumdrehten. Auf einer von ihnen erkannte ich die roten Backsteinfassaden am Rand des öffentlichen Parks am Ende der Rue de Birague, dessen karge Bäume man vom Café aus sah, wenn der Nebel sich auflöste. Ganz unten stand in kursiver Schrift, dass es sich um die Place des Vosges handelte. Ich pinnte diese Ansichtskarte an meine Wohnungstür in Erinnerung an die Schwarz-Weiß-Bilder von Paris, die mein Zimmer in Antibes geschmückt hatten.

Ich hatte zwei, drei Lehrbücher dabei, konnte mich jedoch im Café nur mit Mühe konzentrieren wegen des Publikumsverkehrs und der Männer, die so laut sprachen. Ich unterbrach meine Arbeit und beobachtete die Leute auf der Straße oder blätterte im Wettmagazin *Paris Turf*, das auf dem Tisch herumlag. Ich las die »Geheimtipps der Profis«, die Namen der Pferde. Eines Tages setzte ich auf das Pferd Don Romantique und suchte im Ausgang des Rennens nach einem Zeichen, nach einer Antwort auf die Frage, ob ich Evelyne wiedersehen würde. Das Pferd ging als zweitletztes durchs Ziel, und an jenem Tag kehrte ich früher nach Hause zurück, fest entschlossen, die weiße Kleiderhülle in meinem Schrank loszuwerden. Wieder fiel mir der Satz meines Vaters ein. Ich war der Reiter, der ein Rennen verloren hatte, und er ermahnte mich, ein Hindernis nach dem anderen zu nehmen. Der Hund folgte mir ein Stück auf der Rue Saint-Antoine und kehrte dann wieder ins Café zurück, die Pfote musste ihn geschmerzt haben, und ich fragte mich einen Augenblick, wer von uns beiden sich eigentlich an wen hängte.

Die Gespräche an der Kasse beschränkten sich auf das strikte Minimum, kaum dass die simplen Höflichkeiten wie Guten Tag, Danke oder Auf Wiedersehen getauscht wurden. Manchmal ließ mich ein liebenswürdiges, schüchternes Stimmchen aufhorchen, das um eine Schachtel Streichhölzer, ein Päckchen Zigaretten bat und das ich zwei oder drei Tage später erneut hörte. Ich spürte darin eine Fragilität, die mich in den ersten Sekunden gefangen nahm und die sie von den anderen Kunden unterschied, so als kämen diese Menschen einzig hierher, um mit der Wirtin über die Kälte zu sprechen, die draußen herrschte, über die Tage, die viel zu kurz waren, und so lange wie möglich in ihrer Nähe zu bleiben. Die Einsamkeit schnürte ihnen die Kehle zu, und ihren Lippen entwich nur eine dünne Stimme. Ich hatte das Gefühl, ihren Geisteszustand zu erfassen, ihr Inneres, in dem ich meine eigenen Qualen wiederfand. Warteten sie darauf, dass der Mann mit dem Monokel sie ebenfalls fragte, ob sie glücklich seien, um sich dann an seinen Tisch zu setzen und mit ihm Bekanntschaft zu schließen? Um mich zu beschäftigen, führte ich ein Register über ihr Erscheinen im Tabakladen. Ich sah ihr Profil oder ihre Silhouette erst, wenn sie das Café verließen und sich auf der Straße entfernten. Es war einfacher, mir ihre Stimmen, die besonderen Melodien in Erinnerung zu rufen, wenn ich ihre Gesichtszüge nicht kannte. Danach klangen sie in mir weiter als leise Musik, so als würden sie, indem sie sich miteinander vermischten, meiner inneren Stimme so nah wie möglich kommen, sofern diese überhaupt eine akustische Gestalt hatte. Ich hielt in meinem Heft jedes besondere Kennzeichen fest und fügte in Klammern das Datum ihres Erscheinens im Laden hinzu:

Junge Frau, ungefähr fünfundzwanzig, Hustenanfall, langer grauer Mantel, Lucky Strike Blue (Freitag, 25. Dezember, Samstag, 26. Dezember, Sonntag, 27. Dezember).

Siebzigjähriger Mann, groß, Glatze, Marlboro (Samstag, 26. Dezember, Montag, 28. Dezember). Michel P.

Beim zweiten Mal war dem Mann ein Briefumschlag aus der Tasche gefallen, und ich hatte beim Aufheben nur die Zeit gehabt, seinen Vornamen zu lesen. Er hatte sich mit liebenswerter, sanfter Stimme bedankt und war hinausgestürzt. Hatte ihn dieser Brief unglücklich gemacht?

Frau zwischen vierzig und fünfzig, an Krücken, Lottoschein (Mittwoch, 30. Dezember).

Teenager, groß und mager, Zigarillos Davidoff »für seinen Vater« (Montag, 28. Dezember, Dienstag, 29. Dezember, Mittwoch, 30. Dezember).

Ich hatte »für seinen Vater« nachträglich zwischen Gänsefüßchen gesetzt, ich war nicht sicher, ob nicht seine Freunde an der Straßenecke auf ihn warteten, um sich das Päckchen mit ihm zu teilen, was auch erklären könnte, warum er sich so emphatisch an die Wirtin wandte. Er kaufte jedes Mal eine Fünferpackung. Aber ich spürte hinter der Lüge einen Kummer heraus, der ihm die Kehle zupresste und dessen Gründe mir unbekannt waren.

Am Mittwoch, den 30. Dezember, hustete die junge Frau nicht mehr, ich hörte, wie sie die Wirtin selbstsicher und mit einer vollen Stimme ansprach. Diesmal stand sie nicht lange an der Kasse. Sie war von einem gleichaltrigen Jungen begleitet, der sie auf der Straße an der Hand nahm. Sie musste hübsch sein, ihre Silhouette war dünn, und ihre kastanienbraunen Haare reichten ihr bis zur Hüfte. Nachdem ich sie im Café lachen gehört hatte, strich ich durch, was ich über sie geschrieben hatte. Und sehr schnell fand ich eine andere Person, mit brüchiger, klagender Stimme, an der ich mich festhalten konnte.

* * *

Es war kurz vor sechs, als mich ein leises Geräusch, gefolgt von einem immer schneller werdenden Trommeln aus meinen Gedanken riss. Auf der Höhe meines Gesichts klopfte jemand mit dem Handrücken an die Fensterscheibe des Cafés. Es war Evelyne. Sie winkte mir zu. Ihren Sohn hatte ich nicht sofort bemerkt, er stand etwas abseits und trug eine Brille, die die Züge seines Gesichts weicher machte. Sie stieß die Tür zum Café auf und rief mir frohgelaunt zu:

»Na, Yves, den Kopf immer in den Büchern?«

Jérôme sagte nichts, als ich ihn ebenfalls begrüßte. Im Café liefen seine Brillengläser an, er legte sie auf den Tisch und kauerte sich dann nieder, um den Labrador zu streicheln, dessen Schnauze meine Schuhe berührte. Jérôme erinnerte mich an den selbstsicheren Jungen, der ich in seinem Alter gewesen war. Jedes Mal, wenn ich ihn sah, hatte ich den Eindruck, meine Vergangenheit steige an die Oberfläche, um mir vor Augen zu führen, wie verletzlich mich das Leben gemacht hatte, statt mich abzuhärten. Und mir schien, er würde später dem großen Blonden aus Bordeaux gleichen.

»Ist das dein Hund?«, fragte er.

»Nein, er gehört dem Wirt, er wärmt mir nur die Füße«, antwortete ich und zwang mich zu einem Lächeln.

Ich hatte damit gerechnet, dass Evelyne sich ein Päckchen Zigaretten, eine Süßigkeit für ihren Sohn kaufen und sich wieder verabschieden würde. Sie schien sich nicht an meinen Anruf einen Monat zuvor zu erinnern. Vielleicht hatte das Klavier meine Stimme am Telefon übertönt, als ich meinen Namen sagte, und sie hielt mich für jemand anderen.

»Ich nehme an, du hast schon etwas vor heute Abend?«

Da fiel mir ein, dass der einunddreißigste Dezember war. Dabei hatte ich schon seit einer Stunde auf der Straße Leute mit Paketen, Weinkisten oder Champagnerflaschen auf dem Arm vorbeilaufen sehen. Aber ich war wie von der Gegenwart ausgeschlossen, ich gehörte in diese zähe Zeit im Hintergrund, die sich seit Beginn der Ferien ständig identisch wiederholte.

»Ja«, sagte ich zögernd, »ein Freund von der Universität gibt eine Party.«

Evelyne schien sich nicht daran zu erinnern, was ich ihr im Café gestanden hatte: dass ich abgesehen von einer alten

Cousine in Paris niemanden kenne. Sie war an dem Tag so nervös gewesen, dass sie mir nicht zugehört hatte.

»Hast du trotzdem Zeit, etwas mit mir zu trinken?«, fragte sie mit schüchterner Stimme, als fürchtete sie meine Antwort.

»Doch, ja. Ich bin sowieso nicht sicher, ob ich zu dieser Party gehe, sie ist am anderen Ende von Paris.«

Evelyne war Silvester allein, und ich hatte keine Ahnung, warum sie den Abend mit einem Jungen in meinem Alter verbringen wollte. War das wieder diese Jugend, die sie in kleinen Häppchen nachholte?

Sie müsse erst Jérôme nach Hause bringen und werde in etwa zehn Minuten wieder im Café sein, sagte sie. Es war Donnerstag, und am Wochenende fahre sein Vater mit ihm für die Ferien in die Normandie. Ich verkniff es mir, ihnen auf der Straße nachzuschauen. Ich suchte mit der Hand unter dem Tisch nach dem Hund, aber er war nicht mehr da. Er musste sich von Jérôme belästigt gefühlt haben. Hatte Evelyne gar nichts gekauft im Tabakladen, war sie einzig hereingekommen, um mich zu sehen? Würde sie zurückkommen, wie sie es versprochen hatte? Ich hatte das Gefühl, nichts Handfestes mehr zu haben, an dem ich mich festhalten konnte, abgesehen von der runden Brille mit dem hellgrünen Gestell, die Jérôme auf dem Tisch liegen gelassen hatte und deren Bügel ich während des Wartens nervös auf- und zuklappte.

Er war ein Junge mit kastanienbraunen Haaren und vollen Wangen, die ihm trotz des harten Blicks eine kindliche

Sanftheit verliehen. Jérôme hatte bestimmt keine Angst, allein durch das Viertel zu streifen, das er besser kennen musste als ich. Er hatte diese Unbekümmertheit gegenüber anderen, auf die Evelyne mich bei den Parisern aufmerksam gemacht hatte, und gleichzeitig diese Sicherheit, mit der sich, dem Anschein nach, die Söhne aus guter Familie durchs Leben bewegen. Ich war ebenfalls ein Sohn aus guter Familie, aber seit ich in Paris war, glich ich eher einem verlorenen, melancholischen jungen Mann. Als ich bei meinen Eltern in Antibes auszog, ließ ich dort einen ambitionierten Studenten zurück, seines Erfolgs gewiss, dem es an Fantasie fehlte. In dieser Einsamkeit war ich ich selbst geworden: ein fragiler, verträumter Junge, leicht beeindruckbar, und in Gesellschaft vermochte keine Fassade mein Innenleben zu verbergen.

Als ich Evelyne auf den Bar-Tabac zukommen sah, war meine Emotion viel stärker, unerwarteter als die in meiner Imagination: In das Glück, das ich empfand, mischte sich die Angst, sie könnte mich plötzlich verlassen. Bevor sie sich mir gegenüber hinsetzte, faltete sie ihren Schal und legte ihn über die Lehne ihres Stuhls. Ihr dunkelbrauner Ledermantel reichte ihr bis knapp über die Knie. Sie stand im Durchzug neben der Eingangstür, und es war jetzt, wo es dunkel geworden war, noch kälter als zuvor.

»Eigentlich mag ich die Atmosphäre der einfachen Cafés, aber hier ist es ein bisschen traurig, findest du nicht?«

Sie sprach mit einer sanften Stimme, die beruhigend auf mich wirkte.

»Ja, im Viertel hat alles zu«, sagte ich, während ich mit dem Finger auf Jérômes Brille auf dem Tisch zeigte.

Sie steckte sie kommentarlos in ihre Manteltasche. Es schien mir, sie freue sich, sie an diesem Ort wiederzufinden und wie einen Talisman an sich zu nehmen.

»Es ist schön, in Paris zu sein, selbst wenn keine Menschenseele auf der Straße ist«, sagte sie.

Evelyne wohnte inzwischen in der Banlieue, in der Dienstwohnung, die ihr vom Gymnasium zur Verfügung gestellt wurde, in dem sie ab Januar unterrichten würde. Die Schule lag auf einer Anhöhe über einer ländlichen Kleinstadt. Sie hatte ihre Pariser Wohnung zu Beginn der Schulferien geräumt, eine kleine Zweizimmerwohnung in der Nähe der Metrostation Passy. Vom Wohnzimmerfenster aus konnte man die Spitze des Eiffelturms sehen, aber was ihr am meisten fehlte, seit sie auf dem Land lebte, waren die Geräusche der Hochbahn und der Autos, der Geruch der Seine und der Wasserstaub, der ihr Gesicht besprühte, wenn sie bei schlechtem Wetter durch die Avenue du Président-Kennedy lief.

»Weißt du was, ich habe den Eiffelturm noch nie gesehen«, sagte ich mit einem leichten Grinsen. »Außer auf Fotos.«

Ich dachte an eine der schwarz-weißen Ansichtskarten von meinem Großvater, auf der der breitbeinige Turm die Stadt mit einem vertikalen Strich in zwei Teile schnitt und den Gebäuden um den Champ-de-Mars die Dimension von Puppenhäusern verlieh.

»Ich war auch noch nie oben. Ich bin nicht schwindel-
frei«, antwortete sie und erwiderte mein Lächeln.

Sie schien aufrichtig: Sie spielte nicht mehr wie das letzte
Mal im Café die etwas frivole Studentin, und auch nicht die
Bürgerliche aus den schicken Vierteln.

Evelyne fragte mich, ob ich nicht Lust hätte, gleich jetzt
mit ihr auf den Eiffelturm zu gehen. Jérôme sei schon mit der
Schule dort gewesen, und außerdem würde sie, um sich der
»Höhenangst« zu stellen, lieber mit mir hinaufgehen. Wir
würden uns gemeinsam mit den anderen Touristen, die mit
ihren Rucksäcken und den Stadtplänen in der Hand vor der
Kasse warteten, in die Schlange stellen. Jetzt, wo sie außerhalb von Paris wohnte, war sie wieder zu dieser jungen Frau
aus Besançon geworden, die gerade in der Hauptstadt gelandet war, und sie fand die Vorstellung lustig, so zu tun, als
könnte alles noch einmal von vorne anfangen. Ihrer Ansicht
nach gehörte Paris diesen Provinzlern, die sich auch Jahre
nach ihrer Ankunft noch immer für das Panorama begeistern konnten.

»Einverstanden«, sagte ich. Ich könne sie verstehen, ich
hätte auch keine Lust, allein hochzusteigen.

Evelyne hoffte, dass ich trotzdem noch zu der Party meines Freunds gehen konnte. Und sie fügte lachend hinzu:

»Ich werde dich vor neun freilassen, versprochen.«

Ich antwortete nicht.

»Mir war Paris nachts immer am liebsten.«

»Mir auch«, sagte ich. »Man fühlt sich etwas weniger verloren, und leichter, wenn um einen herum alles erlischt.«

Wir verließen das Café, ohne auszutrinken, und stiegen in die Gänge der Metro hinab. Evelyne kannte den Weg auswendig, sie musste ihn jedes Mal nehmen, wenn sie Jérôme abholte. Ich folgte ihr, ohne auf die Richtung oder den Namen der Station zu achten, an der wir in die Hochbahn wechselten.

Beim Aussteigen erblickte ich ihn, aber Evelyne ging so schnell, dass ich nicht stehen bleiben konnte, um das gigantische Bauwerk zu betrachten, dessen erdrückende Ausmaße und Proportionen auf einer Ansichtskarte nur schlecht wiedergegeben wurden. Ich blieb ihr dicht auf den Fersen, versuchte gar nicht erst, mir den Namen der Straßen zu merken, fragte mich nicht, wie ich wieder nach Hause kam, so sehr fürchtete ich, sie könnte mich abhängen. Es war sehr viel los an jenem Abend, und ich war gezwungen, mich wie sie mit kleinen Schritten im Zickzack durch die Touristengruppen hindurchzuschlängeln, um mich auf ihrer Höhe zu halten. Evelyne erinnerte mich an diese Leute, die einen auf der Straße anrempelten und sich nicht umdrehten, um sich zu entschuldigen. Es wundere mich, rief ich ihr zu, während ich sie an der Schulter fasste, dass sie mit ihren hohen Absätzen so schnell laufen könne. Sie entschuldigte sich, sie fühle sich von der Menge bedrängt, aber sie versprach mir, langsamer zu gehen. Wir waren fast da, und die meisten Passanten waren Richtung Quais gezogen. Sonst könnten wir vielleicht die Schuhe tauschen, scherzte sie, damit ich schneller vorankäme.

Die Straßen rund um den Champ-de-Mars waren breit,

tief, und die stattliche Architektur der Gebäude, der Efeu an den Fassaden sorgten für eine gedämpfte, strenge Atmosphäre. Zu dieser Stunde waren nur wenige Wohnungen erleuchtet. Laut Evelyne wurden ganze Etagen von diplomatischen Korps als Zweitunterkünfte genutzt. Das Fehlen von Blumen auf den Balkonen, die nackten Fenster erweckten den Eindruck, dass zahlreiche Wohnungen leer waren, wodurch die Straßen finster wirkten. Die Reflexe auf den Scheiben verlängerten die Dunkelheit und machten sie noch tiefer. In der Ferne tauchte der Park auf, die trockene, graue Erde, die im Winter an die Stelle des grünen Rasens getreten war. Für Schnee war es um diese Jahreszeit nicht kalt genug. Hier waren kaum noch Leute unterwegs, mit Ausnahme von ein, zwei Schwarzhändlern, die sich regelmäßig durch das Klimpern ihrer Schlüsselanhänger in Form von Eiffeltürmen bemerkbar machten und die in dieselbe Richtung liefen wie wir. Plötzlich hatte ich den Eindruck, Paris verlassen zu haben und auf dem Land zu sein. Es reichte, die Augen zu schließen und sich vom Geklimper der Schlüsselanhänger einwiegen zu lassen, das ich mit den Glocken einer Schafherde vertauschte. Aber die Angst war noch immer da, nicht mehr die Angst, mich zu verirren, sondern die Vorahnung, ich steuere auf eine Sackgasse zu. Das Geräusch der Schlüsselanhänger erinnerte mich an das unerbittliche Ticktack einer Uhr: Die Stunden mit Evelyne waren gezählt, und bald würde sie wieder verschwinden. Ich hatte das Gefühl, mich in einem Traum zu befinden, in dem mir alles offenbart wurde, was ich ihretwegen durchmachen würde: unser Leben in einem

Gymnasium im Umland von Paris, ihre fluchtartige Abreise nach Nizza und die vier Monate, die wir, Jérôme und ich, zusammen verbrachten und auf sie warteten. Aber vielleicht spürte ich an dem Abend auch nichts anderes als die Angst vor dem Unbekannten, die mich, wie mir heute scheint, die Ereignisse ahnen ließen, die auf meine Begegnung mit Evelyne folgen sollten.

»Wusstest du eigentlich, dass ursprünglich vorgesehen war, den Eiffelturm nach der Weltausstellung von 1889 wieder abzureißen?«, fragte sie.

Und wie am Morgen beim Aufwachen vergaß ich den Traum sofort wieder. Es blieb einzig das Vorgefühl, dass mein Leben sich nach und nach auf den Weg reduzierte, den ich mit Evelyne gemeinsam gehen würde, ohne mir genau erklären zu können, woher dieser Eindruck rührte, den ich dabei hatte: Es ist zu spät und es gibt kein Zurück mehr. War das dieses kühne Leben, das nun begann? Ein Leben, von dem man nicht weiß, was am nächsten Tag geschehen wird?

Auf dem Platz vor dem Eiffelturm stellten Evelyne und ich uns in die Schlange vor dem südlichen Pfeiler. Wir hatten Glück, ihrer Ansicht nach war es noch früh, und die meisten Besucher kamen erst nach dem Abendessen, gegen elf, in der Hoffnung, den Jahreswechsel auf einer der drei Plattformen zu erleben. Allmählich begann Evelyne ein Gefühl von Schwindel zu spüren, sie sagte mit ihrer hohen Mädchenstimme: »Ich fühle mich ganz klein, fast erdrückt«, und zog die Lederhandschuhe aus, um sich eine Zigarette anzuzünden. Sie schien auf etwas anderes anzuspielen als auf ihre

Höhenangst, denn sie wandte danach rasch den Blick ab, als wäre ihr in dem Augenblick der versteckte Sinn ihres Satzes bewusst geworden. Ich hatte Lust, sie in die Arme zu nehmen, aber vor allem, um meine eigene Angst zu beruhigen. Um uns abzulenken, amüsierten wir uns damit, die fremden Sprachen zu erraten, die wir um uns herum hörten. Das erinnere mich, sagte ich ihr, an die Autofahrten als Kind, auf denen ich die beiden letzten Zahlen auf den Nummernschildern zu identifizieren und den Departements auf der Michelin-Karte zuzuordnen versuchte, die ich auf meinen Knien ausgebreitet hatte. Die Schlange bestand fast ausschließlich aus Amerikanern und Japanern. Nach einer Viertelstunde waren wir praktisch beim Eingang des südlichen Pfeilers angekommen. Evelyne kaufte die beiden Tickets, und wir mussten lachen, als der Mann am Schalter sie zu ihrem ausgezeichneten Französisch beglückwünschte. Er hatte sie für eine Ausländerin gehalten. Evelyne bedankte sich und erklärte mit spitzbübischer Miene, sie sei für eine Woche Ferien in Paris. Sie lebe in San Francisco und habe vor sehr langer Zeit Französisch gelernt.

Wieder warteten wir, um in den Aufzug zum ersten Stock zu gelangen. Evelyne drückte sich an meine Schulter, sie fürchtete, dass der junge Mann in der roten Livree, der den Aufzug betätigte, uns trennen könnte. Seine Arbeit bestand darin, dafür zu sorgen, dass die größtmögliche Anzahl Personen, die die Kabine fassen konnte, einstieg, damit die Zirkulation der Besucher so flüssig wie möglich verlief. Er schob eine weinrote Kordel mit vergoldetem Endstück vor und zurück, um die Schlange der Wartenden vor den Aufzügen entweder aufzuhalten oder vorwärtszudirigieren.

Gemeinsam mit etwa zwanzig anderen betraten wir die Kabine. Im Innern dachte man aufgrund der Schräge, mit der sie anstieg, eher an einen Lastenaufzug, und das Gewirr aus Eisenbalken gab mir das Gefühl, mich inmitten einer riesigen Baustelle zu befinden. Evelyne drückte sich an die Rückwand, von wo aus der Abgrund schlechter zu sehen war. »Zum Glück ist es dunkel«, sagte sie, wohl weil man so weniger merkte, wie wir uns vom Boden entfernten, obwohl man nur das Vorbeiziehen der metallischen Streben beobachten musste, um sich der Geschwindigkeit bewusst zu werden, mit der wir in die Höhe schossen. Aber Evelyne konnte es nicht sehen, sie hatte sich zu mir gedreht und klammerte sich immer stärker an den Ärmel meines Mantels.

Im ersten Stock blieben wir erst einen Moment neben den Türen des Aufzugs stehen, bis Evelyne einverstanden war, sich ein wenig dem Geländer zu nähern. Sie spürte den Boden unter ihren Füßen zittern und war überzeugt, der Eiffelturm würde von einer Minute auf die nächste einstürzen. »Nach so langer Zeit wäre das bestimmt schon passiert, meinst du nicht?«, sagte ich und nahm sie am Arm. Ich spürte, wie sie in der Manteltasche wühlte, in die sie Jérômes Brille gesteckt hatte, wahrscheinlich, um sich zu beruhigen. Ich bat sie, dass sie mir das Haus mit ihrer ehemaligen Wohnung zeigte, damit sie an etwas anderes denken konnte. Evelyne hatte westlich der Esplanade du Trocadéro gewohnt, die wir vor uns hatten, aber von dieser Höhe aus war alles winzig, und in der Dunkelheit war es schwer, sich zu orientieren. Paris lag in tiefes Schwarz getaucht, und die glänzenden Punkte der Straßenlampen, die erleuchteten Fenster waren von hier oben kaum sichtbar. Wir hatten Mühe, die Monumente wiederzuerkennen, die Stadt war verschwommen. Immerhin war Sacré-Coeur dank der weißen Farbe, die sie aus der Dunkelheit herausstechen ließ, auszumachen, und die Tour Montparnasse, die als einzige vertikale Linie aus dem Nebelfeld ragte.

Evelyne sagte, sie fühle sich besser, sie begann an der Aussicht Gefallen zu finden. Sie wollte allerdings nicht auf die nächste Plattform hinauf; um diesen schwarzen Brei zu betrachten, reiche die erste. Sie hatte sich umgedreht, um ihren Kopf in meine Schulterbeuge zu legen, und ich fasste sie mit beiden Händen an der Taille. Ich spürte die Wärme ihres Atems an meinem Hals. Ich wusste, dass sie mich küssen würde, aber ich wartete ein wenig, bevor ich den Kopf zu ihr drehte. Ich starrte weiter in die opake, von Lichtpunkten durchstochene Landschaft jenseits des Geländers und dachte, dass diese Leere und dieser schwarze Abgrund, die mir beide so vertraut waren, nun unter meinen Füßen am selben Ort versammelt waren. Als ob es mir gelungen wäre, meine Gefühle in die Wirklichkeit zu überführen, und als ob sie nicht mehr zu mir gehörten. Vielleicht war auf dieser Höhe alles, was mir gewöhnlich Angst machte, einfach verschwunden, die Stadt und die Panik, nicht zu wissen, wo ich war.

»Ich fühle mich ebenfalls besser«, sagte ich und drehte mein Gesicht zu ihr.

5

Meine Mutter wirkte im Bistro immer sehr elegant und rauchte dünne Mentholzigaretten der Marke Vogue. Sie gab sich betont lässig, führte die Zigaretten wie eine Filmschauspielerin mit langsamen, sinnlichen Gesten zum Mund. Wenn Evelyne ihren Kaffee ausgetrunken hatte, nahm sie jedes Mal einen Schluck von meiner Limonade. Sie fragte mich dabei nie um Erlaubnis, wahrscheinlich wollte sie den bitteren Geschmack des Kaffees loswerden. Ich weiß nicht warum, aber ich wollte danach das Glas nicht mehr mit den Lippen berühren. Es waren Spuren ihres Lippenstifts am Rand, und ich ekelte mich davor. Ich trank die Limonade nie aus. Dabei hätte ein Schluck gereicht, um das Gefühl zu bekommen, wir seien keine Fremde füreinander. In solchen Momenten mit Evelyne hatte ich oft Lust, mit dem Handrücken das Glas auf dem Tisch umzustoßen, um nicht mehr an all das denken zu müssen.

Ich wohnte damals bei meinem Vater und seiner neuen Frau, und unsere Beziehung beschränkte sich auf die paar Stunden, die wir beide, meine Mutter und ich, gemeinsam in einer Brasserie auf dem Boulevard Henri-IV verbrachten. Wenn ich auf das Lokal zuging, hatte ich stets den Eindruck, jemand anderer zu werden, jemand, der viel trauriger war als ich, als würde ich auf dem Weg zu meiner Mutter anfangen, ihr zu gleichen. Wenn ich sie dann vor der Tür von hinten neben dem Fenster sitzen sah, hätte ich oft am liebsten die Flucht ergriffen, um durch die Straßen meines Viertels zu streifen. Ich hörte bereits das lange Schweigen zwischen uns.

Ich hatte nie ganz verstanden, was man eigentlich unter mütterlichem Instinkt versteht, diesem Gemeinplatz, der auf den Titelseiten von Frauenzeitschriften zu lesen ist. Die Liebe, die ein Sohn für seine Mutter empfindet, ist für mich viel leichter zu fassen als diese angeblich angeborene Zuneigung einer Frau zu ihrem Kind. Ist denn der Mutterinstinkt schuld, dass ich dreißig Jahre später noch immer an Evelyne denke, dass ich mir in jeder Pariser Brasserie, die ich betrete, vorstelle, sie sitze an einem der Tische? Ich könnte die Umrisse ihrer Gestalt, beleuchtet vom Licht des Cafés, in dem sie an den Sonntagnachmittagen auf mich wartete, noch immer genau nachzeichnen. Bin ich heute von der Liebe getragen, die ein Junge für seine Mutter empfindet und die mir bis dreizehn unbekannt war? Oder müsste man den Drang, mit dem ein Erwachsener nach seiner Vergangenheit sucht, nicht eher als »Kindheitsinstinkt« bezeichnen?

Zwei Jahre zuvor war meine Mutter nach Cannes gegangen, um in einem Gymnasium als Musiklehrerin zu arbeiten. Ich hoffte damals, dass sie sich definitiv im Süden niederlassen würde. Statt sonntagnachmittags in einem verrauchten Café zu hocken, hätte ich zu einem Freund spielen gehen können. Einmal pro Woche rief sie mich an. Sie stellte mir Fragen, auf die ich nur knapp antwortete.

Meine Mutter wiederholte immer wieder:

»Jérôme, ich wohne zwei Schritte vom Meer entfernt. Wenn du in den Ferien kommen willst, habe ich ein Zimmer für dich.«

Sie musste auf der Croisette ganz in der Nähe der Palais eine Zweizimmerwohnung gemietet haben, und bestimmt sagte sie mir das, um sich weniger schuldig zu fühlen. Sonntags stellte ich mir zu dem Zeitpunkt, da ich sie immer im Café getroffen hatte, vor, wie sie mit einer großen schwarzen Brille flanierte, die sie auch bei schlechtem Wetter trug, damit die Touristen sie für eine Berühmtheit hielten. Meine Mutter ist in jenem Jahr kein einziges Mal nach Paris gekommen, um mich zu sehen. Aber mir waren diese Anrufe auch lieber, die es mir erlaubten, mit ihr auf Distanz zu bleiben. So bestand wenigstens nicht mehr die Gefahr, dass sie aus meinem Glas trank.

Als sie zurück war, gingen diese Verabredungen weiter, und ich traf sie wieder jeden Sonntag in der Brasserie auf dem Boulevard Henri-IV, wo wir gemeinsam den Nachmittag verbrachten. Ich kam gegen drei. Zu dieser Uhrzeit war der Mittagsservice zu Ende, und die Tische waren noch nicht abgeräumt. Ich wartete, dass die Zeit verging, während ich den Gesprächen um uns herum lauschte, aber oft saßen die anderen Gäste zu weit weg, und ich musste von ihren Lippen lesen. Es gab keine anderen Jungen in meinem Alter im Saal.

Evelyne brachte einen Lottoschein mit, den sie mich ausfüllen ließ, und Rubellose.

»Man muss auf das Anfängerglück setzen«, hatte sie dem Kellner voller Enthusiasmus erklärt, als er uns zum ersten Mal bediente.

»Ich zum Beispiel hatte noch nie ein glückliches Händchen«, fügte sie hinzu, bevor sie ihm anvertraute, sie habe viele Enttäuschungen hinter sich. Dank dem Lotto hoffe sie, das Leben zu ändern, noch einmal von vorne anzufangen.

»So wie alle, meine Liebe«, hatte er mit mitleidigem Blick geantwortet.

Nachdem sie mit dem Kellner gescherzt hatte, nahm ihr Gesicht wieder den traurigen Ausdruck an, den es hatte, bevor er uns unterbrach, und den ich oft bei Leuten beobachte, die überfröhlich sind. In einem Café sind sie leicht zu identifizieren: Ihr Lachen dröhnt am lautesten durch den Raum.

Ich wusste nicht, warum meine Mutter wieder nach Paris zurückgekehrt war, sie wirkte unglücklich hier. Ich hätte ihr in dem Jahr sehr gefehlt, sagte sie, und ich fragte mich, ob es ihr damit ernst war oder ob sie es nur sagte, damit der Kellner es hörte.

Evelyne war so nervös, dass sie oft vergaß, mich zu begrüßen, wenn ich mich ihr gegenüber hinsetzte, und mir mit vorwurfsvoller Stimme verkündete, unser Lottoschein sei eine Niete gewesen. Wir kamen dem großen Los nie nah. Hin und wieder gewannen wir eine bescheidene Summe, die unsere nachmittägliche Konsumation deckte. Die Glücksspiele waren immer das Erste, worüber sie mit mir sprach, als wären sie im Laufe der Jahre zum einzigen Band zwischen uns geworden. Mehrmals zögerte ich, ihr zu antworten, ich sei eben vielleicht wie sie: Ich hätte auch kein glückliches Händchen.

Eine Viertelstunde später ging endlich ein Lächeln über ihr Gesicht, wenn sie die Zahlen las, die ich angekreuzt hatte. Sie setze ihre Hoffnungen auf die nächste Ziehung, sagte sie, während sie ihre Handfläche aus Aberglauben flach auf den Holztisch legte.

Dann war sie bereit, ihre Gedanken etwas anderem zuzuwenden als dieser großen Summe Geld, die wir gewinnen könnten und die ihr Leben verändern würde. Sie stellte mir Fragen über die Schule, über meine Kameraden, während ich mit einem Geldstück auf den Kärtchen rubbelte, die sie im Tabakladen zusammen mit ihren Zigaretten gekauft hatte. Ob die neue Frau meines Vaters nett zu mir sei. Als ich ihr einmal sagte, Viviane habe zu arbeiten aufgehört und hole mich bei Schulschluss ab, sah sie enttäuscht aus. »*Ich* bin deine Mutter«, antwortete sie mit trauriger Stimme. Damals hätte ich alles gesagt, um sie zu verletzen, ich nahm es ihr übel, dass ich Zeit mit ihr verbringen musste.

Ich hatte den Eindruck, Evelyne hätte mit mir lieber über etwas anderes gesprochen, aber wüsste nicht, was einen Jungen in meinem Alter interessieren könnte. Wir kannten uns kaum, und sie stellte mir aufs Geratewohl Fragen in der Hoffnung, ich würde mich um eine Antwort bemühen, um das lange Schweigen zwischen uns zu brechen. Ich achtete darauf, so wortkarg wie möglich zu bleiben. Vielleicht würde meine Mutter schließlich begreifen, dass ich keine Lust hatte, hier zu sein, und unsere Treffen seltener werden lassen.

Nach einer halben Stunde begann Evelyne sich aufzuregen:

»Jérôme, du sagst ja überhaupt nichts. Könntest du nicht etwas netter zu mir sein«, fragte sie, als richtete sie sich an einen Liebhaber, dem sie vorwarf, sie nicht genug zu lieben.

Dann wurde ihre Stimme autoritär, als wollte sie in ihre Mutterrolle zurückkehren, bevor sie sich wieder in ihre Zeitschrift vertiefte.

Hin und wieder hob sie die Augen in meine Richtung und machte mit ihren Vorwürfen weiter:

»So wie es aussieht, hast du mir immer noch nichts zu sagen.«

Sie komme hierher, um mit mir zusammen zu sein, erklärte sie, und wenn ich die nächste Stunde schweigend verbringen wolle, dann könne ich das ruhig tun. Wir seien zusammen, und so würde sie eben warten, bis es sechs Uhr sei, und mich dann zu meinem Vater zurückbringen. Ich wusste nicht, was genau sie von mir erwartete, ich hatte den Eindruck, dass sie nicht ganz aufrichtig war.

Damals schien mir, ich hätte mich mit Leichtigkeit von Evelyne lösen können. Ich war sehr früh von ihr getrennt worden, und die Jahre zogen vorbei, ohne dass sich zwischen uns diese tiefe, enge Bindung bildete, die normalerweise zwischen einer Mutter und einem Sohn besteht. Alles, was wir in diesem Café miteinander teilten, waren die Lottoscheine, auf denen ich Zahlen ankreuzte, und dieses durch die Gespräche ringsum etwas erträglicher gemachte Schweigen.

Eines Sonntags, als die Brasserie auf dem Boulevard geschlossen war, gingen wir in ein Café an der Ecke einer etwas abgelegenen Straße zwischen den Seine-Quais und der Rue Saint-Antoine. Wir waren beim Spazieren zufällig darauf gestoßen, und im Gegensatz zum Bistro auf dem Boulevard Henri-IV gab es hier einen Flipper. Im großen Saal hingen jede Menge Schwarz-Weiß-Fotos an der Wand. Als wir es zum ersten Mal betraten, sagte meine Mutter:

»Jérôme, ich glaube, es würde mir gefallen, wenn du Fotograf würdest.«

Sie wünschte sich immer, was sie nicht hatte. Mir wäre es damals auch lieber gewesen, ich hätte eine andere Mutter als Evelyne gehabt, eine Mutter, die war wie Viviane und die mich sonntagnachmittags nicht in ein Café brachte. Nein, ich hatte wirklich kein gutes Händchen.

Wenn ich mich abends in meinem Zimmer auszog, roch ich den kalten Rauch, der von meiner Haut und meinen Haaren ausging. Das erinnerte mich an Evelyne, als wäre sie in meinem Zimmer und richtete, die Zigarette in der Hand, ihren traurigen Blick auf mich.

An einem Sonntag im Monat ging ich gleich nach dem Mittagessen zu ihr. Mein Vater beharrte darauf, dass meine Mutter und ich uns nicht nur im Café sahen. Wir spazierten wortlos über die Quais, von Zeit zu Zeit spürte ich ihre Hand an meinem Nacken, dann führte sie mich in ein Bistro, um eine Limonade zu trinken. Am späten Nachmittag, eine halbe Stunde bevor mein Vater mich abholte, gingen wir zu ihr nach Hause. Ich habe nie bei ihr übernachtet. Evelyne hatte eine kleine Zweizimmerwohnung, und im Wohnzimmer stand anstelle eines Sofas, auf dem ich hätte schlafen können, das Klavier. Vom Fenster aus konnte man eine Ecke des Eiffelturms sehen, und während ich auf meinen Vater wartete, schaute ich, rittlings auf der Sessellehne sitzend, die Stirn an die Scheibe gedrückt, abwechselnd zum Eiffelturm, zu den Touristenschiffen auf der Seine und auf den Gehsteig unten vor dem Haus, wo ich seinem Auto auflauerte.

Evelyne spielte Klavier:

»Gefällt dir dieses Stück?«, fragte sie und drehte den Kopf zu mir, bevor sie innehielt und die Seite ihrer Noten umblätterte.

»Und das hier?«

Wenn mein Vater an der Tür klingelte, damit ich herunterkam, bat sie mich, noch ein paar Minuten zu bleiben, und spielte weiter ein Stück nach dem anderen von ihrer Partitur. Ich zog den Mantel an und wartete auf dem Sessel, dass sie aufhörte. Am Klavier war sie ganz ruhig, viel gelassener als im Café, auch wenn sie noch immer diesen melancholischen Ausdruck um die Lippen hatte. Sie spielte, als wollte sie mir ein Geheimnis anvertrauen, etwas, das sie mir im Café nicht sagen konnte. Wollte sie, dass ich lieber die Musik hörte statt diese überflüssigen Fragen, die sie mir stellte und die uns hinderten, einander näherzukommen? Plötzlich brach Evelyne mitten in einem Stück ab, küsste mich auf die Wange und sagte in einem unechten, fröhlichen Ton: »Los, Jérôme, dein Vater wartet.« Ich hätte weinen können: Wegen des Klaviers fing ich an, die Traurigkeit meiner Mutter zu spüren. Ich rannte die Treppe hinunter, um nicht Gefahr zu laufen, auf den Aufzug warten zu müssen. Ich hatte Angst, sie könnte herauskommen und mich bitten, ihr noch ein paar Minuten Gesellschaft zu leisten.

Ich hätte meinem Vater gestehen können, dass meine Mutter an den Sonntagnachmittagen, die ich mit ihr verbrachte, mit mir ins Café ging. Er hatte es bestimmt bemerkt wegen des Zigarettengeruchs an meinen Kleidern. Wenn er vor dem Haus im Auto wartete, öffnete er die Scheibe einen Spalt, um sie spielen zu hören. Meine Mutter sei eine große Künstlerin, sagte er oft zu mir. Aber wenn Evelyne so begabt war, warum war sie dann bloß Klavierlehrerin? Manchmal ging mir der Gedanke durch den Kopf, er liebe sie noch immer. Dann lächelte er mich an, als wollte er den traurigen Blick meiner Mutter wettmachen, und strich mir, bevor er losfuhr, mit der Hand über den Schenkel. Mein Vater musste diesen Blick lange vor mir gekannt haben, und bestimmt war das der Grund, warum er mich nie fragte, wie es ihr ging.

Nach ihrer Trennung bin ich bei meinem Vater geblieben, in der Nummer 8 der Rue de Turenne, wo meine Eltern kurz vor meiner Geburt eingezogen waren. Evelyne war nicht in der Lage, sich allein um ein Kind zu kümmern, und sie hatte das Sorgerecht nicht verlangt. Alles, was sie mir zu geben vermochte, waren diese paar Stunden, die wir gemeinsam an einem Cafétisch verbrachten, oder diese Anrufe aus Cannes. Am Telefon hatte ich oft den Eindruck, sie versuche, das Gespräch so lange wie möglich hinzuziehen, wie sonntagabends, wenn mein Vater unten vor ihrem Haus wartete und sie mich zurückzuhalten versuchte. Meine Mutter war hinter der Fassade der selbstsicheren Frau und großen Schauspielerin noch immer ein kleines, launenhaftes Mädchen.

Wenn sie es war, die mich nach Hause zu meinem Vater brachte, wartete Evelyne auf der Straße, bis ich ihr vom Fenster aus ein Zeichen machte. Sie sah verloren aus vor ihrer ehemaligen Wohnung. Sie starrte mich unendliche Sekunden lang an, während ich mich ihrem Blick nicht zu entziehen wagte, und drehte dann um. Meine Mutter lebte allein, und ich war mir damals der Angst nicht bewusst, die sie abends in ihrer Wohnung gehabt haben muss, und dass sie den Abschied wohl ein bisschen hinauszögerte, ein bisschen Zeit verstreichen ließ. Wir führten zu jener Zeit sehr unterschiedliche Leben, und obwohl wir uns jede Woche sahen, wusste ich nichts von ihr, ich stellte ihr keine Fragen.

Im Café hatte ich oft diesen Eindruck: Wir waren am Telefon, meine Mutter und ich, aber die Verbindung war schlecht, und wir konnten einander nicht verstehen. Erst viel später habe ich begriffen, dass diese Schwierigkeiten zwischen uns mich am Fortkommen hinderten. Sie richteten sich wie eine Wand vor mir auf. Es war, als ob der Lauf der Zeit, so unumkehrbar er auch war, mir die Möglichkeit einer Zukunft verweigerte, solange ich mich nicht mit meiner Mutter versöhnt hatte. Eigenartigerweise konnte ich meiner Kindheit nur entwachsen, indem ich zu meiner Herkunft zurückfand.

* * *

Im Februar 1988 starb mein Vater an einem Herzinfarkt. Am Morgen nach seiner Beerdigung holte mich meine Mutter ab. Sie wartete vor der Wohnungstür auf mich, während ich meine beiden Koffer ins Treppenhaus hinaustrug. Evelyne weigerte sich, die Wohnung zu betreten, als hätte dort eine unüberwindbare Grenze zwischen ihrer Vergangenheit und ihrem gegenwärtigen Leben bestanden. Meine Mutter und ich gingen an dem Morgen durch die Straße, an der sie vor meiner Geburt gewohnt hatte. Evelyne trug den schwereren Koffer, und ich drehte mich nicht um, um zu sehen, ob Viviane uns am Fenster nachsah. Ich war mir nicht bewusst, dass ich an jenem Tag, als ich die Wege hinter mir zurückließ, die ich zur Schule oder zum Park gegangen war, die Grenzen einer vergangenen Zeit überschritt. Ich habe nie mehr in diesem Stadtviertel gewohnt. Heute lebe ich in einem modernen Wohnhaus im fünfzehnten Arrondissement. Ich habe mich mit der Zeit an die hohen Türme am Quai de Grenelle gewöhnt, die ihren Schatten auf das Viertel werfen. Ich habe dafür gesorgt, dass jede Phase meines Lebens mit einer anderen Architektur und einer anderen Umgebung verbunden war, so als wollte ich mir die Illusion verschaffen, die Vergangenheit endgültig hinter mir zu haben. Doch hinter irgendeiner Straßenecke lauerten immer wieder die Erinnerungen.

Evelyne hatte ihren Wagen an der Rue Saint-Antoine geparkt, etwa hundert Meter von der Stelle, wo mein Vater auf dem Weg von der Arbeit zusammengebrochen war. Er hatte sich durch den Sturz am Kopf verletzt. Wir luden das Gepäck in den Kofferraum. Als ich die Autotür öffnete, spürte ich die unsichtbare Anwesenheit meines Vaters, als könnte er mich ein letztes Mal sehen. Im selben Augenblick ging die Sonne auf, fast als wollte sie die Leere dieses Morgens hervorheben, seine so flüchtige Präsenz, die in der Luft schwebte. Bevor sie losfuhr, sagte meine Mutter: »Wir wollen es mal miteinander versuchen, wir beide«, dann wiederholte sie mehrmals, alles werde gut gehen, indem sie jede Silbe absetzte, so als wollte sie sich selbst beruhigen. Diese beiden Sätze ließen meinen Herzschlag in die Höhe schießen. Und wenn es schiefging, was dann? Ich hielt das Weinen zurück, bis mir beim einfachen Gedanken, dass ich mein Fahrrad im Keller vergessen hatte, eine Träne über die Wange lief. Ich drehte den Kopf zum Fenster, damit sie es nicht sah; am Straßenrand gab ein Schild an, dass wir den Wald von Meudon entlangfuhren. Ich hatte den Eindruck, dass Evelyne ebenfalls weinte, aber sie hatte ihre Augen unter einer schwarzen Brille versteckt, bevor sie den Motor startete. War sie wegen meines Vaters traurig oder weil sie sich nun um mich kümmern musste?

Noch bevor wir ausgestiegen waren, wusste ich, dass unsere Situation nur ein Provisorium war, meine Mutter konnte nicht für mich da sein. Sie teilte hinter ihren großen schwarzen Brillengläsern diese schmerzliche Gewissheit mit mir.

Ich hatte bei Evelyne stets nicht Gleichgültigkeit, sondern eher ein Widerstreben gespürt, zwischen uns eine Nähe entstehen zu lassen. Doch wenn sie mich bedauernd vor dem Haus an der Rue de Turenne abgegeben hatte, schien für kurze Zeit eine Verbundenheit zwischen uns aufzukommen, oder wenn sie in ihrer Wohnung Klavier spielte, bevor ich wieder ging. Vielleicht fühlte sie sich aus dieser Entfernung weniger unsicher. Bestimmt half ihr das Klavier, sich tief in sich selbst zurückzuziehen. Meine Mutter hatte stets eine Form von Abwesenheit gepflegt, sie war zerstreut, von ihren Gedanken in Beschlag genommen. Auch bei mir löste der Kummer nach dem Tod meines Vaters das Gefühl aus, zu verschwinden. Evelyne und ich waren zwei vom Leben verletzte Wesen, unfähig, auf den anderen zuzugehen. Wir waren allein, so allein, wie niemand vor uns je gewesen war.

Im Café wiederholte Evelyne oft diesen Satz, der mich gleichzeitig neugierig machte und ärgerte: »Wenn du mal groß bist, wirst du das Leben mit anderen Augen sehen, und eines Tages wirst du mich verstehen.«

Ich bereue es, ihr nicht besser zugehört zu haben, ihr Unglück kam mir so lächerlich vor, dass es mir nie in den Sinn kam, sie zu fragen, was ich hätte wissen müssen. Wie könnte ich sie eines Tages verstehen, sie, die mir so fremd war, dass mir schon der Gedanke, dass sie aus meinem Glas trank, unerträglich war?

Ich wusste in dem Alter nicht, dass die Anwesenheit meiner Eltern mich vor den Schwierigkeiten des Lebens schützte. Es konnte mir nichts passieren, nichts zustoßen: Es fiel mir schwer, eine Beziehung zur Welt herzustellen, zu verstehen, dass die äußeren Ereignisse, der Zufall, mir mein Schicksal aus der Hand nehmen konnten. Das Leben schien mir damals, als wir sonntags ins Café gingen, meine Mutter und ich, so unabänderlich, dass ich mir nicht vorstellen konnte, jemals ein anderes zu leben.

REIFE

6

An zwei Abenden in der Woche bestieg ich nach den Vorlesungen am Bahnhof Luxembourg den Vorortszug und fuhr zu Evelyne. Ich ließ das Zentrum von Paris, seine Studentenkneipen hinter mir, um mich eine Dreiviertelstunde später in einer ländlichen Kleinstadt wiederzufinden. Nach einigen Minuten legte sich hinter der Scheibe eine graue, hügelige Landschaft vor das Bild der Vorortsboulevards, das ich noch eine Weile im Gedächtnis behielt, bevor es ganz verflogen war. Der Zug fuhr die Bièvre entlang, hielt an verwaisten Bahnhöfen, wo ich hinter der Spiegelung meines Gesichts eine Handvoll Häuser ausmachen konnte. Nach und nach leerte sich der Waggon, und nicht selten war ich als Letzter übrig geblieben, wenn ich auf den Bahnsteig trat. Ich achtete kaum auf die Namen der Orte, durch die wir fuhren, nahm die schmucklose Szenerie um mich herum nur zerstreut wahr; alles war in leichten Dunst gehüllt und schien im Gegensatz zu Paris besser zu mir zu passen. Ich ließ die Straßen, die sich durch die Felder schlängelten, und die Lagerhäuser der großen Handelsmarken, die sich ab und zu vor den Horizont schoben, fast unbemerkt an mir vorüberziehen. Ich war unfähig, mich von der Vorstellung zu lösen, die sich mir beim ersten Mal, als ich zu Evelyne fuhr, eingeprägt hatte: eine unermessliche, graue, düstere Weite.

Obwohl mir die Orte unbekannt waren, an denen der Zug hielt, verflog während der Fahrt die Angst, mich zu verirren, die mich gewöhnlich begleitete. Ich hatte das Gefühl, diese Unruhe am Bahnhof Luxembourg zurückgelassen zu haben.

Obwohl der Zug an mir völlig fremden Orten hielt, verflog während der Fahrt die Angst, mich zu verirren, die mich gewöhnlich begleitete. Ich hatte das Gefühl, sie am Bahnhof Luxembourg zurückgelassen zu haben. Doch am nächsten Tag war die Beklemmung, sobald ich aus der Metro stieg, unverändert wieder da. Sie stand in großem Kontrast zu dem Frieden, den ich für mehrere Stunden empfunden hatte, und holte mich jedes Mal auf brutale Weise auf dem Boulevard Saint-Michel ein. Ich kam mit dem plötzlichen Wechsel vom Leben in einem ländlichen Gymnasium zu dem eines Studenten mitten im Zentrum von Paris nicht zurecht. Wenn ich mich entfernte, war es jedes Mal, als würde die Stadt in meinem Gedächtnis kleiner werden und nur aus den vertrauten Straßen meines Viertels bestehen. Die riesigen Gebäude auf den Boulevards, die berühmten Monumente, alles war in der Nacht verschwunden und tauchte mit dem neuen Tag genauso wieder auf.

Die ersten Male, als ich zu Evelyne fuhr, war es schon fast dunkel, wenn ich ausstieg. Es war kurz nach fünf. Auf dem kleinen Landbahnhof gab es zwei Gleise. Die Fenster des Bahnhofsgebäudes waren beschlagen, und der Boden war nass, bestimmt von den Leuten, die ihren Regenschirm abtropfen ließen, während sie auf den Zug warteten. Die frischere und feuchtere Luft in der Banlieue erweckte in mir den Eindruck, weit weg von Paris zu sein. Laut Evelyne gab es hier nicht die Hektik der Verkehrsstaus zu Stoßzeiten und keine großen Architektenhäuser, die vor den Windböen schützen.

Es war Anfang Januar 1988, ich war gerade neunzehn geworden. Jérômes Vater lebte noch, und Evelyne war an meiner Seite zu einer sanften, unbeschwerten Studentin geworden. Wir glichen damals zwei jungen Menschen, die sich dieser etwas dümmlichen Albernheit überließen, wie sie für den Beginn einer Liebe typisch ist.

Ich lief ein Stück die Eisenbahnschienen entlang und überquerte dann den dörflich anmutenden Platz, bevor ich auf dem Seitenweg neben der Straße zum Gymnasium hinaufging. Mit der Zeit wurde es später dunkel. Meistens war der Himmel grau, und die Straßenlampen waren zu diesem Zeitpunkt noch nicht eingeschaltet. Ich fragte mich oft, wo ich war, als ob ich nach tiefem Schlaf erst wieder zu mir kommen müsste. Auf der anderen Straßenseite befand sich gegenüber dem Gymnasium ein Novotel, und ich hatte den blauen Schein seines Leuchtschilds im Blick, bis ich bei Evelyne ankam. Ein mitten im Niemandsland verlassener Turm, der nach zwanzig Uhr ein helles weißes Licht ausstrahlte, damit man es nachts von Weitem sehen konnte.

Evelyne logierte in einer Dreizimmerwohnung im vierten Stock eines modernen Gebäudes, gleich neben dem Gymnasium im englischen Stil. Die Eingangstür führte direkt ins Wohnzimmer, in dem die blassgrünen Vorhänge auf die Farben des Linoleums und der Tapeten der amerikanisch eingerichteten Küche abgestimmt waren. Die Möbel waren aus dunklem Holz. Seit Evelyne von ihrem Mann getrennt war, lebte sie der Bequemlichkeit halber in möblierten Wohnungen, was ihr auch diese Stellvertretung in Cannes ermöglicht hatte. Das Einzige, was sie aus ihrer früheren Unterkunft mitgebracht hatte, waren das Klavier, das sie ins kleinste Zimmer gestellt hatte, und Partituren. Die Tür blieb immer zu, aber ich wusste nicht, ob sie das Zimmer verschlossen halten oder das Instrument vor den Küchengerüchen schützen wollte. Die Wohnung war kalt und unpersönlich: Die Möbel waren alle aus demselben billigen Buchenfurnier, das die Sonne mit der Zeit je nach ihrer Position in Bezug auf das Schiebefenster unterschiedlich stark verfärbt hatte. Evelyne hatte noch keine Zeit gehabt, Bilder an die Wand zu hängen. Als ich das erste Mal bei ihr war, hatte sie mir gesagt, es komme ihr vor, als würde sie im Hotel leben. Als könnte sie von einem Tag auf den anderen ihre Koffer packen und alles hinter sich lassen, hatte sie noch mit leiser Stimme hinzugefügt.

Ich wartete in der Wohnung auf Evelyne, wo ich die Glocke die Stunden schlagen hörte, bis um sieben Uhr der Schultag zu Ende war. Den zwei, drei Kollegen, denen wir auf der Treppe begegnet waren, hatte sie mich als jungen Französischlehrer am Lycée Louis-le-Grand vorgestellt, was mir jedes Mal eine freundschaftliche und respektvolle Begrüßung eintrug, wenn ich jemanden antraf, bevor ich ihre Wohnung betrat. Ich lernte an ihrem Schreibtisch im Wohnzimmer und hörte dabei Klaviermusik von Maurice Ravel. Es gab hier kein Café, in dem ich hätte arbeiten können, und die Musik übertönte die Stille. Ich brauchte jedes Mal einen Moment, bis ich mir bewusst wurde, dass das Klavier verstummt war und ich die Platte umdrehen musste. Jede Seite dauerte etwas mehr als eine halbe Stunde. Die Kompositionen folgten aufeinander, ohne dass ich wusste, welche gespielt wurde, ich hatte den Eindruck, ständig dasselbe Stück zu hören. Die Musik war ein Abbild meiner Emotionen, und mit der Zeit achtete ich nicht mehr auf sie. Ich hörte vor allem die Schulglocke, die mir den Moment näher brachte, an dem ich Evelyne wiedersehen würde.

Wenn sie kam, schmiegte Evelyne sich an mich und fragte, ob ich mit Maurice zusammen gut gelernt hätte. Sie küsste mich, lachend über ihren Scherz, und hob die Nadel von der Platte, sie konnte nach ihrem Arbeitstag kein Klavier mehr hören. Da schien es mir, dass Ravels Musik mit dem Lauf meines Lebens verschmolz und sämtliche Gefühle zum Ausdruck brachte, die ich durchmachte. Ich war damals kein Musikliebhaber, es kam mir vor, als sei die Musik wie eine Wasseroberfläche, in der sich das Gesicht spiegelt, und sie könne die Form jedes Gefühls annehmen, das ich ihr zuschreiben wollte.

Evelyne zog es vor, im Wohnzimmer, nicht weit von der Eingangstür, zu schlafen. Sie fühlte sich noch nicht zu Hause hier, und das Tag und Nacht erhellte Treppenhaus zeichnete ein beruhigendes Rechteck aus Licht auf den Boden. In den ersten Nächten, die ich bei ihr verbrachte, schliefen wir auf dem Sofa, umschlungen unter einer roten Decke mit Clowns-motiven. Ich zog ihren Oberkörper an mich, um sicher zu sein, am nächsten Morgen aufzuwachen, wenn sie sich aus meiner Umarmung befreien wollte. »Ich habe das Gefühl, du seist mir als Elfe im Traum begegnet«, erzählte ich ihr ein-mal und nannte sie von da an jedes Mal »Elfelyne«, wenn der Wecker schellte und wir uns nackt in den Armen lagen. »Es gibt mich wirklich«, lächelte sie schlaftrunken und küss-te mich mit geschlossenen Augen. Wir umarmten uns ein letztes Mal, dann ging ich zum Bahnhof, ich musste sehr früh los, um pünktlich zu meinen Seminaren an der Univer-sität zu erscheinen. Auf dem Weg dachte ich an das Lächeln, das auf ihren Lippen geblieben war, als sie wieder einschlief. Der noch dunkle Himmel passte genau zu meinem Empfin-den, alles wurde wieder trist und düster.

Im Zug, der mich von Evelyne forttrug, hatte ich das Ge-fühl, allein, mir selbst überlassen zu sein. Während er sich Paris näherte, füllte sich der Waggon mit Passagieren, und statt auf meinem Platz sitzen zu bleiben, stellte ich mich für die letzten Minuten neben die Tür. Nach den weiten, wald-bedeckten Landschaften, die wir zuvor durchquert hatten, konnte ich die zur Stoßzeit überfüllte Metro, den Unter-grund nur mit Mühe aushalten. Ich fürchtete, wegen des Ge-dränges an meiner Haltestelle nicht aussteigen zu können, und in der Nähe des Eingangs fühlte ich mich weniger be-engt. Wenn sich die Türen öffneten, beruhigte ich mich ein wenig, der kühle Luftzug verschaffte mir die Illusion, an der frischen Luft zu warten. An der Station Luxembourg fühlte ich mich, wenn ich auf der Rolltreppe vom Tageslicht geblendet wurde, noch immer beklommen, und oft nahm ich mehrere Stufen auf einmal, um die Gespräche der Passanten nicht hören zu müssen: »Ich habe in *Le Monde* gelesen«, »der Premierminister hat eine Sitzung einberufen«, »Samstag um vierzehn Uhr auf der Bastille zur Demonstration«, die mir auf der Stelle zu verstehen gaben, dass ich wieder in Paris war.

An den Tagen, an denen ich nicht zu Evelyne fuhr, ging ich nach der Universität weiterhin ins Café an der Rue du Petit-Musc. Ich arbeitete eine gute Stunde, dann ließ ich meine Gedanken schweifen. Ich hatte bei meinen Prüfungen Ende des Jahres recht gut abgeschnitten, sodass ich es in Zukunft etwas lockerer angehen konnte. Ich spürte noch immer die Einsamkeit, die von den Abenden bei Evelyne zweimal pro Woche unterbrochen wurde, und die paar Tage, an denen ich auf unser Wiedersehen wartete, wurden zu langen Perioden der Unruhe. Ich versuchte mich an unser Gespräch vom letzten Abend zu erinnern, forschte in ihrem Schweigen nach einem Hinweis, wie viel Zeit mir mit Evelyne blieb. Hatte sie, wenn sie in ihren Gedanken verloren war, vor, mich zu verlassen? In meinem Kopf spulte sich alles immer wieder von Neuem ab, der Blick, den sie mir zuwarf, wenn sie nach Hause kam, und ihre Art, die Augen zu schließen, während sie sich an mich drückte, sodass ich momentweise dachte, sie stelle sich dabei einen anderen Mann vor. Ich wurde vor unseren Wiedersehen immer unruhiger. Ich fürchtete, das Ende ihres Arbeitstages wäre der Moment, da Evelyne mich fortschicken und mit bestimmter Stimme den Zweitschlüssel zu ihrer Wohnung zurückverlangen würde, den ich an meinem Bund befestigt hatte.

Unsere Gespräche hielten sich in Grenzen. Die Abende waren zu kurz, um uns in Geständnissen zu ergehen, und wir verbrachten diese paar Stunden damit, zu lachen und uns zu umarmen. Heute habe ich das Gefühl, dass sich Evelyne, wenn wir länger zusammengeblieben wären, irgendwann geöffnet hätte. Sie hatte mir einmal anvertraut, sie habe in ihrem Leben mehr Kummer als Freude erfahren. »Und ich, zu welcher Sorte gehöre ich?«, fragte ich in der Hoffnung, sie zum Lachen zu bringen, aber sie schwieg, schaute mit starrem Blick geradeaus, wie abwesend.

Ich hatte mehrmals versucht, ihr von meinen Eltern in Antibes zu erzählen, von meinem Leben, bevor wir uns kannten. Sie unterbrach mich jedes Mal mit einem Kuss. Hatte sie sich in diesem Augenblick daran erinnert, dass ich gerade mal neunzehn war und sie nicht diese Studentin, für die sie sich ausgab? Ich wagte sie nicht nach ihrem Geburtsdatum zu fragen. Sie musste knapp fünfunddreißig sein, in diesem Alter, da man, wie sie sagte, anfängt zu bereuen und bald das diffuse Gefühl bekommt, sein Leben verpfuscht zu haben. Ich hatte Lust, dass sie mir von ihrer Ankunft in Paris erzählte, von dem jungen Mädchen, das sie gewesen war, als sie aus Besançon wegzog, aber bestimmt gab es zu viel Bitteres in ihrer Vergangenheit, als dass sie bereit gewesen wäre, sich mir anzuvertrauen.

Einmal, als ich abends bei ihr zu Hause auf sie wartete, betrat ich den Raum, in den sie das Klavier gestellt hatte. Es war ein Kinderzimmer, mit derselben blassgrünen Tapete wie in der übrigen Wohnung. Abgesehen von mehreren Stapeln verstaubter Partituren, die auf dem Boden zerstreut waren, und zwei oder drei Kartons mit Schallplatten auf dem schmalen Bett, war der Raum praktisch leer. Ich wagte nicht, sie nach ihrem Sohn zu fragen: Hatte sie ihr Studium abgebrochen, als sie schwanger wurde? Warum hatte ihr Mann das Sorgerecht für Jérôme bekommen? Es schien mir möglich, dass sie mich wegen einer solchen Kleinigkeit verlassen könnte, und wahrscheinlich fürchtete ich mich auch davor, ihre Erklärungen zu hören. Hatte sie Gründe, sich schuldig zu fühlen, dass man ihr die Jugend gestohlen hatte? Wenn sie sich für ihre Vergangenheit schämte, dann war es mir lieber, wenn sie sie weiterhin vor mir verborgen hielt.

Das Wochenende verbrachten wir in meiner Wohnung in Paris. Evelyne hatte vor Schulbeginn einen gebrauchten Renault 5 gekauft, sie konnte die Vorortszüge nicht leiden, vor allem im Winter nicht, wenn man lange Minuten auf dem Bahnsteig warten musste. Sie kam am Samstagabend und führte mich in ein Restaurant in der Avenue des Gobelins, das für seine Meeresfrüchte berühmt war. Am nächsten Tag traf Jérôme seine Mutter im Bistro an der Rue du Petit-Musc, wo wir nach dem Mittagessen bei einem Kaffee auf ihn warteten. Sie kaufte Rubbellose und einen Lottoschein für ihn zum Ausfüllen. Sie bat mich um Kleingeld, wenn sie keins hatte, für den Fall, dass Jérôme flippern wollte. Evelyne wurde nervös und wippte mit dem Fuß unter dem Tisch. Ich hatte bei ihr stets eine tiefe Verbundenheit mit ihrem Sohn gespürt, die sie jedoch durch eine mindestens ebenso starke Gereiztheit kompensierte. Sobald er ankam, überließ ich ihm meinen Platz. Das erste Mal hatte Evelyne mir zum Abschied die Hand gegeben, um ihn glauben zu lassen, wir hätten uns zufällig in dem Café getroffen. Jérôme hatte von seiner Mutter nicht nur die Gesichtszüge geerbt, sondern auch diese Verstörtheit, die in ihren Blicken zu lesen war. Ich hatte keine Ahnung, worüber sie miteinander sprachen.

Eineinhalb Monate später, im Februar 1988, starb Evelynes Mann an einem Herzinfarkt. Von da an lebte Jérôme bei seiner Mutter und besuchte das Gymnasium, in dem sie unterrichtete. Wir, Evelyne und ich, statteten sein Zimmer mit einem Schrank und einem Schreibtisch aus hellem Holz aus, die einen typischen Neugeruch verbreiteten. Wegen des Klaviers blieb nicht mehr viel Platz frei. Jérôme hatte plötzlich seine runden Wangen verloren, als er hier zu leben begann, als wollte er, indem er sich ein fahles, knochiges und männlicheres Gesicht zulegte, das Ende seiner Kindheit markieren. Um seine Mundwinkel bildete sich ein bitterer Zug. Er rief seine Mutter bei ihrem Vornamen, und wenn man ihn reden hörte, klang es, als wäre Evelyne eine Freundin seiner Eltern. Am meisten aber berührte mich, dass er seinen Vater verloren hatte. Ich begann, Zärtlichkeit für ihn zu empfinden. Ich weiß nicht warum, aber ich fand, ich sei ihm ähnlicher als dem großen Blonden aus Bordeaux; dabei hatte ich keinen Elternteil verloren. Seine Stimme war rau geworden; sie glich der jener Leute in dem einfachen Café an der Rue Saint-Antoine, über deren Erscheinen ich in den Weihnachtsferien Buch geführt hatte. Ich brauchte nur die Augen zu schließen und mir mich am Tisch gleich neben der Kasse vorzustellen, während ich zuhörte, wie Jérôme sich an die in ihren dicken Rollkragenpullover eingemummte Wirtin richtete. Ich hätte in mein Heft geschrieben: »Kleiner Junge mit blassgrüner Brille, Halbwaise.«

Evelyne und ihr Sohn sprachen kaum miteinander, und das war bestimmt der Grund, warum sie mit mir sanfter wurde, weniger distanziert. Sie wollte unbedingt, dass ich jeden Abend zu ihr in ihre Wohnung kam. Ich hatte das Gefühl, dass sie mich wirklich liebte, dass sie mich mehr und mehr liebte. Wir schliefen nicht mehr auf dem Sofa, sondern in einem größeren Bett im Schlafzimmer. Nach dem Abendessen schmiegten wir uns aneinander, sie las ein paar Seiten in ihrem Roman und machte dann das Licht aus. Am Morgen, wenn der Wecker klingelte, sagte ich zu ihr: »Ich habe dich schon wieder im Traum gesehen, Elfelyne.« Sie verzog die Lippen zu einem leichten Lächeln, und ich ließ sie wieder einschlafen. Es schien mir, dass man sie schon nicht mehr für ein junges Mädchen in meinem Alter halten konnte, die Ausdrucksfalten um ihren Mund herum wurden immer ausgeprägter, als wollte sie von einem Tag auf den anderen einer besorgten, überforderten Mutter gleichen.

Meine Zeit war geteilt zwischen dem fünften Arrondissement, wo ich studierte, und der düsteren Landschaft im Pariser Umland, wo ich abends dieses fast genauso eintönige Familienleben führte. »Du wirst sehen, das wird dich an das Leben in der Provinz erinnern«, hatte Evelyne in ironischem Ton zu mir gesagt. Ich hätte ihr beinahe geantwortet, ich hätte das »Pariser Leben« nie gekannt, ich hätte mir höchstens den Lebenswandel eines Studenten angeeignet, der eine abgewandelte, etwas weniger bürgerliche Form davon ist. Ich stellte mir unter einem Pariser Leben Theaterbesuche mitten in der Woche vor, die spätabends im Restaurant ausklangen. Als Evelyne noch in Paris gelebt hatte, ging sie mehrmals pro Monat ins Konzert oder ins Kino.

Zu Abend aßen wir zu dritt. Evelyne fragte ihren Sohn in lehrerhaftem Ton nach seinem Tag. Er antwortete nur einsilbig, und niemand brachte das Gespräch in Gang. Wir lauschten dem Klappern des Bestecks, in das sich das Murmeln der Nachbarn oder das Geräusch eines parkenden Autos mischte. Ab und zu fiel mein Blick auf unser Spiegelbild in der Scheibe des Wohnzimmerfensters. Ich brauchte jedes Mal einen Moment, musste erst die Bewegung meines Arms in der Scheibe, das Senken meines Kopfs beobachten, um sicher zu sein, dass wir das waren. Ich hatte wieder diesen Eindruck wie damals, als ich Evelyne und ihren Sohn zum ersten Mal im Café an der Rue du Petit-Musc gesehen hatte: Ich war ein angeheirateter Neffe, ein entfernter Cousin, der frisch nach Paris gezogen war und den Evelyne zu sich nach Hause eingeladen hatte, damit er sich nicht so allein fühlte.

Dieser Neffe hätte genauso gut nicht da sein können, er gehörte nicht ins Bild.

Wegen unseres Altersunterschieds und auch wegen der Anwesenheit des Jungen war ich an das friedliche Leben erinnert, das ich bei meinen Eltern in Antibes geführt hatte. Ich wusste nicht, was meine Rolle in dieser Familie war. Hatte ich wirklich einen Platz darin? Ich machte keine Versuche, ein Ersatzvater für Jérôme zu sein. Ihn hatte Evelyne ebenfalls angelogen und mich als jungen Lehrer vom Lycée Louisle-Grand vorgestellt, und ich achtete darauf, so wenig wie möglich zu sprechen, um keinen Patzer zu begehen. Ich war noch viel zu unsicher, um mich ganz erwachsen zu fühlen.

Am Samstag ging Evelyne mit Jérôme ins Schwimmbad im Novotel gegenüber der Schule. In Paris, hatte sie mir erklärt, könne man im Pool von großen Hotels schwimmen gehen, das sei kaum teurer als in einem öffentlichen Schwimmbad. So hatte sie ihren Mann kennengelernt, der in der Mittagspause im Saint James et d'Albany an der Rue de Rivoli ein paar Längen zog. Er war Notar und hatte seine Kanzlei im Madeleine-Viertel. Nachdem er sie mehrmals im Pool gesehen hatte, sprach er sie irgendwann an, sie waren die einzigen Franzosen unter den ausländischen Gästen. Er lud sie an die Hotelbar ein.

Als ich eines Samstags aus Paris zurückkehrte, überquerte ich bei der Schule die Straße, um mir das Schwimmbecken hinter der großen Glaswand des Novotels anzusehen. Evelyne schwamm abwechselnd eine Länge Crawl und eine Länge Brust, ohne auf Jérôme zu achten. Er konnte nicht gut schwimmen und geriet im Wasser leicht außer Atem. Er saß auf dem Beckenrand und schaukelte mit den Beinen, während er wartete und die kleinen Wellen ringsum betrachtete, die schwarzen Linien vor den Blautönen des Beckenbodens. Als Evelyne aus dem Wasser stieg, folgte er ihr in einigem Abstand zu den Umkleidekabinen. Dabei hatte sie ihm überhaupt kein Zeichen gemacht, so als wäre sie allein schwimmen gegangen. Sie schienen eine sanfte Gleichgültigkeit füreinander zu empfinden. Oft taucht ein Bild aus dieser Zeit vor meinen Augen auf: Wie Evelyne Klavier spielt, während ihr Sohn mit dem Rücken zu ihr an seinem Schreibtisch für die Schule lernt. Ich hatte den Eindruck, sie existierten füreinander nur an der Oberfläche, als würden die tiefen familiären Bindungen, die weit über die Kindheit hinaus halten, für sie nicht gelten. Waren sie sich der Liebe überhaupt bewusst, die sie füreinander hatten? Sie waren einander gleichgültig in diesem Zimmer, und die auffallende Ähnlichkeit ihrer beiden Gesichter schien einzig dem Zufall geschuldet zu sein, so wie es passieren kann, dass ein Fremder auf der Straße einem Bekannten zum Verwechseln ähnlich sieht. Jérôme sprach wenig, gehorchte Evelyne, und ich verstand nicht, warum sie ihn als schwierigen Jungen bezeichnet hatte.

Meine Beziehung zu Evelyne, die Abendessen, die wir mit ihrem Sohn teilten, erzeugten eine Illusion, sie boten mir ein Leben, das ganz anders aussah als dasjenige, das ich in meinem Alter eigentlich hätte leben müssen. Dieses Leben, das an jenem Vormittag im August mit meiner Ankunft in Paris angefangen hatte, war vollständig leer geblieben. Ich hatte unter meinen Kommilitonen keine einzige Freundschaft geschlossen. Abgesehen von dem großen Blonden aus Bordeaux lud mich nie jemand in ein Bistro ein, und inzwischen hielten mich die Zugreisen davon ab, nach der Uni die Brasserien im Viertel zu besuchen. Seit ich mit Evelyne zusammen war, war ich stets der Erste, der den Hörsaal verließ, und hastete zum Bahnhof Luxembourg, als flüchtete ich aus diesem Leben, in dem es mir nicht zu existieren gelang.

Die Einsamkeit überfiel mich oft mitten am Tag, zur Essenszeit. Es war ein stechender Schmerz. Wenn es nicht regnete, ging ich mit meinem Imbiss zu einer etwas abgelegenen Straße neben dem Pantheon, wo sich ein Programmkino befand. Ich aß im Stehen vor der mit Plakaten bedeckten Fassade und las ganz unten die Angaben, die Namen der Produzenten, die komplette Liste der Darsteller und des Technikerteams. Seit ich in Paris wohnte, hatte ich es noch nie gewagt, ein Kino zu betreten und mir einen Film anzusehen.

Als ich eines Tages die Rue Soufflot hochlief, bemerkte ich hinter der Scheibe eines Cafés den großen Blonden aus Bordeaux mit zwei, drei Kommilitonen aus dem ersten Jahr, er machte beim Sprechen ausholende Gesten, und bestimmt, weil ich mich in diesem Augenblick schlecht fühlte, dachte ich, er mache mir ein Zeichen, mich zu ihnen zu setzen. Um die tiefe Stille abzuschütteln, die sich um mich zu legen begann, dachte ich an Evelyne. Hätte die Fahrt zu ihrer Wohnung nicht so lange gedauert, wäre ich auch am Mittag in einen Zug gesprungen – Jérôme aß in der Schulkantine. Aber sie hatte mir gesagt, dass sie gerne allein esse, sie nutzte die Zeit, um sich ein wenig auszuruhen, bevor der Unterricht wieder losging.

7

In der ersten Zeit nach dem Tod meines Vaters hatte ich das Gefühl, ein Leben zu führen, das nicht mir gehörte. Wenn ich bei Evelyne aufwachte, wusste ich gar nicht, wo ich war. Ich drückte die Stirn an die Fensterscheibe meines Zimmers und schaute auf die rote, in Dunst gehüllte Backsteinfassade der Schule. Das Gebäude glich einer Besserungsanstalt, mit der man undisziplinierten Jungen drohte. Hatte ich mich schlecht betragen? War ich eins dieser Kinder, die von den Eltern unter der Woche in ein Pensionat gesteckt wurden, um sie loszuwerden?, fragte ich mich, bevor mir wieder einfiel, dass mein Vater gestorben war und ich bei meiner Mutter neben dieser Schule im Departement Yvelines lebte, in der sie unterrichtete. Ich war immer ein guter Schüler gewesen und hielt mich weiterhin an die Regeln, die für einen Jungen meines Alters galten. Ich ging zur Schule, und so war ich nie allein, um mich meinem Kummer zu überlassen.

Am erträglichsten waren die Stunden, die ich im Unterricht verbrachte. Ich war gleich bei meiner Ankunft von ein paar Schülern angesprochen worden. »Woher kommst du?«, fragten sie. Paris schien sie völlig gleichgültig zu lassen, denn ihr Blick blieb ausdruckslos, als sie die Antwort hörten.

Mehrmals musste ich mich beherrschen, um nicht zu sagen, ich käme nirgendwoher, nicht in einem aggressiven Ton, um dem Gespräch, das mir wie ein Verhör vorkam, ein Ende zu setzen, sondern weil es das Erste war, was ich dachte, wenn ich in der Schule aus dem Fenster sah. Wir befanden uns mitten auf dem Land, und die Felder ringsum erweckten den Eindruck, das Gebäude sei auf einer Schlammdecke gestrandet. Mein ehemaliges Leben schien mir so weit weg, dass ich mich fragte, ob das alles wirklich existiert hatte, ob ich überhaupt jemals in Paris gewesen war.

Ich setzte mich in die zweitletzte Reihe neben einen Jungen, der schon einen Flaum über der Oberlippe hatte. Der Platz neben ihm war immer frei. Lucien sah aus, als gehörte er in eine höhere Klasse, er musste mindestens zwei Jahre älter sein als ich, und er sagte nichts zu mir. Er roch stark nach Zigarettenrauch, wie ich, wenn ich sonntags aus dem Café kam. Seine Handlinien und seine Fingernägel waren so schwarz wie die eines Automechanikers. Er musste der Sohn eines Bauern aus der Gegend sein, der anders war als diese Schüler aus guter Familie, und ich hätte mich bestimmt über ihn lustig gemacht, wenn er mitten im Schuljahr in meiner früheren Klasse aufgetaucht wäre. Im Unterricht zeichnete Lucien die ganze Zeit. Die Seiten seines Hefts waren bedeckt mit kunstvollen Bleistiftzeichnungen, die meist Tiere vom Bauernhof darstellten. Es gab aber auch abstrakte Gebilde, aneinandergefügte Metallrohre, die sich über eine Doppelseite hinzogen. Ohne es zu wissen, wandte er die Technik der Kalligramme an. Er hörte dem Lehrer nur zu, um Wörter zu haben, die er in sein Heft übertragen konnte, und er verschachtelte die einzelnen Buchstaben ineinander, stellte dabei die Leserichtung auf den Kopf oder drehte sie um neunzig Grad, fing die Sätze an verschiedenen Ecken auf dem Blatt an, sodass große, komplizierte Maschinen entstanden. In der Schule bekam das Leben eine gewisse Leichtigkeit: Die Stunden, die aufeinanderfolgten, die monotone Stimme der Lehrer, die Anwesenheit dieses älteren Jungen an meiner Seite beruhigten mich. Es reichte, ihn zeichnen zu sehen, um wieder ein Kind zu sein.

Meine Mutter lebte mit Yves zusammen, diesem jungen Mann, den ich mehrmals in dem Café getroffen hatte, in das sie mich sonntags bestellte. Wenn sie ihn vor mir etwas stürmisch küsste, schien er verlegen. Obwohl meine Mutter sich mit Zärtlichkeiten nicht zurückhielt, verwandte Yves seine Energie darauf, sich so undurchdringlich wie möglich zu geben. Er war schweigsam und schaute mir nie in die Augen. Er setzte seine Gesten so sparsam ein, als gehörte sein Körper einer anderen Person, die er nicht belästigen wollte.

Als meine Mutter einmal später als gewöhnlich nach Hause kam und wir allein waren, brauchte er eine ganze Weile, bevor er das Schweigen zwischen uns zu brechen wagte:

»Und, gefällt es dir in der neuen Schule?«

Die Frage erstaunte mich, es war nicht meine Entscheidung gewesen, hierher, zu Evelyne, zu ziehen. Ich tat, als hätte ich ihn nicht gehört, und ging in mein Zimmer. Was hätte ich ihm schon antworten sollen; damals hatte ich den

Eindruck, dass mich mein Leben nicht wirklich etwas anging und ohne mein Zutun ablief. Der Kummer hatte mich so starr gemacht wie einen Erwachsenen, der in seiner Einsamkeit verkrochen ist. Bestimmt war ich eifersüchtig auf diesen jungen Mann, dem meine Mutter mehr Zuneigung entgegenbrachte als mir.

Wenn ich aus der Schule kam, legte ich mich aufs Bett. Ich überließ mich der Stille und der Dämmerung und versuchte zu schlafen. Eine Stunde später hörte ich meine Mutter mit Yves sprechen. Ich konnte nicht verstehen, was sie sagten. Ich hoffte, wieder einzuschlafen. Ich stellte mir vor, ich sei in Paris, in der Wohnung an der Rue Turenne, in der ich aufgewachsen bin: Es war schon spät, mein Vater und Viviane unterhielten sich ein wenig, bevor sie schlafen gingen. Im Halbschlaf hatte ich das Gefühl, dieses frühere Leben fortzusetzen, das so plötzlich aufgehört hatte, und wieder bei meinem Vater zu sein. Dann betrachtete ich die Decke dieses Zimmers, das mir fremd war. Das Licht der Straßenlampen drang trotz der Vorhänge in den Raum, und die blassgrüne Tapete machte ihn noch heller. Ich versuchte mich im Zwielicht an die Form der Möbel zu gewöhnen, ans Spiel der Schatten an den Wänden.

Eine rote Clownsdecke und ein gerahmtes Foto auf dem Nachttisch sorgten für etwas Freundlichkeit: Meine Eltern posieren vor einem Chalet in den Bergen, meine Mutter trägt einen Säugling auf dem Arm. Das Schwarz-Weiß des Fotos verstärkte ihren traurigen Ausdruck noch. Am Rand des Rahmens stand in sorgfältiger Schrift mit schwarzem Kugelschreiber: »Winter 1975, Megève.« Es war wahrscheinlich das einzige Foto, das Evelyne von meinem Vater behalten hatte. Seine in Moonboots gesteckte, an den Knien gebauschte Kordhose ließ ihn ziemlich massig erscheinen, und jedes Mal, wenn ich ihn betrachtete, hatte ich den Eindruck, er wäre nicht mein Vater, sondern ein Unbekannter. Ich selbst fühlte mich, seit ich bei Evelyne lebte, ebenfalls wie ein anderer. Meine Vergangenheit lag unter dem Schneehaufen auf dem Foto begraben, als hätte sich meine Kindheit aufgelöst oder als wäre sie in diesem Bilderrahmen eingeschlossen, und so war es besser einzuschlafen, als an all das zu denken. Ich hatte mir angewöhnt, mich in den Schlaf zu flüchten, bis ich nach und nach wieder zu mir kam.

Irgendwann fing Evelyne an, die vorbildliche Mutter zu spielen. Sie hörte auf, mir Vorwürfe zu machen, und kümmerte sich um die Wäsche und das Abendessen. Sie bot an, mir meine Lieblingsspeisen zuzubereiten. Am Tisch fragte sie mich nach dem Unterricht im Collège, sie nahm einen gekünstelten Ton an, tat so, als interessierte sie sich für mein Schicksal. Niemand stellte mir Fragen über meinen Vater. Trotz der Anwesenheit dieses jungen Mannes war immer noch dieses lähmende Schweigen zwischen meiner Mutter und mir. Nach dem Abendessen spülte Yves das Geschirr, während sie sich in ihrem Zimmer umzog. Sie kam mit einem roten Seidenmorgenmantel wieder heraus, auf den ein gelber Drache gestickt war. Dann sahen wir fern. Meine Mutter schmiegte sich auf dem Sofa an Yves und streichelte seinen Handrücken. Auf dieselbe etwas dümmliche Weise, wie sie mit dem Kellner im Café lachte, lachte sie übertrieben über die Komödien im Fernsehen; wahrscheinlich versuchte sie die Atmosphäre zu entspannen.

So gegen zehn Uhr ging ich schlafen. Sie kam zu mir ins Zimmer, um mir Gute Nacht zu sagen.

»Gefällt es dir hier?«, fragte sie mich einmal und strich mir über die Haare. Meine Mutter saß am Bettrand, der Morgenmantel ließ einen Blick auf ihren BH frei. Ich drehte den Kopf ab, um ihre Brüste nicht zu sehen. »Ich möchte schlafen«, sagte ich. Evelyne wünschte mir eine gute Nacht, und das Letzte, was ich von ihr sah, bevor sie die Tür schloss, war dieser bedrohliche Drache auf ihrem Rücken.

* * *

Einen Tag vor den Osterferien, an einem Donnerstag, war meine Mutter einfach weg. Zwei Tage lang richteten Yves und ich kaum ein Wort aneinander, wir taten so, als würde das Leben normal weitergehen, als könnte sie von einem Augenblick auf den anderen wieder auftauchen. »Vielleicht wird sie schreiben oder anrufen?«, wiederholte er immer wieder mit leiser Stimme. Aber Evelyne war nicht überstürzt weggegangen, sie hatte ihre Kleider mitgenommen, und auf dem Wohnzimmertisch fanden wir einen Umschlag mit fünftausend Francs und den Autoschlüssel. Würde sie am letzten Feriensonntag zurückkommen, bevor die Schule wieder anfing? Aber wenn sie nur zwei Wochen wegbleiben wollte, warum hatte sie uns dann so viel Geld dagelassen?

Dieses unechte Leben, während wir so taten, als würde sie zurückkommen, hielt fast eine Woche an, eigenartigerweise in einer gewissen Sanftheit aufgrund des niedergeschlagenen Zustands, in den ihre Abwesenheit uns versetzt hatte. Wieder gab es Momente, in denen ich mich nicht daran erinnern konnte, wie ich hier gelandet war und wer dieser junge Mann im Wohnzimmer war, der meinem Blick auswich. Ich brauchte mich nur diesem leichten Rauschzustand zu überlassen, um das Gefühl zu haben, ich sei ein Kind und wir wohnten, meine Eltern und ich, an der Rue de Turenne. Kummer konnte also auch leicht sein, nicht nur das Glück, dachte ich dann. Die Tage vergingen ziellos und kamen mir länger vor als gewöhnlich. Ich hielt die Realität von mir fern, und wenn die Dinge mir allzu fremd vorkamen, flüchtete ich mich in die Vergangenheit.

Yves ließ mehrere Tage verstreichen, bevor er anfing, mich über meine Familie auszufragen, ob es einen nahen Verwandten gebe, dem er mich anvertrauen könnte. Meine Großeltern väterlicherseits seien tot, sagte ich. Die Eltern von Evelyne hatte ich nur bei sehr seltenen Gelegenheiten vor langer Zeit gesehen, und ich erinnerte mich nicht an ihre Namen. Hatte Yves im Telefonbuch nach einem Paar namens Arnaudin in Besançon gesucht? Ich hütete mich, ihm von meinem Onkel zu erzählen, dem Bruder meines Vaters, der in einem großen Haus in La Celle-Saint-Cloud wohnte. Ich hatte ihn nur drei oder vier Mal im Leben gesehen. Zwei Monate zuvor, bei der Beerdigung meines Vaters, hatte er mich in die Arme genommen, und ich ließ es zu, ohne seinen

Kuss zu erwidern. Er hatte eine dicke, fleischige Narbe im Gesicht, die seine Stirn in zwei gleiche Hälften teilte, wenn er die Brauen hob. Mein Onkel hatte auf einer Landstraße einen schweren Autounfall gehabt, bei dem er durch die Windschutzscheibe geschleudert wurde. Ich sagte, meine Eltern seien beide Einzelkinder. Yves fragte mich im Laufe eines Gesprächs wie beiläufig aus, als wollte er mich überlisten. Er hatte dabei stets diesen verlegenen Ausdruck, den ich an ihm kannte: Wie alt Evelyne sei. Bei wem sie in diesem Jahr gewohnt habe, das sie in Cannes verbracht hatte. Dann stellte er mir Fragen zur Familie meines Vaters: Wie seine neue Frau heiße. Ob ich mich an eine Großtante erinnere, mit der ich mich gut verstand. Ich empfand nicht die geringsten Skrupel, ihn anzulügen. Ich hatte keine Ahnung, ob er das Verschwinden meiner Mutter angezeigt hatte und wann dieser Onkel aus La Celle-Saint-Cloud mich holen kommen würde.

Yves verließ die Wohnung immer nur sehr kurz. Die meiste Zeit lag er auf dem Sofa und hörte dieselbe Platte von Ravel. Er wollte mich nicht einen ganzen Tag lang allein lassen, um nach Paris zu fahren. Er ziehe es vor, hier zu sein für den Fall, dass Evelyne anrief, sagte er. Gegen elf Uhr morgens fuhr er mit dem weißen R5 ins Zentrum hinunter, um einzukaufen. Yves kaufte immer nur das Allernötigste für das Mittag- und das Abendessen und kehrte am nächsten Tag wieder ins Dorf zurück, in dieselben Läden wie zuvor, als versuchte er in diesen repetitiven und äußerst gewissenhaften Gesten Trost zu finden. Eines Morgens stöberte ich, als er nicht da war, in seiner Ledertasche und fand einen Studentenausweis der Assas-Universität und einen Eisenbahnfahrplan der Île-de-France. Er war also nicht Französischlehrer, wie Evelyne mich glauben machen wollte, er war eben erst neunzehn geworden und studierte Jura. Auf dem Foto waren auch nicht mehr Spuren eines rasierten Bartes festzustellen als auf seinem Gesicht.

Nach dem Mittagessen ging ich nach draußen. Ich hatte auf einer Straße in der Nähe der Schule einen alten Tennisball gefunden. Ich schmetterte ihn mit voller Wucht gegen eine Wand, um die Wut loszuwerden und mich ein wenig zu betäuben. Manchmal prallte der Ball an die Fensterscheibe im ersten Stock. Es hätte mir nichts ausgemacht, wenn das Glas kaputt gegangen wäre. All diese Dinge lasteten schwer auf mir, und vielleicht hätte ich mich erleichtert gefühlt, es in Scherben zu sehen. Ich drehte mich regelmäßig um und sah nach, ob Evelyne nicht hinter mir stand: Würde sie zurückkommen mit ihren Koffern und mich bitten, ihr zu helfen, sie ins Haus zu tragen? Aber da war nie jemand vor dem Haus, und kein Nachbar kam, gestört vom regelmäßigen Aufprall des Balls, um mir zu sagen, ich solle aufhören. Die Schule war leer, und die meisten Lehrer, die in den Dienstwohnungen lebten, waren in die Ferien gefahren. Abends lagen die Stockwerke, mit Ausnahme von einem oder zwei erleuchteten Fenstern, im Dunkeln. Das verstärkte das Gefühl der Einsamkeit noch, das mich ergriff, wenn ich zum Horizont schaute.

Eines Morgens überfiel mich beim Aufwachen eine große Verzweiflung. Es war Donnerstag, am Montag würde die Schule wieder beginnen, und bald würde mich mein Onkel aus La Celle-Saint-Cloud mit dem Fleischlappen im Gesicht holen kommen; es war eine Frage von Tagen, dachte ich damals. Ich versuchte wieder einzuschlafen. Die Sonne, die einen Streifen Licht auf mein Bett warf, hinderte mich daran. Ich hörte die Vögel singen, und plötzlich spürte ich eine unerhörte Kraft: Bald würde sich die Kindheit hinter mir schließen und das Leben aufhören, sich ohne mein Zutun abzuspielen. Nicht, dass ich die Zukunft sehr rosig gesehen hätte, aber ich war entschlossen, auf das Leben zuzugehen. Wenn ich von hier verschwand, wäre ich nicht mehr mit dieser Einsamkeit konfrontiert, und bestimmt wäre der Tod meines Vaters weniger schwer zu ertragen, wenn ich selbst über mein Leben bestimmen konnte. Ich hatte keine Familie mehr, und indem ich diesen simplen Befund akzeptierte, ohne Groll auf meine Mutter, würde ich aufhören, ein Kind zu sein.

Ich nahm den Umschlag mit dem Geld, das Evelyne dagelassen hatte, und packte ein paar Sachen zusammen: die rote Clownsdecke auf meinem Bett, eine Wasserflasche und den Eisenbahnfahrplan der Île-de-France, den Yves in seiner Tasche aufbewahrte. Das Schwarz-Weiß-Foto meiner Eltern nahm ich aus dem Rahmen, um weniger Gewicht zu haben, und schob es in den Umschlag. Jetzt würde ich ebenfalls fliehen. Ich müsste einfach den Bahnschienen folgen, ich würde mich unterwegs nach und nach für eine Richtung entscheiden. Wegen der Decke war mein Rucksack voll, und ich musste zwei Schichten Kleider übereinandertragen, die leichtere unter der dickeren; bald würde es wärmer werden. Mit dem Geld, dachte ich, dürfte ich mindestens eine Woche durchkommen, vielleicht etwas länger.

Yves hatte die Wohnung wie jeden Vormittag verlassen, und fünf Minuten später ging ich mich mit dem Schulrucksack auf dem Rücken ebenfalls hinaus. Ich ging langsam den Weg zum Dorf hinunter, am Friedhof vorbei, der hinter einer großen grauen Mauer versteckt war. Meine Mutter und ich waren diese Strecke mit dem Auto hochgefahren, als sie mich zwei Monate früher mit meinen Koffern in Paris abgeholt hatte. Da wir in einer bergigen Gegend waren, wurde der Wagen auf der gewundenen Straße, die zur Schule hinaufführte, immer langsamer. Dabei war ich hinter der Autoscheibe auf ein Trompe-l'oeil-Dekor an der Wand hereingefallen: Zwei kleine Mädchen gingen an der Hand einer Frau, die in ihrer Mitte war und ihre Mutter sein musste, über einen Feldweg. Die Mädchen hatten schwarze Haare und trugen das gleiche ärmellose Blümchenkleid und dazu passende Strümpfe. Es war Winter und zu kalt, um ein Kleid zu tragen, trotzdem dachte ich, bis das Auto an dem Trompe-l'œil vorbeigefahren war, die Szene sei real. Das größere Mädchen hielt einen Blumenstrauß an die Brust gedrückt. Als ich vorbeilief, muss ich mich für einen Moment mit dem Bild verschmolzen haben. Bevor ich im Dorf ankam, drehte ich mich um, um das Bild an der Wand ein letztes Mal zu betrachten, und es schien mir, ich wäre einmal genauso glücklich gewesen wie diese Mädchen, während meine Kindheit sich hinter mir sanft entfernte.

Auf beiden Seiten des Bahnübergangs hinderte ein Zaun daran, dass sich jemand vor einen Zug warf. Was würde passieren, wenn sich zwei Züge entgegenkamen, während ich auf dem Bahngleis ging? Ich fürchtete mich ein wenig, aber die rot-weiß gestreifte Schranke, die senkrecht stand, festigte meinen Entschluss: Kein Hindernis würde mich aufhalten, und die Stille des Dorfs war das Versprechen auf eine friedliche, harmonische Zukunft. Ich vergewisserte mich, dass niemand sah, wie ich auf die Schienen trat, und rannte ein paar Hundert Meter über den Schotter, bis der Raum zwischen den Bahngleisen und dem Zaun sich zu einem Streifen Erde von der Breite eines Gehsteigs erweiterte. Dann blieb ich ein paar Minuten am Rand stehen, um Atem zu schöpfen. Hier bestand keine Gefahr mehr, von einem Zug erfasst zu werden, und es schien mir, als wäre ich für mein ganzes Leben in Sicherheit. Dann folgte ich weiter den Schienen, ohne zu wissen, wohin mich das führen würde.

Ein Bild, das mir in Erinnerung geblieben ist von diesem Ort, in dem ich die erste Zeit nach dem Tod meines Vaters verbrachte, ist das einer herrschaftlichen Villa mit efeube-deckter Fassade. Sie stand gegenüber dem Bahnübergang und beherbergte das Museum für den Toile-de-Jouy, ein bedruckter Stoff, der hier hergestellt wurde. Wir hatten es vor den Osterferien mit der Schule besucht. Wenn ein Zug vorbeifuhr, zitterte jedes Mal der Boden unter unseren Füßen. In der Eingangshalle bedeckten große Behänge die Wände, die mit Szenen aus dem bäuerlichen Leben und anderen pastoralen Motiven auf naturfarbenem Hintergrund bedruckt waren. Sehr viel später sah ich dieselben weinroten Muster auf einer Bettgarnitur wieder, die meine Frau für uns gekauft hatte und die mir jedes Mal, wenn ich schlafen ging, den Geruch der Eisenbahngleise, den Lärm der Lokomotive und die im hohen Gras herumliegenden Bierdosen in Erinnerung riefen, über die ich in der Dunkelheit gestolpert war.

Nach einer halben Stunde kam ich an einen Waldrand. Sobald das Getöse eines vorbeifahrenden Zugs verklungen war, ließ ich die Einsamkeit auf mich wirken, die von der Natur ausging. Die Stille hier war anders als die in der Wohnung, wenn Yves und ich auf Evelynes Rückkehr warteten. Ich folgte einem Bach, der von Eichen gesäumt war. Das Plätschern des Wassers beruhigte mich und spiegelte den inneren Frieden wider, den ich empfand: Ich war frei. An beiden Ufern wechselten sich gelb und weiß blühende Sträucher mit Farn ab. Ich hatte den Eindruck, dass der Bach meine Erinnerungen klärte und meinen Kummer fortschwemmte. Wenn die Vegetation dichter wurde, spürte ich die Hoffnung und die Erleichterung, nach der ich gesucht hatte, als ich am Morgen flüchtete, noch stärker. Das äußere Leben ließ mich nicht mehr gleichgültig, und ich öffnete mich der Welt so sehr, dass mir schien, als würde die Natur meine Emotionen reflektieren, als würden die Landschaft und ich ein Ganzes bilden. Noch nie war mir etwas so schön und majestätisch erschienen wie dieser blühende Birnbaum, über und über mit

Weiß bedeckt, der mitten auf einer Wiese stand. Mehrmals bekam ich Lust, am Bachufer oder auf einer Weide eine Rast einzulegen, aber ich blieb der Regel treu, nicht vom Weg abzukommen und mich nie lange an einer Stelle aufzuhalten.

Ich ließ mich vom Zufall lenken. Der Weg war einfach, ohne Höhenunterschiede, und es gab stets Spuren menschlicher Präsenz, an die ich mich halten konnte: Ich kam an einem kleinen Vorort vorbei, an Einfamilienhäusern, wo in einem Garten ein aufblasbares Schwimmbecken dem Regen überlassen war. Längs der Gleise war der Boden mit aufgerissenen Verpackungen und Plastikflaschen übersät, die aus dem Zugfenster geworfen worden waren und die der Wind manchmal bis zu einem Waldweg blies. Eigenartigerweise war der Mensch an den abgelegensten Orten am stärksten zu spüren. Inmitten von Eichen und Kastanienbäumen hatte man verkohlte Blechtonnen abgeladen, ein altes Waschbecken und ein vom Regen grün gewordenes Kunstledersofa. Diese verlassenen Gegenstände riefen mir das Gefühl der Leere in Erinnerung, das ich nach Evelynes Verschwinden in der Wohnung hatte, so als verkörperten diese Möbel plötzlich die Abwesenheit ihrer ehemaligen Besitzer.

Die Freiheit berauschte mich. Ich hatte keinen Plan vorbereitet und war mir der Gefahren nicht bewusst, denen ich mich aussetzte. Ich orientierte mich anhand der Eisenbahnkarte und der Stadtpläne, die an jedem Bahnhof hingen, als ob ich einem markierten Weg folgen würde. Die Route führte die Eisenbahnlinie entlang, und ich hörte in der Ferne den Autolärm. Hätte ich auch nur das geringste Problem, könnte ich einfach in einen Zug steigen und wieder zur Wohnung zurückkehren. Bisher glich diese Flucht einem Ausflug ins Grüne: Kleine Mücken summten vor meinem Gesicht, und die Dunkelheit würde noch eine Weile auf sich warten lassen. Wenn das Vorbeidonnern der ersten Züge mir das Herz noch zum Klopfen gebracht hatte, so blieb ich bei den nächsten einfach stehen und wartete ruhig neben den Schienen, während ich mir einredete, ich befände mich auf dem Bahnsteig einer Metro, dann ging ich weiter. Es war Mittag, die Sonne schien mir ins Gesicht. Ich hatte überhaupt keine Angst.

Ich ging in Richtung Bahnhof Massy-Palaiseau, südlich von Paris, aber ich hatte keine Ahnung, wo ich landen würde. Ich hatte immer noch die Möglichkeit umzukehren, zwischen zwei Bahnhöfen hin und her zu gehen. Ich orientierte mich anhand der Eisenbahnschienen, und selbst im Kreis zu laufen, kurze Entfernungen zwischen zwei Punkten zurückzulegen, war auf jeden Fall besser, als darauf zu warten, dass irgendjemand über mein Schicksal entscheiden würde. Niemand wusste, wo ich war, und ich hatte den Eindruck, weit weg von Paris und seinem Umland, am entgegengesetzten Ende der Welt zu sein.

Gegen drei Uhr setzte ich mich in den Schatten einer Eiche, um den Proviant zu essen, den ich mir in einer Bäckerei in der Nähe eines Bahnhofs gekauft hatte, den Namen hatte ich vergessen. Ich musste seit meinem Aufbruch etwa fünfzehn Kilometer zurückgelegt haben. Mein Rücken war verschwitzt und klebte an den Kleidern. Ich schlief, zwischen dem Vorbeifahren zweier Züge, für etwa zwanzig Minuten ein. Da meine Schuhe scheuerten, hatte ich an jedem Fuß eine große Blase bekommen, und ich riss ein Taschentuch in Streifen, die ich auf die Fersen legte, bevor ich, den Körper immer noch steif, wieder aufbrach. Mein Ausflug hatte eine tröstliche Wirkung, aber wenn ich zu lange Pausen machte, würde mich bestimmt meine Vergangenheit wieder einholen und damit das Gefühl einer unermesslichen Einsamkeit.

Diese Flucht kam mir weniger hart vor als alles, was ich in den letzten beiden Monaten durchgemacht hatte. Es erregte mich, verursachte mir ein Schwindelgefühl, auf mich allein gestellt zu sein. Vor mir tat sich das Leben auf, das im Augenblick aus dieser Eisenbahnlinie bestand, die mir einen Horizont aufzeigte, auf den ich zugehen konnte. Ich hatte die Schwelle zwischen Kindheit und Erwachsenenalter überschritten, und es gab kein Zurück mehr.

Inzwischen war es spät geworden, und ich konnte die Schienen in der Dunkelheit kaum mehr sehen. Ein kalter Wind durchdrang meine Haut, als wäre ich nackt. Ich hatte mir an einem Zweig die Hose aufgerissen und das Knie aufgeschürft. Ich hatte nichts dabei für das Abendessen und keinen Ort, um für die Nacht unterzukommen. Dieses Massy-Palaiseau musste viel weitläufiger sein als die Dörfer, die ich bisher durchquert hatte, denn auf dem Plan bildete es einen dicken Knoten um den Bahnhof, wo sich mehrere, durch unterschiedliche Farben gekennzeichnete Linien kreuzten. In der Nähe des Bahnhofs hatte ich große Wohnhäuser mit erleuchteten Fenstern gesehen. Ich hatte genug Geld, um in einem Hotel zu schlafen, aber ich fühlte mich in dieser Stadt nicht in Sicherheit. Was würde passieren, wenn herauskam, dass ich allein war, ohne Familie? Ich wollte lieber umkehren, in der Stille des Waldes unterschlüpfen und in einer Hütte am Rand einer Wiese schlafen. Zu dieser Zeit gab es nicht mehr so viele Züge, und ein feiner Regen hatte eingesetzt. Die Dunkelheit und der Wind, der durch die Zweige fuhr, versetzten die Landschaft in eine unheimliche Stimmung. Wenn ich schnell genug lief, würde ich vielleicht den Bach im Schatten der Eichen wiederfinden, wo ich mich geborgen gefühlt hatte.

Ich kam an einem Zaun vorbei, über dem an einigen Stellen Pullover hingen. Wahrscheinlich hatten Spaziergänger sie auf dem Weg verloren. Vor mir sah ich in der Ferne das Ende einer Zigarette aufglühen und die Silhouette eines großen, schlanken Manns. In regelmäßigen Abständen lösten sich Rauchschwaden im Dunst auf. Dienten die Pullover dazu, die Treffpunkte für die Dealer zu kennzeichnen? Ich drehte wieder um, um den Mann abzuhängen, der sich in der Nähe der Bahnschienen herumtrieb. Ich wusste noch nicht, dass es Yves war, der mir schon den ganzen Tag gefolgt war. Ich stolperte über eine Bierdose und fiel erschöpft ins hohe Gras. Dann lief ich ins Unterholz, um mich vor dem Wind und dem Regen zu schützen, die stärker geworden waren.

Mein Bein tat mir weh, und ich wickelte mich in die rote Decke, stützte den Kopf auf den Rucksack. Ich schaute nach, ob ich den Umschlag mit dem Geld nicht verloren hatte, aber noch wichtiger war mir das Foto meiner Eltern, das ich dazugelegt hatte. Der Schnee und die weiße Decke um den Säugling bildeten einen weißen Schein in der Nacht. Ich betrachtete das Foto so lange, bis mir schien, meine Mutter würde das Kind gleich zu Boden fallen lassen und der Schnee würde es nach und nach unter sich begraben mitsamt der weißen Decke, in die es gewickelt war.

Es musste nach Mitternacht gewesen sein, der Eisenbahnverkehr hatte aufgehört. Man würde mehrere Stunden schlafen können, ohne von einem vorbeifahrenden Zug geweckt zu werden. Ich war erschöpft, aber schlotterte zu sehr, um einschlafen zu können, ich hielt die Augen weit offen auf den Eichenwald gerichtet und dachte an den Mann, der bei den Gleisen herumhing. Waren es mehrere, die sich nachts in der Nähe der Bahnschienen trafen? Hin und wieder erhellten die Scheinwerfer eines Autos den Wald, und in meinem Wahn hielt ich die Bäume für Männer, die in dicke Wollpullover gehüllt auf mich zukamen.

Plötzlich hörte ich meinen Namen rufen. Ich brauchte eine Weile, bis ich Yves' Stimme erkannte. Er musste meine Spur verloren haben, als ich ins Unterholz eingedrungen war. Ich bewegte mich tastend in seine Richtung. Yves schien mir nicht böse zu sein. Als würde er mich nach Schulschluss abholen, warf er meinen Rucksack über seine Schulter und sagte mit sanfter Stimme: »Los, gehen wir, wenn wir zu Hause sind, werden wir deine Wunde desinfizieren.« Wir liefen auf den Bahnschienen. Die Nacht allein zu verbringen, hatte mir einen Schrecken eingejagt, und ich war erleichtert bei dem Gedanken, in mein Zimmer zurückzukehren. Ein Windstoß drang in meine zerrissene Hose, und ich hüllte mich in die rote Decke, um mich vor dem Wind zu schützen. Die Rückseite war voller Dreck. Ich hatte keine Ahnung, wie es weitergehen sollte, für den Augenblick ging ich einfach auf den Bahnschienen hinter Yves her.

Es dauerte fast drei Stunden, und wir wechselten kein Wort. Meine Beine waren schwer, als liefe ich über eine Sandbank. Yves' Gesicht verriet einen Schmerz, wahrscheinlich drückten seine Lederschuhe an den Füßen. Obwohl seine Anwesenheit mich beruhigte, war meine Kehle immer noch wie zugeschnürt von der Angst, die mich bei Einbruch der Nacht mitten im Wald überfallen hatte. Als wir im Dorf waren, gingen wir die Mauern des Museums mit den bedruckten Wandbehängen entlang. Hinter dem Gitter bellte ein Hund. Als er am Tag zuvor sein Auto vor dem Bahnhof abgestellt habe, sagte Yves, habe er mich plötzlich auf den Bahngleisen gesehen. Was hatte er am Morgen am Bahnhof gemacht? Und warum hatte er so lange gewartet, bis er mich rief? Es war fast vier Uhr morgens. Ein Fenster stand offen, und das Licht beruhigte mich: Es wohnte jemand in diesem Herrschaftshaus, jemand, der um diese Uhrzeit, wenn alle Besucher gegangen waren, unter der Einsamkeit litt und durch das Bellen des Hunds aufgewacht sein musste. Ich wollte Yves gerade fragen, ob er vorhabe, Evelynes Verschwinden anzuzeigen und mich an jemanden abzugeben, als ich seine Hand am Nacken spürte. Ich hätte ihm von meinem Onkel in La Celle-Saint-Cloud erzählen können, aber ich schwieg, damit sich das Gefühl nicht davonmachte, das ich spürte: Mit dem Nieselregen, der mein Gesicht benetzte, und der Berührung seiner Hand hatte ich das Gefühl, an einem Sonntagnachmittag mit meiner Mutter über die Quais zu gehen.

Ich hatte mich getäuscht, trotz des Muts, mit dem ich am Morgen aufgebrochen war: Ich war immer noch so ängstlich wie ein Kind. Aus welchem Grund hatte meine Mutter mich verlassen? War sie glücklich, dort, wo sie sich versteckte? Evelyne war genau wie ich ein kleines Kind, ein kleines Mädchen, das sich vor der Einsamkeit fürchtete und sich weigerte, groß zu werden, und ich wusste nicht, woher sie die Kraft genommen hatte, sich einfach auf und davon zu machen und uns wochenlang anzulügen. Bestimmt konnte sie den Tod meines Vaters, meine Anwesenheit nicht verkraften und sah keine andere Möglichkeit, als zu fliehen.

Ich hatte einmal an der Theke in einer dieser Kneipen, in die mich meine Mutter in der Nähe ihrer Wohnung brachte, den Spruch gelesen: »Um zu wissen, wohin du gehst, musst du wissen, wer du bist.« Mitten in diesem Wald, wo mir nichts anderes übrig blieb, als umzukehren, hatte ich es plötzlich verstanden, als wäre ich auf der Suche nach mir selbst, ohne mein Ziel jemals erreichen zu können.

8

Fünf Tage nach Evelynes Verschwinden erhielt ich eine Ansichtskarte aus Nizza: eine Luftaufnahme von der Engelsbucht. Der Sonnenuntergang hatte den Himmel mit rötlichen Streifen durchzogen. Es war der erste Tag nach dem Osterwochenende. Evelyne hatte die Karte an ihren eigenen Namen adressiert, meiner stand nicht am Briefkasten. Auf der Rückseite eine kurze Nachricht, die mit »Mein Liebster« begann. Nizza sei eine schöne Stadt, die sie an Italien erinnere, schrieb sie. Evelyne gab mir nicht die geringste Anweisung für Jérôme, sie schrieb nur, ich könne bis August in der Wohnung bleiben. Die Schrift war klar und luftig, so als hätte sie überhaupt kein schlechtes Gewissen, ihren Sohn verlassen zu haben. Und wenn Evelyne wollte, dass ich mich bis zum Ende des Schuljahres um ihn kümmerte, warum bat sie mich dann nicht darum?

Ich sagte Jérôme nichts von dieser Karte. Plötzlich schoss mir der Gedanke durch den Kopf, Evelyne habe sie mir geschickt, damit ich am Ende des Sommers zu ihr nach Nizza zog. Es war das erste Mal, dass sie mich »mein Liebster« nannte. Ich wusste nicht, ob sie sich erinnerte, dass ich aus Antibes kam und Nizza gut kannte, weil ich dort das Gymnasium besucht hatte. Sie nannte weder Telefonnummer noch Adresse, womit ich sie hätte erreichen können. Wollte sie erst ein paar Monate verstreichen lassen, bis Jérôme der Jugendfürsorge übergeben war, und mir dann sagen, wo ich sie finden konnte? Vielleicht würde sie mir bald einen Brief mit genauen Anleitungen schicken. Dann müsste man im September nur noch das Fürsorgeamt informieren, und sie würden diesen Jungen, der ganz allein in der Dienstwohnung neben dem Gymnasium lebte, abholen kommen. An der Côte d'Azur würde uns niemand finden, und wir könnten zusammenleben, wie sie sich das vorstellte.

Die ersten Tage, nachdem sie fortgegangen war, hatte ich nichts als eine große Leere gespürt, in die ich mich verkroch, und in dieser Leere war Evelyne mir am nächsten. Sie war vom selben roten Licht erfüllt wie der Sonnenuntergang auf der Ansichtskarte. Ich lag auf dem Sofa und ließ mich von Ravels Musik einwiegen, während ich mir vorstellte, Evelyne sei in Jérômes Zimmer und spiele Klavier. Ich hatte keine Ahnung, wie es weitergehen sollte, und es kam mir vor, als würde ich noch immer mit ihr in der Wohnung leben. Ich schlief immer wieder kurz ein, und wenn ich wieder zu mir kam, stand ich auf, um noch einmal dieselbe Platte abzuspielen, und döste weiter. Der Schlaf glich einem sanften Tod, den ich bei jedem Einschlafen neu erlebte. Ich suchte in diesem Dämmerzustand nicht nach dem Tod selbst, sondern nach einem Entrinnen, einer langen Flucht, die nie enden und bei der ich verschwinden würde. Ich träumte mit offenen Augen: Bald würde Evelyne von der Schule nach Hause kommen, mich küssen und bitten, den Plattenspieler auszumachen.

Heute scheint mir, Jérôme und ich hätten in der Wohnung nicht darauf gewartet, dass Evelyne zurückkäme, sondern dass genug Zeit verging, bis die Wirklichkeit nicht mehr ganz so schmerzlich war.

Abends kam ich nach und nach wieder zu mir. Ich sah den roten Einband des Zivilgesetzbuchs, das aus meiner Ledertasche schaute und das ich, seit sie weg war, nicht mehr geöffnet hatte. Es kostete mich eine Anstrengung, aufzustehen und mich um das Essen zu kümmern. Danach machten wir gemeinsam den Abwasch, Jérôme trocknete die Teller ab, und ich nutzte die Gelegenheit, ihn nach seiner Familie und Evelynes Freunden zu fragen. Was genau wusste er über die Zeit, die Evelyne in Cannes verbracht hatte? Er habe Evelyne nie besucht, sagte er, und er wisse nicht, ob sie an der Côte d'Azur Bekannte hatte. Jérôme schien das Schicksal seiner Mutter gleichgültig zu lassen, als wollte er alles vergessen, was sie betraf. Ich notierte seine Antworten in das Heft, in dem ich im Bar-Tabac an der Rue Saint-Antoine das Kommen und Gehen der Leute mit den traurigen Stimmen festgehalten hatte, wenn sie mit der Wirtin an der Kasse sprachen. Evelyne musste in diesem Jahr einen Mann kennengelernt haben, der in Nizza lebte. Ich musste an die Illustrierte denken, die sie las, als ich sie zum ersten Mal sah, an den Artikel über untreue Ehemänner. Hatte dieser Mann jetzt für sie seine Frau verlassen? Danach schauten wir, Jérôme und ich, ein wenig fern. Auf dem Bildschirm bewegten sich zwar die Lippen, doch ich hörte noch immer die Musik von Ravel.

Evelyne hatte abgesehen von ihrer Garderobe ihren ganzen Besitz in der Wohnung zurückgelassen: ihr Klavier, ihre Partituren, ihren Plattenspieler mitsamt der Plattensammlung. Ich hatte nicht den geringsten Anhaltspunkt, wie ich sie hätte finden können. Sie war erst vor Kurzem hier eingezogen, und die Schubladen waren leer, abgesehen von einer Biografie über Glenn Gould, die aus der Schulbibliothek ausgeliehen und im Nachttisch geblieben war. Auf dem Vorsatzblatt war auf einer Karte als Rückgabedatum der einundzwanzigste März vermerkt. Beim Durchblättern fand ich eine Anzeige für einen Tellerwäscher in der Universitätsmensa in Sceaux. Evelyne hatte mehrere Kringel um die Stadt Sceaux gezogen und in die linke Ecke mit Großbuchstaben den Namen »Laurent« hingeschrieben. Ich erinnere mich, dass sie zweimal zu einer Verabredung nach Sceaux gefahren war. Das erste Mal hatte Evelyne mir Bescheid gesagt, sie käme ein bisschen später nach Hause. Ich hatte keine Fragen gestellt. Als sie zwei Wochen später erneut aus Sceaux zurückkam, hatte sie rote Augen, als hätte sie kurz davor im Auto geweint. Hatte dieser Laurent etwas mit ihrem Weggehen zu tun? War er es, der ihr bei ihrer Flucht geholfen hatte? Oder hatte sie den Namen auf die Kleinanzeige geschrieben, um mich zu ihm zu leiten?

Ich schlief weiterhin an meinem Platz in dem Bett, das Evelyne und ich uns geteilt hatten. Abends konnte ich nicht einschlafen, und ich las die Notizen, die ich ins Heft geschrieben hatte. Die Anzeige hatte ich dazugelegt. Bevor ich das Licht ausmachte, betrachtete ich lange die Ansichtskarte von Nizza. Es schien mir, Evelyne hätte sich im Sonnenuntergang aufgelöst, und ich hoffte beim Betrachten ebenfalls in dem Bild zu verschwinden. Ich bekam Sehnsucht nach der Promenade des Anglais, dem Schatten der Palmen auf den großen Betonwänden, der Gischt, die einem ins Gesicht spritzt und im Sommer erfrischt. Wären wir zusammen hingegangen, hätte ich mit ihr zum Hafen schlendern, den Arm um ihre Taille legen können, um ihr die Schiffe zu zeigen. Ich beruhigte mich mit dieser Vorstellung: Evelyne und ich waren in einem Zimmer eines dieser Palais auf der Promenade, deren Luxus sie schätzen würde, und durch das halb offene Fenster hörten wir das Geräusch der Wellen, das sich mit dem Verkehrslärm vermischte.

Die Tage vergingen und machten mich immer dünnhäutiger, ich löste mich sanft in Ravels Musik auf. Wenn die Platte zerkratzt ist, werde ich wieder ins Leben zurückkehren müssen, sagte ich mir, und an die Universität gehen. Ich müsste nur zum Bahnhof hinunter, in den ersten Zug Richtung Paris steigen, und alles würde wieder von vorne losgehen: die langen Stunden, in denen ich in meiner Einzimmerwohnung lernte, die späten Nachmittage im Café an der Rue du Petit-Musc, und diese Verzweiflung, in die ich abgeglitten war, bevor ich Evelyne kennenlernte. Vielleicht würde dann endlich das Studentendasein beginnen, das ich mir unter dem »Pariser Leben« vorstellte.

Am Montagmorgen nach Evelynes Weggang fuhr ich zum Einkaufen ins Zentrum hinunter. Der Kühlschrank war leer. Ihr Wagen stand vor dem Haus. Auto zu fahren, würde mir guttun, dachte ich, statt auf dem Sofa vor mich hin zu dämmern. Ich fand die Papiere im Handschuhfach. Im Aschenbecher lagen vier oder fünf Zigarettenstummel mit dem Abdruck ihres Lippenstifts. Ich nahm einen zwischen die Finger und führte ihn, als ich an der Ampel stand, an die Lippen, als könnte ich einen letzten Zug nehmen. Zum ersten Mal bemerkte ich die Kulissen dieser kleinen Stadt, die der Frühling der Dunkelheit entrissen hatte, ich hörte die Glocken der Kirche auf dem Platz, auf dem sich ein Lebensmittelgeschäft und eine Bäckerei gegenüberstanden. Abgesehen von einem oder zwei Fachwerkhäusern waren alle Gebäude weiß mit grauen Fensterläden. Am sonnenbeschienenen Hang auf der anderen Seite des Bahnhofs sah man alte Steingebäude, die an Schlösser erinnerten. Efeu kroch über ihre Fassaden, sodass sie mit dem Grün des Hügels verschmolzen. Plötzlich dachte ich, dass jemand Evelyne von der Schule abgeholt und nach Nizza mitgenommen haben musste. Auf diese Weise kann jeder verschwinden, sagte ich mir, und statt vor dem Lebensmittelladen anzuhalten, fuhr ich weiter bis zum Bahnhof und löste ein Ticket nach Paris.

Auf dem Bahnsteig wartete ich auf den Zug, den ich jeweils frühmorgens genommen hatte, um zur Universität zu fahren. Jetzt, wo ich mich aufgerafft hatte, musste ich nur noch einsteigen, versuchte ich mir Mut zu machen, und nach Hause zurückkehren. Dann könnte ich aus der Telefonzelle an der Rue Saint-Antoine die Jugendfürsorge anrufen, und man würde Jérôme abholen. Als der Zug einfuhr, fühlte ich mich auf einmal elend: Die Empfindungen, die ich einige Monate früher, gleich nach meiner Ankunft in Paris, gehabt hatte, waren plötzlich wieder da. Ich war wieder der fragile junge Mann, der nicht mit der Einsamkeit zurechtkam und das Bedürfnis hatte, in einem Café Zuflucht zu finden. Die Stunden, die ich auf der Lederbank verbracht hatte, während ich mir ein freundliches Lächeln auf den Lippen der Stammgäste einbildete, waren nichts anderes gewesen als eine lange Flucht vor der Realität. Ich stand vor dem Waggon und rührte mich nicht. Jetzt, wo Evelyne nicht mehr da war, wurde Paris wieder zu einer Bedrohung. Zwei Jugendliche stiegen aus und gingen lachend ins Bahnhofsgebäude hinein. Ich fragte mich, ob sie sich über mich lustig machten. Hinter den Scheiben musterten mich die Passagiere, bis der Zug sich entfernte. Ich hatte das Gefühl, wenn ich eingestiegen wäre, hätten mich die Türen in ein Vakuum hineingesaugt.

Ich brachte die Kraft auf, ins Auto zurückzukehren und zum Lebensmittelgeschäft zu fahren. Anstelle der charakterlosen weißen Häuser sah ich jetzt auf einmal die für Nizza typischen gelben und roten Fassaden. Wieder klammerte ich mich an das Einzige, das ich hatte retten können, an dieses erträumte Leben mit Evelyne an der Côte d'Azur, das sich in dieser Wohnung in der Pariser Banlieue abspielte.

Jeden Tag nahm ich das Einkaufen zum Vorwand, um mir eine Chance zur Flucht zu geben. Ich schaute nach, ob etwas im Briefkasten war, dann fuhr ich zum Bahnhof und kaufte am Automaten ein Ticket nach Paris – der Schalter war in den Ferien geschlossen. Auf dem Bahnsteig wartete ich auf den Zug. Meistens machte ich schon bei der Einfahrt kehrt und stieg wieder ins Auto, um zum Lebensmittelgeschäft zu fahren. Irgendwann, sagte ich mir, werde ich den Mut haben, zu fliehen und Jérôme und die Erinnerung an Evelyne hier zurückzulassen.

Hin und wieder versuchte ich das Band zu zerreißen, das mich noch immer mit ihr verband, indem ich mir einredete, dass sie ja nur rein zufällig mit mir zusammen gewesen war, wegen des Weinfleckens auf meinem Mantel. Hatte Evelyne mich ausgenutzt, um selbst glücklich zu sein? Um die Jugend auszuleben, die ihr genommen worden war? Sie hatte mir einmal anvertraut, was ihr an der Liebe am besten gefalle, das sei das Verliebtsein, und hatte lächelnd hinzugefügt, sie brauche das, um die Freude am Leben zu spüren. Evelyne vertrug das Alleinsein nicht und hatte ein starkes Bedürfnis zu lieben. Ich wagte nicht zu fragen, ob sie an mich denke, wenn sie das sage. Hatte sie ihre Flucht schon lange geplant, schon bevor ihr Sohn zu ihr gezogen war? Sogar schon vor unserer Begegnung? Evelyne musste die Mittagszeit genutzt haben, um alte Bekannte anzurufen, bei denen sie in Nizza unterkommen konnte. Oder war sie gleich bei dem Mann eingezogen, den sie liebte? Ich auch, hatte ich geantwortet, ich sei ebenfalls gern verliebt. Aber das reichte nicht, hatte ich bei mir selbst gedacht, um die Einsamkeit zu vertreiben, und bestimmt habe ich deshalb diese Freude am Leben nie gespürt.

Als ich an einem Morgen wieder auf den Zug nach Paris wartete, es war ein schöner Frühlingstag, blickte ich Richtung Horizont, um den ersten Wagen auftauchen zu sehen. Plötzlich erkannte ich beim Bahnübergang die roten Träger von Jérômes Rucksack. Statt ihn zu überqueren, rannte er am Gleis entlang weg. Ich lief ebenfalls los, der Bahnsteig ging in einen kleinen Weg mit Trauerweiden über, der zum Bahnübergang führte. Ein hoher Zaun, der die Bahngleise von den nahen Wohnhäusern trennte, ließ einem keine große Überlebenschance, wenn sich zwei Züge kreuzten. Ich rannte weiter über die Bahnschienen, getrieben von dieser Kraft, die stärker war als ich, bis die Vegetation dichter wurde und den Zaun überflüssig machte.

Ich achtete darauf, in einer gewissen Entfernung von Jérôme zu bleiben. Er hatte offenbar nicht vor, sich vor den Zug zu werfen, denn er lief in einigem Abstand von den Schienen und blieb stehen, wenn einer vorbeifuhr. In der Ferne sah man die schnurgeraden Linien des flachen Lands. Die Luft war sanft, alles schien hier ruhig, geordneter als in der Wohnung. In mir kam dieses Gefühl auf, das man am Meer oder in den Bergen hat. Die Natur treibt einen in die Einsamkeit, ermutigt, immer tiefer in sie einzudringen. Ich lief über den weichen Boden, schob auf dem Weg Äste zur Seite. Der Lärm der vorbeidonnernden Züge, auf den eine plötzliche Stille folgte, und die Geschwindigkeit berauschten mich. Von Zeit zu Zeit trat ich aus dem Wald hinaus, um Jérômes Silhouette auszumachen. Wusste er, wohin er ging? Es kam mir vor, als hätte das keine Bedeutung, wir waren im Zentrum der Welt, und die Welt bewegte sich, während wir die Schienen entlanggingen, mit uns, um uns stets in ihrer Mitte zu behalten. In einem Café gegenüber von einem Bahnhof kaufte ich mir etwas auf die Hand und aß es auf dem Weg. Es war zwei Uhr, und bis dahin hatte ich einen angenehmen Tag. Meine Schuhe verursachten mir noch keine Schmerzen.

Ich weiß nicht wirklich, warum ich mich bis zum Ende des Sommers um Jérôme gekümmert habe. Ich wollte eine Verbindung mit Evelyne aufrechterhalten für den Fall, dass sie sich zurückzukehren entschloss, und bestimmt versuchte ich auch, die Kindheit festzuhalten, die sich entfernte, und mich in diesem Drunter und Drüber an sie zu klammern, indem ich bei ihm blieb. Mir kam der Gedanke, Evelyne und ich hätten entgegengesetzte Wege eingeschlagen und schließlich die Rolle des anderen übernommen. Sie war wieder die junge, ungebundene Frau aus Besançon geworden, die in einer neuen Stadt ankam. Für sie würde alles von vorne beginnen, ihr Bedauern ausradiert. In Nizza konnte sie endlich diese Jugend ausleben, die man ihr genommen hatte und auf die ich nun verzichtete. Ich hatte mich nie für diese Freiheit begeistern können, die darin bestand, sich mit achtzehn fern seiner Eltern in Paris wiederzufinden. Nun war ich froh, mich nicht unter die Studenten gemischt zu haben, die sich in den Bistros an der Rue Soufflot amüsierten und sie in eine Ferienkolonie verwandelten. Ich hätte überhaupt keinen Spaß daran gefunden, mich zu ihnen zu setzen. Hinter den

Fensterscheiben war der Boden mit Rucksäcken übersät, und die Tische formierten sich immer wieder neu, weil die Studenten sie ständig verschoben, um für einen ihrer Freunde Platz zu machen. Ich war zu sehr von meinem Innenleben in Anspruch genommen, um dieselbe Leichtigkeit zu spüren wie der große Blonde aus Bordeaux. Dabei musste er mit denselben Schwierigkeiten konfrontiert gewesen sein, als er nach Paris kam, und bestimmt half ihm dieser ganze Trubel, sein eigenes Unbehagen zu verbergen. Er würde nie das kühne Leben kennenlernen, das ich immer wieder, wenn ich mit Evelyne zusammen war, gespürt hatte. Mir war endlich klar geworden, was ich suchte, seit ich in Paris war: Ich wollte ebenso starke Verbindungen schaffen wie jene, die ich für einige Minuten mit den Unbekannten in der Metro knüpfte, bevor sie an ihrer Haltestelle ausstiegen. Sonst hatte das Leben keine Substanz, nichts, was von Bedeutung war, an dem man sich festhalten, in dem man einen noch so geringen Sinn finden konnte.

An den Eisenbahnschienen dachte ich an Evelyne, und alles klärte sich auf einmal: Wollte sie mit ihrer Ansichtskarte aus Nizza die Spuren verwischen? Lebte sie wieder in Paris? Sie ertrug ihren Sohn nicht, und bestimmt hoffte sie, dass ich bis Ende des Schuljahrs mit Jérôme in der Wohnung blieb und in Paris weiterstudierte. Evelyne hatte mir diese Karte nur geschrieben, damit ich mich nicht auf die Suche nach ihr begab.

Das Bedürfnis zu verschwinden kannte ich auch. Ich war bereits aus Paris geflohen, als ich Evelyne hierher gefolgt war, und wenn ich wirklich ich selbst werden wollte, brauchte ich nur mein Studium aufzugeben, um das letzte Band zu zerreißen, das mich noch mit dem jungen Jurastudenten aus Antibes verband. Um ebenfalls Freude am Leben zu spüren, dachte ich, musste ich mich auf die Gegenwart konzentrieren. Jérôme war der einzige Faden zu Evelyne, und was kümmerte es mich, wenn ich das Gesetz übertrat, indem ich für einen Jungen sorgte, zu dem ich in keinem verwandtschaftlichen Verhältnis stand. Vielleicht würde Evelyne Anfang Sommer zurückkehren und mir dafür dankbar sein. Zum ersten Mal hatte ich das Gefühl, selbst über mein Schicksal zu entscheiden und dieses kühne Leben zu führen, das auf die Regungen der Seele hörte. In Wirklichkeit hatte ich, seit ich Evelyne begegnet war, nichts anderes fertiggebracht, als mich von den Ereignissen mittragen zu lassen. Im Übrigen konnte ich mich nicht erinnern, ihr jemals Nein gesagt zu haben. Hätte dieses Glas Wein keinen Flecken auf meinem Mantel hinterlassen, wäre ich weiterhin in dieses Café um die Ecke gegangen und hätte Visitenkarten vom Boden aufgelesen, ohne mit jemandem ein Wort zu sprechen.

Jetzt, wo ich mich nicht mehr um meine Zukunft scherte, fühlte ich mich so leicht wie ein Blatt im Wind. Ich gab mich zufrieden mit dem, was das Leben mir bot. Eigenartigerweise fühlte ich mich frei, besänftigt, und da ich auf dem Land lebte, war die Unruhe, die ich zu der Zeit gespürt hatte, als ich noch durch die Straßen von Paris ging, verflogen. Ich war seit über zwei Wochen nicht mehr dort gewesen, und ich bekam im Laufe der Zeit den Eindruck, die Stadt würde immer größer und größer und das Dorf unterhalb des Gymnasiums im Gegensatz dazu immer kleiner.

Jérôme und ich lebten damals völlig unbeachtet von der Welt. Ich wollte meine Mutter nicht beunruhigen, und seit ich mit Evelyne zusammen war, rief ich sie seltener an. Ich fürchtete, es könnte mir im Laufe des Gesprächs herausrutschen, dass ich mit einer älteren Frau zusammenlebte. Ich hatte den Eindruck, wenn ich meinen Eltern gestand, dass ich die Universität aufgegeben hatte, dass ich nicht mehr in der Einzimmerwohnung lebte, für die sie mir jeden Monat die Miete bezahlten, würde ich das einzige Band zerreißen, das noch zwischen uns existierte. Ich war inzwischen kein Kind mehr und fand ein gewisses Vergnügen daran, allein zu sein, mit Verantwortung konfrontiert, es war, als wollte ich mich der Einsamkeit stellen und bis an die Grenzen meiner Fähigkeiten gehen. Wahrscheinlich hatte ich damit meinen Weg gefunden, meine Jugend auszuleben.

Evelyne hatte uns genug Geld dagelassen, dass ich mich bis zu den Prüfungen Ende Juni ganz dem Studium widmen konnte. Aber was ich wollte, war Distanz schaffen zu meinem früheren Leben, damit es kein Zurück mehr gab. Jedes Mal, wenn ich in meinem Heft blätterte, in dem die Notizen zu Evelyne standen, las ich die Anzeige für die Stelle des Tellerwäschers in der Universitätsmensa von Sceaux. Eine solche Arbeit entsprach ganz meinem damaligen Geisteszustand: Ich wollte das Leben ändern, es in eine andere Richtung lenken. Vielleicht konnte ich dabei gleichzeitig diesen Laurent ausfindig machen, den Evelyne kannte? Ich schickte meinen Lebenslauf mit der Adresse der Schulwohnung; beim Punkt Qualifikationen schrieb ich »keine«. Ich setzte auf dem Briefkastenschild mit Kugelschreiber meinen Namen neben den von Evelyne. In welchem Viertel von Nizza sie wohl mittlerweile wohnte? Sie musste den Prunk der Straßen rund um die Promenade bevorzugen, das Musikerviertel, oder aber die Stille von Cimiez.

Fünfmal pro Woche spülte ich, mit Plastikhaube und Wegwerfschürze, mittags und abends das Geschirr der Studenten der Universität von Sceaux. Wir waren ein Team von vier Männern und warteten, bis die Tabletts auf einem Fließband bei uns angekommen waren, das in einer spitzen Kurve auslief. Bevor die Mensa öffnete, nahmen wir gemeinsam mit dem Küchenpersonal das Mittag- oder Abendessen ein. Eigenartigerweise fühlte ich mich unter ihnen wohler als mit dem großen Blonden aus Bordeaux. Ich war gemeinsam mit einem Koch aus Mulhouse einer der Jüngsten. Er war mit einer Krankenschwester verheiratet und Vater von zwei Kindern. Das Leben lief nicht für alle von uns mit derselben Geschwindigkeit ab; seit ich Evelyne begegnet war, hatte meins eine unerwartete Wende genommen. Ich saß auf der Rückbank eines Autos, das immer schneller und schneller fuhr und das ich nicht mehr anhalten konnte. Die meiste Zeit schwieg ich in der Hoffnung, niemand würde hinter mein Geheimnis kommen: dass ich ein Student war wie diejenigen, die in die Mensa essen kamen, und nicht arbeiten musste, um meinen Unterhalt zu verdienen.

Ein Zypriot von ungefähr sechzig Jahren überwachte die Arbeit der Spüler. Er hatte diese Stelle 1975 nach der Schließung der großen Citroen-Fabrik am Quai de Javel angenommen, wo er am Fließband gestanden hatte. Er war ein schmächtiger Mann und sah erschöpft aus. Seine tiefe, mächtige Stimme beruhigte mich.

Einmal, als wir die sauberen Tablettstapel neben dem Mensaeingang deponierten, brach er das Schweigen zwischen uns:

»Du bist jung, warum studierst du nicht?«

Er hatte es in einem besorgten Ton gesagt. Seiner Ansicht nach war ich ein intelligenter junger Mann.

Wir waren allein, im Halbdunkel, und wir schauten uns nicht in die Augen, was die Vertraulichkeit förderte. Ich war nahe daran, ihm von Evelyne und Jérôme zu erzählen, aber ich kannte ihn kaum.

»Ich habe vor einem Jahr beschlossen«, sagte ich, »meinen Lebensunterhalt selbst zu verdienen, um allein zurechtzukommen.«

Er richtete sich auf und packte mich mit väterlicher Geste an der Schulter:

»Du musst als Kind sehr unglücklich gewesen sein.«

Ich hatte Angst, dass er über meine Eltern sprechen wollte. Ich hätte ihn nicht länger anlügen können.

»Machen Sie sich keine Sorge um mich, mir hat es an nichts gefehlt.«

»Ich habe einen Neffen in deinem Alter. Er arbeitet auf einem Schiff. Er träumt davon, hier zu leben, und du hast das

Glück, Franzose zu sein. Hör zu, wenn ich dir einen Rat geben darf, bleib nicht zu lange hier. Es ist besser, in der Küche zu arbeiten, dann hast du einen anständigen Beruf, eine sichere Zukunft.«

»Eigentlich bin ich ganz zufrieden mit meinem Leben«, sagte ich in der Hoffnung, er höre auf, mir Fragen zu stellen.

Ich zögerte einen Moment, ihm zu sagen, ich sei nicht in meiner Kindheit unglücklich gewesen, sondern in meiner Jugend, in der kurzen Zeit, als ich in Paris lebte. Es kam mir vor, als wäre ich auf einen Schlag älter geworden und wir wären gleich alt, er und ich.

9

Am Ende der Osterferien waren wir immer noch ohne Nachricht von Evelyne. Die Lehrer in der Schule fragten mich nicht nach meiner Mutter. Wahrscheinlich wussten sie nicht, dass ich ihr Sohn war. Evelyne trug wieder ihren Geburtsnamen, und am Morgen war sie immer vor mir losgegangen, um ihr Klassenzimmer aufzuschließen. Wenn wir uns in der Eingangshalle begegneten, taten wir, als würden wir einander nicht kennen, ihr sei es lieber, die anderen Lehrer wüssten nicht, dass sie ein Kind im Alter ihrer Schüler habe, hatte sie am Abend vor dem ersten Schultag zu mir gesagt. Hatte meine Mutter ihre Flucht bereits in diesem Augenblick vorbereitet? Oder wollte sie einfach nur jünger erscheinen?

Wahrscheinlich hielt uns einzig dieser Zustand der Niedergeschlagenheit, der nach Evelynes Flucht fortdauerte, davon ab, in Panik auszubrechen. Unsere Betäubung passte gut zur Stimmung, die in der Wohnung herrschte: Hier war alles unglaublich still, man hörte kaum die vorbeifahrenden Autos oder die Aufregung der Kinder, die vor dem Eingang der Schule abgesetzt wurden, als ob die umgebende Natur jedes menschliche Element, das ihr etwas anhaben wollte, von sich weisen, jedes Geräusch zu einem fernen Brummen ersticken würde. Wenn das so weiterging, würde ich noch lange in diesem Gymnasium festsitzen. Ich dachte nicht mehr an die Zukunft und auch nicht an meinen Onkel in La Celle-Saint-Cloud. Die Welt hatte sich gleichzeitig mit meinen Eltern ausgelöscht: Ich war in einer Schule mitten auf dem Land gestrandet und würde irgendwann mit der Umgebung verschmelzen.

Doch so gewaltig meine Schwierigkeiten, meine Einsamkeit auch waren, ich stand ganz am Anfang meines Lebens und wurde von einer Zuversicht, einem Glauben an die Zukunft vorangetrieben, die ich nur in diesem Alter gespürt habe. Bald würde ich meine Fesseln sprengen und es schaffen, mein eigenes Leben zu leben. Ich würde fortsetzen, was mir gelungen war, als ich stundenlang die Schienen entlanggelaufen war: auf gut Glück voranzugehen und zu warten, dass die Ereignisse mich in die eine oder andere Richtung lenken. Im Augenblick lasteten der Tod meines Vaters und das Verschwinden von Evelyne wie ein Stein auf mir, und ich musste Einschnitte finden, Lichtblicke, an die ich mich halten konnte. Ich befand mich unter Wasser, am Grund eines Schwimmbeckens, was die Stimmen erstickte und mich von den anderen isolierte, doch hin und wieder kam ich an die Oberfläche und holte Luft. Mit der Zeit würde ich vergessen, dass ich einmal eine Familie hatte.

Wir blieben bis Ende des Schuljahrs in der Wohnung. Es dauerte nur zwei Wochen, bis Yves und ich uns an unser Zusammenleben gewöhnt hatten. Ich denke an uns zurück wie an zwei Jungen, die während des Sommers von ihren Eltern alleingelassen worden waren und es nicht wagten, frei ihren Beschäftigungen nachzugehen aus Angst, sie könnten unerwartet wiederauftauchen. Yves war nicht mehr dieser angepasste, etwas farblose junge Mann, den ich kennengelernt hatte. Meine Flucht entlang der Bahngleise hatte uns einander nähergebracht, und die Stille, in die das Verschwinden meiner Mutter uns gestürzt hatte, war nicht mehr so bedrückend.

Die Schule half mir, wieder an die Gegenwart anzuknüpfen und nach und nach aus meiner Isolierung auszubrechen. Ich saß zwar immer noch neben Lucien, gab mir aber Mühe, mich unter die anderen Schüler zu mischen. Ich lachte mit ihnen in der Hoffnung, ich könnte mich ebenfalls etwas leichter fühlen. Das Leben ging weiter, und die Tage, die immer gleich abliefen, bildeten einen roten Faden, dem ich folgte, ohne nachzudenken. Ich musste mich nur vom Lauf der Zeit mittragen lassen, und bestimmt würde Evelyne, wenn wir nicht mehr mit ihr rechneten, schließlich wieder auftauchen.

Am Morgen ging Yves nicht mehr mit seiner Ledertasche davon. Er war Tellerwäscher in einer Universitätsmensa geworden und kehrte erst spät, nach dem Abendessen, zurück. Seine Haut und seine Haare rochen nach Spülmittel und Eau de Javel. Er trug immer dieselben Kleider, eine alte Jeans und ein Polo mit langen weiten Ärmeln, seine Arbeitsuniform. Ich aß allein, während ich auf ihn wartete. Hatte er das erste Studienjahr abgebrochen, als Evelyne gegangen war? Machte er ein Fernstudium, oder nahm er nach Dienstschluss Abendkurse? Yves versuchte keine Autorität auf mich auszuüben, und ich wollte ihm keine Vertraulichkeiten über sein Leben entlocken oder ihn mit meinen Ängsten behelligen. Wenn sie mich überfielen und mir die Kehle zuschnürten, legte ich mich aufs Bett und wartete, dass sie nachließen. Wir lebten in der Wohnung jeder für sich ein einsames Leben bis zu dem Tag, an dem sich unsere Wege trennen würden.

Nach der Schule wurde ich von Schwindel erfasst. Die ausgestorbenen Alleen rund ums Gymnasium, die kahlen Bäume hinter dem Wohnzimmerfenster: Ich war auf einem Dampfer, der mitten im Meer dahintrieb. Ich aß vor dem Fernseher, aber keine Sendung konnte meine Furcht zerstreuen: Ich war allein auf der Welt, saß für immer in diesem Gymnasium fest. Eines Abends stellte ich den Plattenspieler an. Vielleicht könnte Klaviermusik meine Einsamkeit vertreiben, bis Yves von der Arbeit kam. Ich hatte nie auf diese Platte von Ravel geachtet, die Yves ununterbrochen abspielte, und es kam mir vor, als hörte ich sie zum ersten Mal. Beim zweiten Mal begann sich mir die Musik zu erschließen, als wäre ich in eine tiefere Schicht vorgedrungen, aber wahrscheinlich hatte ich einfach aufgehört, sie von mir wegzuhalten. Ich fand zu dem Gefühl zurück, das ich hatte, als ich mitten in der Natur an den Schienen entlanglief. Die Musik verband sich mit der Leere, mit der tiefen Einsamkeit, und ich konnte nicht sagen, ob es ein flüchtiges Glück oder eine sanfte Traurigkeit war, was ich beim Hören spürte. Hatte die Musik durch das Fortgehen meiner Mutter plötzlich einen Sinn erhalten?

Ich legte jeden Abend eine andere Platte auf. Evelyne hatte in meinem Zimmer neben dem Klavier einen ganzen Stapel dagelassen. Ich hörte eine nach der anderen, ohne ihre Ordnung durcheinanderzubringen oder ein Stück, das ich nicht so gerne mochte, abzubrechen. Ich ging von den nüchternen Werken Saties über zu den romantischeren von Chopin, und der Gedanke gefiel mir, meine Mutter habe sie in derselben Reihenfolge gehört. Die minimalistische Musik von Satie musste ihr geholfen haben, Chopins Melancholie tiefer zu empfinden, oder war es umgekehrt? Hatte sie diese repetitive Musik abgekürzt, um zu der von Chopin zu wechseln, die ihren Geisteszustand besser zum Ausdruck brachte? Ich hörte geduldig die Platten, ohne das Barockrepertoire auszulassen, für das ich weniger empfänglich war, oder den Jazz, dessen dissonante Akkorde mir unangenehm waren, wenn ich davor Klassik gehört hatte. Ich wusste damals noch wenig über Musik, es gab nur ein Bauchgefühl, dank dem ich das Genie eines Mozart oder eines Bach wahrnahm.

Meine Mutter mochte den Pianisten Samson François, sie hatte die Alben gekauft, auf denen er Ravel und Debussy spielte, und vielleicht gab es weitere, die mir noch besser gefielen. Zu diesem Zeitpunkt war ich auf Vollständigkeit aus, auf ein enzyklopädisches Wissen, noch ohne mein Ohr zu schulen. Diese verschiedenen Arten von Musik durchströmten mich alle, vereinten sich miteinander und antworteten auf meine widersprüchlichen Gefühle. Die Traurigkeit besänftigte ich durch das Hören des klassischen Klavierrepertoires – aber es gab in mir auch dieses unglaubliche Feuer, das mir Hoffnung machte, und das schien mir durch die Freiheit des Jazz oder die Wucht eines Symphonieorchesters besser zum Ausdruck zu kommen. Ich musste mich erst durch die Plattenkollektion in meinem Zimmer durchhören, das Wesen der Musik durchdringen, um Zugang zur Fülle der Welt zu erlangen, die auch meine war. Danach wollte ich die Musik in ihrer Tiefe studieren. Ich würde mir später von einem Werk mehrere Interpretationen anhören, um herauszufinden, welche für mich die beste war, und mir musikalisches »Rüstzeug« zulegen.

Jeden Tag nach der Schule schaltete ich den Plattenspieler früher ein und hörte vom Nachmittag bis zum frühen Abend mehrmals hintereinander dieselbe Platte. Ich hielt jedes Stück mit seinen Angaben in einem leeren Adressbüchlein fest, das ich in der Schublade des Arbeitstischs im Wohnzimmer gefunden hatte. Ich wollte die gesamte Musikgeschichte kennenlernen und arbeitete jeden Tag an dieser Aufgabe, deren Regeln ich selbst festgelegt hatte. Ich sortierte die Komponisten nach dem Alphabet, sodass es aussah wie ein Telefoneintrag. Unter dem Buchstaben A war damals noch kein Komponist vermerkt (die Seite würde leer bleiben), während beim Buchstaben B die Namen Johann Sebastian Bach und Ludwig van Beethoven standen. Es sollte mehrere Monate dauern, bis ich die Existenz von Carl Philipp Emanuel Bach, Sohn des Ersteren, entdecken würde. Ich gab das Herkunftsland, die Geburts- und Todesdaten an, die ich im Lexikon nachschlug. Dann lernte ich sie auswendig. Manchmal kam mir ein Stück bekannt vor, ich erinnerte mich, dass meine Mutter es auf dem Klavier gespielt hatte, während ich in meinem Zimmer Hausaufgaben machte, und wenn ich es ins Heft eintrug, fügte ich in Klammern den Namen Evelyne hinzu.

Meine Mutter hatte mich nie gefragt, ob die Musik mich störte, wenn sie sich direkt hinter meinem Rücken auf den Schemel setzte. Sie hielt inne, blätterte die Seite um, wiederholte mehrmals dieselbe Passage, was meine Konzentration störte. Ich wurde immer nervöser und zeichnete geometrische Formen an den Heftrand. Ich war es nicht gewöhnt, mit Evelyne allein zu sein, in den Cafés, in die sie mich mitnahm, gab es diese Nähe nicht. Wenn sie fertig war, schloss sie wortlos die Tür hinter sich. Sie ließ die Partitur jedes Mal offen auf dem Notenständer liegen, als könnte sie von einem Moment auf den anderen zurückkommen und weiterspielen. Das letzte Stück war eine Etüde von Chopin gewesen, und ich brachte es nicht über mich, die Partitur zu den anderen aufs Klavier zu legen. Als ich eines Abends allein war und auf Yves wartete, drückte ich aufs Geratewohl auf die Klaviertasten. Ich dachte mir, ich könnte die Noten von der Partitur ablesen und sie mit demselben Vergnügen, wie ich es beim Hören hatte, über das Klavier gleiten lassen. Ich brachte aber nur dissonante Akkorde zustande, dann fiel die Stille der Wohnung wieder über mich herab.

Unter der Woche lief jeder Tag gleich ab: Nach der Schule flüchtete ich mich ins Wohnzimmer, wo ich bis halb neun immer wieder dieselbe Platte hörte. Es waren die wichtigsten Stunden des Tages, die einzigen, die mir das Gefühl gaben, am Leben zu sein, ich lag auf dem Sofa und ließ mich dahintreiben. Dann aß ich am Schreibtisch zu Abend, und danach schrieb ich die zu jedem Stück auf der Rückseite der Platte ausgewiesenen Angaben in mein Heft. Im Lexikon fand ich eine Biografie zu den Komponisten, deren Stücke ich zum ersten Mal gehört hatte. Ich schrieb ihre berühmtesten Werke auf einen Zettel. Gegen halb zehn stellte ich den Plattenspieler ab. Dann kam Yves von der Arbeit nach Hause, und wir unterhielten uns ein wenig, bevor ich schlafen ging. Im Bett blätterte ich mein Verzeichnis durch und machte dann das Licht aus. So war jede Minute besetzt und die Angst in Zaum gehalten. Es war das erste Mal in meinem Leben, dass ich so viel Leidenschaft und so viel Fleiß für eine solch monumentale Aufgabe aufbrachte.

Die Wochenenden mit Yves brachten mir eine Verschnaufpause. Ich hörte nicht mehr den ganzen Abend Musik, und wie jeder andere Junge meines Alters vertrieb ich mir die Zeit mit Sport und anderen Vergnügungen. Yves ging mit mir am Sonntagnachmittag nicht ins Café wie meine Mutter. Ich hatte mich geirrt, als ich zu den Bahngleisen flüchtete im Glauben, ich brauche niemanden. Ohne ihn hätte mich das Gefühl des Verlassenseins bestimmt ganz und gar überwältigt. Seine liebenswürdige Art verschaffte mir die Illusion, noch ein Kind zu sein. Die Gewohnheiten, die wir angenommen hatten, halfen mir zu vergessen, dass Evelyne noch immer kein Lebenszeichen von sich gegeben hatte. Ich dachte immer weniger an sie, spürte ihre Anwesenheit nur noch in der Musik.

Am Samstagmorgen ging Yves mit mir ins Schwimmbad im Novotel neben der Schule. Das Hotel musste an ein Reisebüro angeschlossen gewesen sein, denn die meisten Leute, die in dem Pool schwammen, waren Japaner. Die Männer, von denen man nicht sagen konnte, ob sie sechzig oder achtzig waren, hatten unbehaarte Oberkörper wie wir. Yves zeigte mir das Kraulen, Brust- und Delfinschwimmen. Beim Luftholen blickte ich auf die große, beschlagene Glaswand. Ich fühlte mich frei, und oft machte ich mir einen Spaß daraus, mir vorzustellen, wir seien in Japan, weit weg von der Pariser Banlieue. Danach gingen wir mit noch nassen Haaren zu Fuß ins Dorf hinunter und aßen in einem Restaurant gegenüber vom Bahnhof, dessen Tapete den Stoff von Jouy imitierte, zu Mittag. Yves erzählte mir von seinen Eltern, die in Südfrankreich lebten, von seiner Kindheit in Antibes. Mein Vater, vertraute ich ihm einmal an, habe ebenfalls ein Ferienhaus im Süden gehabt, in Bormes-les-Mimosas. Wir sprachen nie über den Tod meines Vaters oder Evelynes Verschwinden, so als hätte unser Gedächtnis die düstersten Ereignisse der Vergangenheit ausgelöscht. Mein Leben kam mir dann sehr unbedeutend vor, es beschränkte sich auf die Ferien am Meer, wo ich glücklich war. Yves erzählte von seiner Arbeit in der Mensa, von dem Wahnsinnsrhythmus am Fließband, ohne je seine Vorlesungen zu erwähnen, als wollte er weiterhin sein Geheimnis bewahren: Er war ein Student, den meine Mutter gebeten hatte, sich vor mir als Erwachsener auszugeben. Ich habe nichts gefragt, wir stellten einander keine Fragen über diese Zeit, in der meine Mutter noch bei uns war.

Wieder zu Hause machte ich in meinem Zimmer die Hausaufgaben, und gegen fünf Uhr fuhren wir nach Versailles, wo ich in einem Secondhand-Plattenladen stöbern konnte, um meine Sammlung zu ergänzen. Meine Mutter habe dieses Geld für mich dagelassen, sagte Yves, und ich könne es ausgeben, wie ich wolle. Er glaubte, Evelyne hätte nichts größere Freude bereiten können, als dass ich klassische Musik hörte.

Evelynes Platten machten nur einen Bruchteil der Klassik aus, die ich in ihrer Gesamtheit kennenlernen wollte. Ich hoffte, in den Regalen die fehlenden Stücke zu finden, die auf dem Zettel in meiner Hosentasche standen. Es wäre einfach gewesen, von jedem Komponisten ein Werk nach dem anderen zu hören, doch ich befolgte immer noch die Regel, dass ich die Platten meiner Mutter in der Reihenfolge hören musste, wie sie auf dem Stapel lagen. Ich mochte es, erst lange die Auslagen durchzusehen, bevor ich drei oder vier Platten kaufte. Zu Hause legte ich sie fürs Erste neben die von Evelyne.

Der Besitzer begrüßte mich jedes Mal mit der ironischen Frage:

»Noch ein Geschenk für deine Mutter?«

Er zeigte ein unechtes Verkäuferlächeln.

Beim ersten Mal wollte er mir helfen, eine Platte zu finden, und fragte nach den Angaben, während ich auf den verstaubten Regalbrettern die Abteilung »Kammermusik« durchforstete. Er meinte, ich würde am falschen Ort suchen.

»Danke, aber ich suche nichts Bestimmtes.«

»Das ist merkwürdig ... Weißt du, mir ist noch nie ein Junge in deinem Alter untergekommen, der sich für klassische Musik interessiert. Du spielst bestimmt ein Instrument?«

»Nein«, sagte ich, »ich suche ein Geschenk für meine Mutter.«

Er hatte eine Glatze und einen dünnen Streifenbart ums Kinn, der seine Ohrklipps in Form einer Gitarre zur Geltung brachte.

»Bei Klassik, da schlafe ich ein. Pop, Rock 'n' Roll, wäre das nicht eher was für dein Alter?«

Dann zählte er Pink Floyd, die Rolling Stones, The Police und andere Gruppen auf, von denen ich noch nie gehört hatte.

Es schien mir, ich hätte trotz der Distanz, trotz der unüberwindbaren Hindernisse zwischen meiner Mutter und mir ein Mittel gefunden, mich ihr anzunähern, indem ich die Musik hörte, die sie liebte. Hatte auch sie Musik hören müssen, damit dieses Gefühl der Angst nachließ, das mich nach der Schule, gegen fünf Uhr abends, überfiel? Ich hatte mich nie für meine Mutter interessiert. War Evelyne eine schöne, begehrte Künstlerin gewesen, wie mein Vater dachte? Hatte sie Platten aufgenommen, bevor sie Klavierlehrerin wurde? Vielleicht wollte sie deswegen im Café beachtet werden. Ich wagte den Händler nicht zu fragen, ob er eine Pianistin namens Evelyne Arnaudin kenne, ob ihr Name im Katalog einer berühmten Plattenfirma erwähnt sei. Ohne es zu merken, war ich von dieser unverbrüchlichen Verbundenheit eingeholt worden, die man Blutsbande nennt. Ich war dieser Junge, dem seine Mutter Klavier vorgespielt hatte, um die Trennung am Sonntagabend hinauszuzögern, und ich redete mir ein, dass die Macht der Musik sich auch in umgekehrter Richtung entfalten konnte: Der Plattenspieler würde spielen, bis wir wieder vereint wären.

»Willst du ein hübsches Geschenkpapier für deine Mutter?«, fragte der Schallplattenhändler an der Kasse.

»Nein danke, das ist nicht nötig.«

»Und die Beatles, von denen hast du doch wenigstens gehört?«, bohrte er nach, als er meine Käufe aufzählte: das *Dumky*-Trio von Dvořák, die *Symphonie fantastique* von Berlioz, die *Nocturnes* von Chopin.

Er hatte begriffen, dass die Platten für mich waren, denn er fügte mit einem leichten Grinsen hinzu:

»Weißt du, irgendwann muss man hinter den mütterlichen Rockschößen hervorkriechen.«

Ich zuckte die Schultern und stieß die Ladentür auf, ohne mich zu bedanken.

Ich hätte am liebsten losgeheult wie ein kleiner Junge. Ich unterdrückte meine Wut, als ich ins Auto stieg, ich wollte nicht, dass Yves meine roten, nassen Augen sah. Ich wusste, dass unsere Situation provisorisch war, und ich redete mir ein, dass ich seine Hilfe bald nicht mehr brauchen würde. Was würde passieren, wenn ich das Risiko einging, mich an einen jungen Mann zu binden, mit dem ich mein Leben seit kaum vier Monaten teilte? Ich hatte keine Eltern mehr und war abends, wenn Yves in der Mensa arbeitete, stundenlang allein. Ich hatte in der Musik eine Zuflucht gefunden, ich brauchte nur eine Platte zu hören, und schon ging es mir besser. Zu jener Zeit hatte ich noch die Undankbarkeit eines Kindes. In der Musik schottete ich mich von der Außenwelt ab, und ich liebte die Einsamkeit. Diese Einsamkeit, das war die Abwesenheit meiner Eltern, die mir dann nah waren, und sie half mir, der Wirklichkeit zu entfliehen.

Ich habe mehrere Jahre gebraucht, bis ich es schaffte, auf die anderen zuzugehen. Bis zwanzig zog ich flüchtige Begegnungen, oberflächliche Gespräche vor. Verliebtheit war nur eine abstrakte Vorstellung, die die Komponisten in den Dienst der Musik gestellt hatten. Ich weigerte mich, mich mit der Tiefe meines Wesens auf jemanden einzulassen. Ich war noch zu jung, um die Liebe zu kennen, mein Leben an das einer Unbekannten zu binden und die Einsamkeit zu überwinden.

10

Jeder Tag war die Wiederholung des Tags zuvor, die Zeit und alles, was ich tat, schien mit derselben Präzision abzulaufen wie die Bewegungen, die ich am Fließband ausführte. Morgens um halb elf ging ich zum Bahnhof hinunter und nahm den Zug Richtung Versailles; ein zweiter brachte mich nach Sceaux. Mit Evelynes R5 wäre die Fahrt bequemer gewesen, aber ich zog es vor, durch das Dorf zu gehen und mich durch die Menge der Leute zu schlängeln. Ich war noch immer dieser verträumte Junge, der es brauchte, sich in den öffentlichen Verkehrsmitteln an Unbekannte zu klammern. Hinter dem Lenkrad plagte ich mich ständig mit meinen Gedanken herum, war ganz mit mir selbst beschäftigt, und auf geraden Strecken gab mir die Geschwindigkeit das Gefühl, dass die Welt sich auflöste. Der Zug entsprach dem Geisteszustand besser, in dem ich mich befand, bevor ich diese repetitive Arbeit in Angriff nahm: Ich war nur noch ein Körper, der darauf wartete, dass er angekommen war, um mit dem Geschirr und den überquellenden Abfalleimern zu hantieren. Vor allem aber kamen die meisten anderen vom Personal mit dem Zug aus dem nördlichen Umland, und ich wollte keine Aufmerksamkeit erregen: Ich war ein junger Mann, der seinen

Unterhalt als Tellerwäscher verdiente und nicht genug Geld für ein Auto hatte. Wahrscheinlich hatte ich aber auch das Bedürfnis, zu Fuß zum Bahnhof zu gehen, weil der Weg mich an die Zeit erinnerte, als ich früh am Morgen zur Universität fuhr, nachdem ich den Abend und die Nacht mit Evelyne verbracht hatte.

Es verkehrten hier nicht sehr viele Züge, und ich traf die bekannten Gesichter jener, die zur selben Zeit wie ich zur Arbeit fuhren, während auf dem Bahnsteig Richtung Paris deutlich mehr Leute zu sehen waren. Eine Brünette mit schulterlangen Haaren ging mit einer Zeitung in der Hand auf und ab. Sie trug einen beigen Regenmantel und hohe, spitze Absätze. Ihr Blick war leer, sie beachtete die anderen kaum, als wäre sie in einer großen Stadt, überzeugt, die Leute, die der Zufall ihr in den Weg führte, nie wieder zu sehen. Sie musste früher in Paris gewohnt haben und es wie Evelyne nur schwer in der Banlieue aushalten. Im Waggon setzte ich mich stets in ihre Nähe, ohne dass sie meine Anwesenheit bemerkte. Sie sah sehr entschlossen aus, war in ihre Zeitung vertieft und hob den Blick nie, um aus dem Fenster zu sehen. Der Zug fuhr an, und die Silhouette des jungen Manns, der ich noch ein paar Monate zuvor gewesen war, verschwand langsam hinter der Scheibe. Er trug eine Ledertasche in der Hand, klappte das Gesetzbuch mit den alten Visitenkarten zwischen den Seiten zu, die ich in dem Café, wo ich Evelyne kennenlernte, aufgelesen hatte. Manchmal hatte ich den Eindruck, er würde darauf warten, dass ich zu ihm auf den Bahnsteig trat, um sein Leben wieder aufzunehmen.

Am Bahnhof trafen sich zwei Linien: Ich konnte entweder nach Paris, ins pochende Herz einer Hauptstadt, Ort sämtlicher Versprechen, oder noch tiefer in die Banlieue eindringen mit dem Gefühl, dass der Horizont zu etwas Präzisem und Endgültigem zusammenschrumpfte. Alles schien mir damals so nah beieinanderzuliegen. Ich konnte von einem Augenblick auf den anderen einfach die kleine Unterführung durchgehen, in einen Zug steigen und wäre eine Dreiviertelstunde später an der Gare de Luxembourg. Um wieder zu diesem Jurastudenten aus Antibes zu werden, hätte ich nur das Grübeln aufgeben müssen. Meine Beine würden mich zur Universität tragen, und bei Regen gäbe es nichts Natürlicheres, als mich in den Hörsaal spülen zu lassen, als würde ich von der Strömung eines Bachs mitgetragen. Doch diese Aussicht übte genau die umgekehrte Wirkung auf mich aus: Je näher ich mich dem früheren Leben fühlte, umso größer war die Lust zu fliehen.

Nach einem Monat in der Mensa hatte ich diesen Laurent, den Evelyne kannte, noch immer nicht getroffen. Manchmal dachte ich, ich sei auf einer falschen Fährte: Sie hatte den Namen mehrere Monate zuvor wahrscheinlich nur auf diese Kleinanzeige geschrieben, um sich in Erinnerung zu rufen, dass sie sich mit einem Mann verabreden musste, den sie in einem Café getroffen hatte. Laurent konnte aber genauso gut ein Junge sein, dem sie Klavierstunden gab, und sie hatte vielleicht auf einen Anruf seiner Eltern gewartet. Oder war es der Nachname einer Frau, die sie kennengelernt hatte? Und doch war ich überzeugt, dass Evelyne mit diesem Hinweis, den sie mir hinterließ, unsere Beziehung auf irgendeine Art fortsetzen wollte. Vielleicht würde diese Liebe, wenn ich ihr auf den Grund ging, wenn ich Licht in die Grauzonen um ihren überstürzten Aufbruch nach Nizza brachte, mit der Zeit unschädlich werden. Meine Beziehung mit Evelyne hatte mein Leben aus der Bahn geworfen, aber ich hoffte, unsere Begegnung würde mir helfen, mein Leben als Mann anzutreten. Ich war erfüllt von einem Wunsch nach Wiedergutmachung, wie man es nach einem Unglück hat, und wartete darauf, dass das Schicksal es besser meinte mit mir. Bald, redete ich mir ein, wäre ich ein freier junger Mann und hätte endlich den Mut, allein durch Paris zu streifen und die bezaubernden Unbekannten in der Metro anzusprechen.

Evelyne legte so viel Wert auf ihre Erscheinung, dass es mir schwerfiel zu glauben, sie verkehre mit einem Mann, der in einer Mensa im Pariser Umland einer Hilfsarbeit nachging. Doch sie war auch diese Frau, die einfache Kneipen liebte und in lautes Gelächter ausbrach, ohne sich um die Blicke der anderen zu kümmern. Ich hatte den Eindruck, sie nicht wirklich zu kennen. Wir hatten nie darüber gesprochen, was in ihr vorging. Das Einzige, was sie mir anvertraut hatte, war, dass sie die Einsamkeit nicht ertrug. Bestimmt versuchte sie in den Cafés die Aufmerksamkeit auf sich zu ziehen und das Interesse eines Unbekannten zu wecken, der sie ansprechen würde. Vielleicht hatte sie Laurent auf diese Weise kennengelernt. Ich war es, der zu viel Wert auf Äußeres legte, auf unseren Altersunterschied. Ich fing an zu begreifen, dass Evelyne mich nicht gewählt hatte, um durch mich ihre verlorene Jugend wiederzufinden, sondern weil wir uns so ähnlich waren. Ich hatte mit meinen neunzehn Jahren überhaupt keine Verankerung im Leben, und auch in Evelynes Leben gab es, abgesehen vom Klavier und von ihrem Sohn, den sie drei Stunden pro Woche sah, nichts, das von Bestand war, und sie hatte Mühe, ihren Weg zu gehen, ohne das Gefühl zu haben, von den anderen wegzudriften. Als wir uns kennenlernten, flüchtete ich mich jeden Tag ins Café in der Nähe meiner Wohnung, klammerte mich an mein Studium und an die Anrufe bei meinen Eltern zweimal in der Woche. Zu jener Zeit war ich sehr allein und ließ mich in der Telefonzelle von der sanften, vertrauten Stimme meiner Mutter beruhigen.

Im Gegensatz zu den Studenten, denen ich in der Universität begegnete, waren meine Kollegen in der Spülküche von ganz anderer Herkunft als ich. Die meisten waren Ausländer, die schlecht Französisch sprachen, und ich wusste nichts über ihre Vergangenheit. Laurent musste wahrscheinlich in der Küche arbeiten. Die einzige Gelegenheit, ihn zu treffen, waren die Mahlzeiten, die das Personal vor der Öffnung gemeinsam in der Mensa einnahm. Wegen des Schichtbetriebs kam ich in den ersten Wochen fast jedes Mal neben jemand anderen zu sitzen. Nach dem Essen nannten wir einander unsere Vornamen. Es herrschte eine kollegiale Atmosphäre am Tisch, aber wir waren sehr viele, und diese Momente dauerten nie lange, sodass die Gespräche oberflächlich blieben. Abgesehen von dem alten Zyprioten, der für die Spüle verantwortlich war, hatte ich mich mit niemandem richtig unterhalten. Wir kommentierten das Wetter, die Nachrichten und beklagten uns über die Unpünktlichkeit der Vorortszüge. Drehte man den Kopf, steckte man schon wieder in einem anderen Thema. Einmal entkorkten wir nach einem warmen Sommertag eine Flasche Rosé und füllten unsere Gläser einen Daumenbreit. François, ein Mann um die dreißig aus La Réunion, der in der Küche arbeitete, stimmte Chansons von Julio Iglesias und Enrico Macias an. In den Bistros an der Rue du Soufflot, wo meine Kommilitonen essen gingen, musste es ähnlich angeregt zugegangen sein. Ich fühlte einen leichten Taumel, der aber meine Einsamkeit nicht vollständig verscheuchte. Und als die Mensa öffnete, war dieses Gefühl der Leichtigkeit fast auf der Stelle wieder verflogen.

Nach dem Abendessen rauchten wir schweigend eine Zigarette, dann stellten wir uns ans Fließband. Ich trällerte den Refrain vor mich hin, den ich gerade gehört hatte, und wartete auf die Esstabletts. Eine halbe Stunde später war ich ganz von den Bewegungen am Geschirrband absorbiert, das mir seinen langsamen, regelmäßigen Rhythmus aufdiktierte, und das Chanson war, ohne dass ich hätte sagen können, wann genau, von meinen Lippen verschwunden. Ich vergaß mich selbst, während die Tabletts vorbeizogen. Das rumpelnde Geräusch der Geschirrspüler verurteilte uns zum Schweigen, und ich war mir sicher, dass wir alle etwas gemeinsam hatten: Wir träumten von einem anderen Leben, was es uns erlaubte, die Arbeit als Tellerwäscher zu ertragen.

Jeder überließ sich seinen Gedanken. Je präziser, repetitiver die Bewegungen waren, desto freier war der Geist, dahin zu schweifen, wohin er wollte. Das Tröstliche am Fließband war, dass es absolute Aufmerksamkeit abverlangte und die Vergangenheit ausschaltete. Unsere einzige Kommunikation bestand darin, vorwurfsvoll das Gesicht zu verziehen oder eine Unmutsäußerung von uns zu geben, wenn aus einem Glas eine dickflüssige, aus den Saucen zusammengebraute bräunliche Brühe lief oder wenn mit den Essensresten auf dem Teller ein anzüglicher Scherz angedeutet war, den wir nicht sehr witzig fanden. Durch die Verachtung und die Süffisanz, die sie damit zum Ausdruck brachten, rissen uns die Studenten für ein paar Augenblicke aus unserer Monotonie. Dann dachte ich wieder an Evelyne, und die Beschäftigung mit den Resten kam mir nicht mehr so abstoßend vor. Man gelangt sehr leicht von einem Leben zum anderen, dachte ich oft, man braucht nur zu träumen, um dem Eindruck zu verjagen, das frühere Leben sei in tausend Stücke zersprungen. Wenn ich die Kadenz erhöhte, die Bewegungen vorwegnahm, die das Fließband von mir verlangte, konnte ich mich ziemlich leicht diesem Traum überlassen: Evelyne war Studentin an der Universität von Sceaux, sie hatte am anderen Ende des Fließbands ihr Tablett abgestellt und wartete am Ausgang der Mensa auf mich.

Gegen neun Uhr abends brachen wir in zögernden Schritten, um das Kribbeln in den Beinen loszuwerden, zum Bahnhof auf. Das Fließband trennte uns noch immer voneinander: Es war spät, und jeder ging in seinem Tempo, ohne auf die anderen zu warten. Im Zug mischten wir uns unter die anderen Fahrgäste, und ich fand wieder in meine Einsamkeit zurück.

Wenn ich den Weg zur Schule hinauflief, hatte ich den Eindruck, auf dem Land zu sein. Es war noch hell um diese Zeit, und der Autoverkehr hatte sich fast vollständig gelegt. Ich ging sofort ins Bett und sank in einen tiefen Schlaf, ohne dass mir ein einziger Gedanke durch den Kopf ging. Das Fließband hielt dieses Leben fern von mir, das ich hinter mir gelassen hatte.

Auch wenn ich mich vielleicht, was diesen Laurent anging, getäuscht hatte, so war ich doch ganz zufrieden mit meinem Los. Trotz meiner eintönigen Arbeit, der Verachtung mancher Studenten uns gegenüber, bereute ich nichts. Ich war Angestellter eines Großküchenbetriebs, und eigenartigerweise ergab sich alles wie von selbst, während ich mich unter meinen Mitstudenten nie wohlgefühlt hatte. Ich wohnte in der Pariser Banlieue und hatte der Welt der Studenten nicht wirklich den Rücken gekehrt: Ich stand einfach nur neben mir selbst. Der Umstand, weit weg von Paris zu leben, mich mit einer Hilfsarbeit zufriedenzugeben, meine ursprünglichen Ambitionen von mir zu weisen, kam mir wie eine Leistung vor, ein subversiver Akt, aus dem ich Freiheit und Charakterstärke zu gewinnen glaubte. Zwar hatte ich es nicht geschafft, die Straßen von Paris zu durchstreifen, aber ich hatte die Kühnheit besessen, mein Studium aufzugeben und mich den Angestellten dieser Mensa anzuschließen, weitab vom Marais. Ich hatte mich schließlich selbst davon überzeugt, dass ich wie Evelyne ein kühnes Leben führte, ein Leben, von dem ich nichts wusste, bevor ich sie getroffen hatte. Ich entdeckte einen Stolz an mir, der mir gefehlt hatte, als ich neu war in Paris. Ich konnte meine Arbeit in der Mensa, redete ich mir ein, jederzeit aufgeben, wenn mir danach war. Ich bräuchte nur eines Morgens in einen Zug zu steigen, ohne genau zu wissen, wo ich aussteigen würde, oder auch nach Paris zurückzukehren und über die Grenzen jener Welt hinauszugehen, die ich mehrere Monate zuvor hinter mir gelassen hatte. Die Möglichkeit eines neuen Lebens war bereits in demjenigen enthalten, das ich im Augenblick führte, und ich lauerte auf das geringste Zeichen, das mich in eine andere Richtung weisen würde.

Tatsächlich aber war ich nach Evelynes Verschwinden von einem Wirbelsturm ergriffen worden, der mich noch immer vor sich herjagte. Ab und zu überkam mich wieder das Gefühl, vor einem Abgrund zu stehen, und diese Anfälle von Schwäche waren nichts anderes als eine Mahnung, mich nicht beirren zu lassen. Ich hatte mich auf die Spuren von Evelyne begeben, und die Antworten, die ich über sie finden konnte, über ihr Leben in Nizza, hatten weniger Bedeutung als der Weg, den ich dafür zurücklegte und der es mir erlaubte, mich auf die Suche nach mir selbst zu machen. Dieses Geheimnis verlieh mir Kraft, und ich fühlte mich da, wo ich nun war, von keiner Gefahr mehr bedroht.

* * *

Im Juni trat ich an die Stelle des Kochs, der aus Mulhouse stammte. Er wollte gemeinsam mit seiner Frau in Meaux, wo sie lebten, eine Crêperie eröffnen. Ich wurde gebeten, mich nach Feierabend an einen gewissen Laurent zu wenden, den Küchenchef. Ich spürte auf einmal eine große Erleichterung.

Als ich mich in der Küche vorstellte, war Laurent gerade dabei, Eimer mit Seifenwasser über den Boden zu schütten. Ich hatte ihn noch nie gesehen, denn er aß allein in seinem Büro. Ich wartete neben der Tür, um nicht in eine Lache zu treten. Laurent hob den Kopf in meine Richtung, ohne mich zu grüßen, bevor er das Wasser mit einem ausziehbaren Schrubber in den Abfluss schob. Trotz seiner Schürze, seiner Hahnentritt-Hose und der dicken Gummischuhe konnte man einen schlanken, attraktiven Mann erahnen. Seine verschlossene Miene und sein Charme verliehen ihm eine natürliche Autorität. Er hatte etwas Brutales an sich, und gleichzeitig ging von seinen Bewegungen eine Art von Resignation aus, als würde die Aufgabe, die von ihm nur eine geringe Anstrengung erforderte, es ihm nicht erlauben, seine ganze Wut zum Ausdruck zu bringen. Hätte er es ebenfalls vorgezogen, von dem Takt am Fließband absorbiert zu werden, um seine Vergangenheit zu vergessen und sich sein Leben zu erträumen?

Wäre mit der Arbeit in der Küche nicht die Möglichkeit verbunden gewesen, Laurent zu finden, hätte ich wahrscheinlich darum gebeten, Tellerwäscher zu bleiben, ich war ganz unten angekommen und hatte ein gewisses Vergnügen daran gefunden, mit dem Geschirr und dem Abfall umzugehen und mir dabei auszudenken, wie mein Leben sonst hätte aussehen können.

Als er mit dem Aufwischen des Bodens fertig war, gab er mir mit der Hand ein Zeichen, näher zu kommen. Ich war genauso nervös wie am Tag, als sich Evelyne mit mir im Café verabredet hatte, um mir meinen Mantel zurückzugeben. Laurent hatte schwarze Haare, dunkle Haut und volle Lippen. Seine braunen Augen unter den dichten Brauen verliehen ihm einen männlichen, finsteren Aspekt, der den Frauen gefallen musste. Es fiel mir nicht schwer, ihn mir mit Evelyne vorzustellen. Er war ungefähr gleich alt wie sie, und wenn man sich seine Arbeitskluft wegdachte, wusste man, wie gut er im Anzug aussah. Hätte man sie am Samstagabend zusammen in einem Restaurant angetroffen, hätte man bestimmt gesagt, sie seien ein schönes Paar.

Laurent räumte seinen Schrubber weg und schaute mich mit ernstem Blick an:

»Du musst der kleine Neue sein, stimmts?«

Sein Ton war unangenehm.

»Man hat mir von dir erzählt. Ich brauche jemanden mit Erfahrung.«

»Aber Sie müssen mich verwechseln …«, sagte ich im Versuch, höflich zu sein. »Ich arbeite als Tellerwäscher und kenne mich in der Küche nicht aus.«

»Stell dir vor, ich weiß Bescheid.«

Ich wollte mich entschuldigen, aber er schnitt mir das Wort ab:

»Na komm, wir ärgern uns doch nicht wegen einer solchen Lappalie.«

»Tut mir leid ... Wissen Sie, ich habe nichts verlangt.«

Jetzt lächelte Laurent freundlich:

»Morgen gibt es Rinderzunge zu Mittag. Die Studenten hassen dieses Gericht, da kannst du froh sein, wenn du nicht am Band stehst.«

»Ja, das glaube ich auch.«

»Weißt du«, sagte er mit sanfter Stimme, als wollte er sich für seine schlechte Laune entschuldigen, »in den Ferien ist die Mensa nicht so voll, du kannst dich in Ruhe einarbeiten, bis im September das Semester losgeht. Eigentlich könnten wir uns duzen, wenn es dir nichts ausmacht.«

»Ehm, ja natürlich, wenn dir das lieber ist«, antwortete ich.

Als Küchenhilfe musste ich auch bei der Lebensmittelbestellung mithelfen. Bestimmt war es der alte Zypriot, der mich als Nachfolger für den Koch aus Mulhouse vorgeschlagen hatte, denn unter den Angestellten in der Spüle war ich der Einzige, der Französisch lesen und schreiben konnte. Mein noch schmächtiger Studentenkörper war zu wenig geeignet für das Tempo am Fließband, und er hatte mich wohl nicht robust genug gefunden, um die Arbeit länger durchzuhalten. Ich wirkte wie ein ängstlicher junger Mann, dem nicht wohl war in seiner Haut. Mein unruhiger Blick beim Sprechen, meine zugeschnürte Kehle machten es wohl nicht schwer zu erraten, dass ich etwas zu verstecken hatte: Ich hatte den relativen Komfort meiner Einzimmerwohnung in Paris, meine Ambitionen, im Studium zu brillieren, aufgegeben zugunsten einer unqualifizierten, körperlichen Arbeit. Ich lebte von einem Tag auf den anderen, und meine Zukunft, die sich auf eine Abfolge fast identischer Tage beschränkte, war genauso wie die Gegenwart und ohne jede Perspektive.

»Hier, hilfst du mir mit den Eimern?«, fragte Laurent.

»Ja, natürlich.«

»Pass auf, der Boden ist noch glitschig.«

Ich bückte mich, um die verstreuten Eimer einzusammeln. Wir spülten sie im Waschbecken aus und stellten sie ins Regal.

Laurent wirkte jetzt lebhaft und heiter, er schien glücklich, sich etwas wichtig machen zu können.

»Schon klar, Köche sind normalerweise korpulent, aber hier ist es nicht wie an der Spüle, für Muskeln gibt es hier keine große Verwendung.«

Als wir die Eimer in den Wasserstrahl des Hahns hielten, wurde er lauter.

»Man braucht vor allem einen soliden Magen.«

Seiner Meinung nach würde mir die Großküche in den ersten Tagen den Appetit verderben, bis ich mich an die großen Mengen an Lebensmitteln gewöhnte, die ich zu verarbeiten hatte.

Er hörte sich an, als würde er zweimal täglich ein Bankett ausrichten.

Dann hielt er in sarkastischem Ton einen langen Monolog und machte weit ausholende Gesten wie ein Theaterschauspieler, der sein Publikum mitzureißen suchte. Sein Eifer gab ihm eine jugendliche Ausstrahlung und verstärkte seinen Charme noch.

Er machte sich über die Studenten lustig, die mit ihren Tabletts vorbeidefilierten, aber auch über sich selbst:

»Morgen wirst du die Mäuler sechshundert ausgehungerter Studenten stopfen, die beim Essen ganz wichtige philosophische Themen abhandeln ... Meiner Meinung nach ist das eine einfache Befriedigung, einfacher als über Me-ta-phy-sik zu fachsimpeln!«

Es ging eine subtile Lebenskraft von seinen Gesten und seiner Stimme aus, die immer wieder einen Augenblick in der Schwebe blieb und dann frohlockend fortfuhr:

»Hör zu. Ich werde dir an deinem ersten Tag die Rinderzunge ersparen! So ein schlimmer Chef bin ich nicht! Du wirst mir stattdessen fünfzig Kilo Tomaten schälen. Am Mittag gibt es Gazpacho zur Vorspeise.«

»Das ist mir alles lieber, als Teller zu waschen«, sagte ich, um ihm beizupflichten und mich dankbar zu zeigen.

»Auf diese Weise lernt man sein Handwerk, und wir werden sehen, wie es um deinen Magen steht! Es wird dir vorkommen wie auf einem Schiffsdeck auf hoher See, nachdem man lange im Hafen war.«

Dann schwiegen wir eine Weile. Laurent drehte lässig die Eimer um, damit sie auf dem Regal trocknen konnten.

»Morgen Punkt acht. Zieh dich an wie immer, ich werde eine Kochuniform für dich auftreiben«, sagte er und stieß einen Seufzer aus.

Diesmal klang seine Stimme monoton und resigniert. Er war wieder verschlossen, in sich gekehrt, wie zuvor, als ich reinkam. Es schien mir, als sähe ich Evelyne durch ihn hindurch. Es war dieselbe Überschwänglichkeit, dieselbe Exaltiertheit, die ein paar Minuten später abgelöst wurde vom Bedürfnis, sich in sich selbst zurückzuziehen und plötzlich für die anderen undurchdringlich zu werden.

»Danke«, sagte ich und verließ die Küche, indem ich ihm einen schönen Abend wünschte.

Er hatte mich wohl nicht gehört, denn er antwortete nicht.

Laurent, dachte ich, hatte sich zu einem Lächeln gezwungen und versucht, lustig zu sein, doch ich hatte eine große Erschöpfung gespürt.

Wie Evelyne war er Stimmungsschwankungen unterworfen, und wenn man mit ihm zusammen war, wurde man von einem Gefühl der Beunruhigung und Verunsicherung beschlichen. Irgendetwas musste Laurent beschäftigen und darin hindern, er selbst zu sein. War es dasselbe wie bei Evelyne? Ich hatte nie versucht herauszufinden, was sie quälte, ich war einzig fähig gewesen, den Mann zu finden, dessen Namen sie auf die Anzeige geschrieben hatte. Sie musste ihn jedes Mal getroffen haben, wenn sie nach Sceaux gefahren war. Ich wusste nicht, was die beiden miteinander verband. Es war seltsam, sie glichen einander, als teilten sie beide dasselbe Bedauern.

11

In der Küche lernte ich viel mehr als beim Tellerwaschen: einfache Gerichte und Saucen zubereiten, verschiedene Geschmacksrichtungen aufeinander abstimmen, mit Küchengeräten umgehen. Wir waren ein Team von fünf Personen und unterhielten uns miteinander, während wir das Gemüse klein schnitten und die Töpfe auf dem Herd überwachten. In der Küche war jede der Aufgaben, die mir zugewiesen wurden, anders, und ich musste mich stärker konzentrieren, um den Gesprächen folgen zu können. Der Körper konnte sich nicht mehr vom Geist lösen wie am Fließband, sodass ich meine Gedanken nicht mehr sich selbst überließ. Es kam vor, dass ich erst abends an Evelyne dachte, in ihrem Zimmer. Es war inzwischen Juni geworden, ich hatte bis ins Frühjahr mit ihr zusammengelebt, und vielleicht würde ich sie mit der Zeit schließlich vergessen.

Wenn die Mensa aufmachte, bediente ich die Studenten, summte dabei, um mich gut gelaunt zu geben, die Melodie eines kreolischen Liedes, das François, der Koch aus La Réunion, in der Küche sang. Die Speisen waren in großen Stahlbehältern angerichtet, und ich verteilte die Portionen mit einer Kelle. Ich weiß nicht warum, aber in den ersten Tagen im Service hatte ich Angst, auf den großen Blonden aus Bordeaux und meine ehemaligen Kommilitonen zu treffen. Dabei waren wir hier weit entfernt vom fünften Arrondissement, und sie hätten mich mit der Plastikhaube auf dem Kopf wohl kaum erkannt. Es war kurz nach den Semesterprüfungen, und die Mensa war halb leer. Die Studenten, die sonst kamen, genossen bestimmt das Leben in Paris, gingen nachmittags in die Museen, und in ein paar Tagen würden sie für die Sommerferien zu ihren Eltern zurückkehren. Ich flirtete mit jungen Frauen, die mich um eine Extraportion Gemüse baten oder um Rat fragten, welches Gericht sie nehmen sollten. Der Sommer machte sie schön und unbekümmert. Obwohl es aussah, als hätten sie Interesse an mir, tauschten wir nur einige unbedeutende Sätze und ein Lächeln.

Laurent widmete mir viel Aufmerksamkeit und gab sein Wissen an mich weiter. Er zeigte mir, wie ich das Gemüse schneiden musste, wie man den Kochlöffel im Topf rührt, langsam und im Uhrzeigersinn, oder auch, dass man die unterschiedlichen Fischarten anhand der Flecken an den Schuppen erkennt. Wie ein Lehrer beugte er sich über meine Schulter, um meine Arbeit zu überwachen, und korrigierte meine Körperhaltung. Er war nicht mehr der provokante Charmeur, der mich zu amüsieren suchte, als wir uns zum ersten Mal sahen, sondern ein verschlossener, mit einer sanften Melancholie erfüllter Mann, die mich an Evelyne erinnerte. Er hatte verstanden, dass ich mich in dieser Universitätsmensa von der Welt zurückgezogen hatte, und dieses Außenseitertum erinnerte ihn bestimmt an sein eigenes.

Jedes Mal, wenn mir Laurent einen praktischen Tipp gab, nutzte er die Gelegenheit, um mir seine Ansichten darzulegen, die wie Belehrungen über das Leben wirkten. Dann sprach er leise, und sein Ton war nicht mehr so sicher wie sonst.

»Man weiß nie«, sagte er, »was die Zukunft für einen bereithält. Aber auch falls du der Gastronomie eines Tages den Rücken kehrst, wird es nichts schaden, wenn du ein paar Gerichte zubereiten kannst, und sei es nur, um einer Frau zu gefallen.«

Er sprach in Andeutungen.

»Welche Gerichte hätten denn deiner Meinung nach am ehesten Erfolg?«, fragte ich, um den leichten Plauderton aufzunehmen.

Ich achtete in diesem männlichen Milieu darauf, ganz in der Rolle des Küchengehilfen zu bleiben und mein zerbrechliches Temperament zu verbergen.

»Probiere es mal mit einem Kabeljaurückenfilet. Und vergiss vor allem das Gemüse nicht«, sagte er, indem er sich zu einem Lächeln zwang.

Dann kam er wieder auf meine Zukunft zu sprechen, die ihn mehr beschäftigte als die Tricks, die ich zur Verfügung hatte, um eine Frau zu verführen:

»Wenn es etwas gibt, das ich gelernt habe, dann dies: Du kannst deine Zukunft planen und berechnen, so viel du willst, es läuft nie wie vorgesehen. Heute stehst du hier, und am nächsten Tag wirst du völlig aus der Bahn geworfen, als würde jemand anderes an deiner Stelle leben.«

Ich wusste nicht, von was für einer Bedrohung er sprach. Seit Evelyne verschwunden war, hatte ich diese diffuse Angst, die ich bei meiner Ankunft in Paris spürte, nicht mehr gehabt. Ich fühlte mich in der Küche und abends in dieser Wohnung neben der Schule in Sicherheit. Ich hatte oft den Eindruck, Laurent richte sich an sich selbst, an den verträumten Jungen, der er gewesen war, und ich musste ihn an die Schüchternheit und leichte Überheblichkeit erinnern, die für dieses Alter typisch sind. Dachte er wie der alte Zypriot, er würde mir mit seinen Ermahnungen helfen, meinem Schicksal eine andere Wende zu geben und diese Arbeit noch vor ihm aufzugeben? »Einen Beruf, der dich besser satt macht als der des Kochs«, erklärte er in spöttischem und resigniertem Ton, »findest du jedenfalls kaum.«

Ich wollte ihn nicht in Verlegenheit bringen mit Fragen über seine Vergangenheit, über Trennungen, die man im Leben durchmacht und die es in eine andere Richtung lenken. Laurent sprach, als läge die Zukunft hinter ihm, als hätte er bereits sämtliche Möglichkeiten ausgeschöpft. Hatte man ihm ebenfalls die Jugend gestohlen?

Mir fiel ein, was Evelyne mir anvertraut hatte, als wir uns zum ersten Mal trafen: Sie hatte mit fünfunddreißig bereits den Eindruck, das Leben verpasst zu haben. Sie waren beide jung, und ich konnte nur schwer verstehen, dass man in ihrem Alter ein solches Gefühl haben konnte. Trotz meiner Schwierigkeiten, in Paris zu leben, schien mir noch alles möglich. Ich hatte mit meinem Job in der Mensa eine bestimmte Richtung eingeschlagen, aber wenn ich wollte, konnte ich jederzeit wieder Jurastudent werden, so als ließe sich meine Zukunft auf einer Landkarte abstecken. Bisher war mein Leben durch meine Fähigkeit bestimmt, banale Dinge auszuführen: durch Paris zu schlendern, den öffentlichen Verkehr zu benutzen. Ich nahm immer nur die Wege, die mir am sichersten schienen, und ich fürchtete, wenn ich mich über ferne und gefährliche Grenzen hinauswagte, würde mein Leben aus den Angeln geraten. Waren denn nicht meine Ängste daran schuld, dass ich in der Pariser Banlieue ein ganz anderes Leben führte? Aber wenn ich einmal stark genug wäre, dachte ich, würde mir die Welt zu Füßen liegen, diese imaginären Grenzen würden von der Landkarte verschwinden und nur die fett gedruckten Städtenamen übrig lassen. Ich würde reisen können, frei sein, da zu wohnen, wo ich wollte. Wahrscheinlich waren Laurents und Evelynes Leben auf solch brutale Weise zerstört worden, dass diese Punkte auf der Landkarte, all die Gelegenheiten, ein neues Leben aufzubauen, verschwunden waren, während bei mir immer noch neue auftauchten.

Oft wurde Laurent still, nachdem er mir seine Ratschläge erteilt hatte, und hielt sich abseits. Er wechselte hin und her zwischen seinen Ermahnungen, bei denen er jedes Wort abwog, und diesen Momenten des inneren Rückzugs, während das Gesagte in mir widerhallte. Und wenn das Schweigen wahrscheinlich nicht länger auszuhalten war, gab er von Zeit und Zeit Sätze voller Empörung und Provokation von sich, bevor er wieder verstummte. Seine Gutmütigkeit stand im

Gegensatz zu diesen plötzlichen Wutausbrüchen. Laurent schien dunklen Gedanken und Gewaltanfällen ausgeliefert, die seiner Persönlichkeit zuwiderliefen. Mit diesem unberechenbaren Auftreten übte er eine gewisse Form von Autorität auf das Küchenpersonal aus, das seine Launen fürchtete. Sein Schweigen konnte einen ganzen Tag lang anhalten. Abends kam er dann liebenswürdig auf uns zu, ein leichtes Grinsen um den Mund, und strahlte auf einmal ein Gefühl der Befreiung aus. Wahrscheinlich überschätzte er seine gute Laune und hoffte, sie würde seine bösen Gedanken endgültig verjagen, und auf seinen inneren Rückzug folgte jedes Mal ein Moment der Hochstimmung:

»Na, François, willst du uns nicht ein hübsches Liedchen singen? Ich brauche Ablenkung, weißt du, ich komme sonst um vor Langeweile.«

Lachen und Verzweiflung lagen bei ihm immer nah beieinander.

Ich wusste nicht, ob Laurent meine Ergebenheit in der Küche bemerkte, denn manuelle Arbeiten lagen mir nicht. Ich schätzte seine einfache und tiefgründige Art zu sprechen, sein Wohlwollen mir gegenüber. Seine Verzweiflung war mir sehr vertraut. Wieder einmal suchte ich die Kraft, die mir fehlte, bei anderen statt in mir selbst. Für Evelyne hatte ich dieselbe Schwärmerei gehabt.

Inzwischen war es Juli; vor einem Jahr war ich nach Paris gekommen, um Zimmer zu besichtigen, und seither hatte ich nicht aufgehört, bei den Leuten, die meinen Weg kreuzten, nach Trost zu suchen. Ich hatte mich getäuscht, mein Leben war alles andere als kühn. Es wurde vor allem vom Mut der Verzweiflung angetrieben.

* * *

Jeden Freitag setzten Laurent und ich uns nach dem Mittagessen für ungefähr eine Stunde in sein Büro und erledigten die Lebensmittelbestellung. Um diese Zeit war die Mensa leer, und der Trubel hatte sich gelegt. Ich fühlte mich hier wohler als in der Küche. Laurent schaltete das Radio auf der Frequenz von France Musique ein, und sobald eine Opernmelodie zu hören war, drehte er lauter. Die ersten Male waren mir die hohen Tenor- und Sopranstimmen unangenehm, ich hoffte aber, eines Tages ein Musikliebhaber zu werden wie er. Je nach Anzahl Essen, die wir mittags und abends ausgegeben hatten und die er in einem Heft festhielt, und der Vorräte in den Kühlräumen nannte Laurent mir die Mengen, die auf dem Bestellschein einzutragen waren. Ich schickte sie per Fax an die Lieferanten, während er das Menü für die kommende Woche fertig zusammenstellte. Die Additionen, die ich mit Bleistift hinkritzelte, die konzentrierte, von Opernarien unterlegte Atmosphäre erinnerten mich an die Zeit, als ich bei Evelyne lernte und dabei Platten hörte. Ich mochte diese administrativen Aufgaben. In dem Büro brauchte ich nicht nachzudenken oder mich für jemand anderen auszugeben. Ich hoffte, dass Laurent mir von ihr erzählen würde. Ich erahnte an seiner Leidenschaft für die Oper, dass sie sehr verliebt gewesen waren, dass sie sich über die Musik geliebt hatten.

Eines Tages, als wir gerade die Bestellzettel ausgefüllt hatten, kamen die *Wasserspiele* von Ravel im Radio. Laurent legte die Papiere in den Schrank.

»Das Stück kenne ich«, sagte ich. »Macht es dir was aus, wenn ich es bis zu Ende höre?«

Es war das einzige, das ich schon nach den ersten Takten identifizieren konnte; man hörte kein Klavier, sondern das Plätschern eines Bachs.

»Überhaupt nicht, ich muss sowieso noch ein wenig Ordnung machen«, antwortete er und drehte die Lautstärke höher.

Das erinnerte mich an die Wochen als Tellerwäscher, als ich mich ganz von den Erinnerungen an Evelyne durchdringen ließ, damit sie die Realität in den Hintergrund drängten. Das Geräusch des Wasserstrahls gegen das Geschirr auf dem Fließband wurde zu Musiknoten, während ich an diesen Augenblick zurückdachte, als Evelyne mich nach der Arbeit beim Plattenhören überraschte.

Jérôme lebte noch nicht bei ihr. Wenn ich mit Musik lernte, war es vor allem, um die Stille in der Wohnung zu vertreiben; sonst hatte ich nachmittags um diese Zeit im Café gearbeitet, und bei ihr war nicht einmal das Vorbeifahren eines Autos zu hören.

»Und, gefällt dir das Stück?«, hatte sie gefragt.

»Ja ...«, sagte ich und zögerte einen Augenblick, bis mir

eine interessante Bemerkung einfiel: »Es ist witzig, man hat den Eindruck, man hört das Wasser eines Springbrunnens plätschern.«

»Na so was! Gratuliere! Du bist ja besser als die meisten meiner Schüler«, hatte sie geantwortet und die Partitur von Ravel geholt, die auf ihrem Klavier lag.

Sie sah so glücklich aus, als sie mir zeigte, welches Bild die Noten ergaben, von oben nach unten und von unten nach oben das Plätschern von fallenden Tropfen nachmachend. Sie hatte noch immer den Ton einer Lehrerin, die mit einem Schüler sprach. Ich nutzte die Gelegenheit, um mich an sie zu schmiegen, und verlangte anstelle guter Noten Küsse von ihr. Ich nannte sie Frau Lehrerin.

Das hatte sie zum Lachen gebracht:

»Du glaubst wohl, ich belohne meine Schüler auf diese Weise?«, sagte sie und küsste mich.

Als das Stück zu Ende war, holte mich die blecherne Stimme des Ansagers in die Realität zurück.

»Ich sehe, du hast mir deine musikalische Ader vorenthalten?«, sagte Laurent.

»Ich habe ein paar Monate mit einer Klavierlehrerin zusammengelebt, die begeistert war von Ravel, mehr nicht. In Wahrheit kenne ich mich überhaupt nicht aus.«

Es tat mir gut, über Evelyne zu sprechen. Ich hatte noch mit keinem Menschen über diese Beziehung gesprochen, und für einen Moment fühlte ich mich nicht mehr ganz so allein.

Laurent musterte mich mit seinem finsteren Blick:

»Sie also ist deine unglückliche Liebe. Ein Junge wie du, da sieht man doch sofort, dass er Liebeskummer hat.«

Er schaltete das Radio aus.

»Kann sein«, sagte ich, ohne dass ich ein weiteres Wort herausbrachte.

»Ich kenne das auch«, antwortete er, »an manchen Tagen hat man das Gefühl, man werde sein ganzes Leben lang leiden, und am nächsten Morgen fühlt man sich besser, als wäre es nur ein kindlicher Kummer ohne Bedeutung.«

Laurent lud mich für den nächsten Abend zu sich zum Essen ein. Er lebte in einer kleinen Wohnung in Verrières-le-Buisson, mit dem Auto zehn Minuten von der Mensa entfernt.

Seit dem Frühling sei er am Wochenende in der Sonne in einem kleinen Schrebergarten, wo er einen Wohnwagen stehen habe, erzählte er. Er hörte Radio und las Zeitung. Nachmittags legte er sich trotz des Geschreis der Kinder, die sich ringsum amüsierten, auf eine Decke im Gras und hielt einen Mittagsschlaf; ihr Lachen täuschte ihm eine Welt vor, in der es keinen Liebeskummer gab. Abends kochte er auf dem Holzfeuer. An diesem Platz, der ihm in der warmen Jahreszeit als Zuflucht diente, erklärte er, schien das Leben leicht und beständig, und der Seelenkummer war einfacher zu vergessen als bei kaltem Wetter und prasselndem Herbstregen.

»Da draußen«, sagte er, »können wir uns ruhiger unterhalten als bei der Arbeit.«

»Würde es dir etwas ausmachen, wenn ich den Sohn einer Freundin mitbringe? Sein Vater ist vor Kurzem gestorben.«

Die Ähnlichkeit zwischen Jérôme und seiner Mutter war so frappant, dass ich dachte, seine Anwesenheit könnte Laurent dazu bringen, mir von Evelyne zu erzählen. Er hatte mich eingeladen, damit ich ihm von meinem Verdruss mit dieser Frau erzählte, ohne zu wissen, dass es sich um Evelyne handelte. Dann würden sich die Rollen vertauschen, und schließlich könnte ich von ihm erfahren, wer sie war.

Ich wusste nichts von ihr. Das Einzige, was mir Evelyne anvertraut hatte, war dieses Gefühl des Scheiterns, das sie hatte, und ihre Schwierigkeit, die Einsamkeit zu ertragen. Ich nahm es mir übel, dass ich meine Zeit damit verbracht hatte, sie zum Lachen zu bringen, statt zu versuchen, sie besser kennenzulernen. Die Angst, sie könnte mich verlassen, war so stark, dass ich sie ständig zu erheitern versuchte, um ihr zu gefallen. Ich war zu sehr in mir selbst eingeschlossen, als dass unsere Beziehung hätte aufrichtig sein können und Evelyne das Bedürfnis verspürte, mir ihren Kummer anzuvertrauen. Hatte ich denn nicht auch vor ihr verheimlicht, wie elend ich mich in Paris fühlte?

»Ganz im Gegenteil, ich freue mich, wenn ihr beide kommt«, antwortete er.

An jenem Abend setzten wir uns neben Laurents rostigem Wohnwagen auf Plastikstühle, die im Gras standen. Die Schrebergärten lagen in der Nähe der Autobahn, aber wenn man den Verkehrslärm vergaß, wähnte man sich in einem großen Haus im Grünen. In der Mitte des Rasens waren Gemüsebeete durch einen Zaun abgetrennt. Jérôme setzte sich etwas abseits, um uns nicht zu stören. Er hatte die Platten auf dem Schoß, die er in Versailles gekauft hatte. Falls er sich langweile, hatte er im Auto zu mir gesagt, könne er die Plattenhüllen durchsehen.

»Herzlich willkommen«, sagte Laurent und bot uns etwas zu trinken an.

Als er Jérôme erblickte, schien er gleichzeitig erfreut und irritiert, als sähe er durch ihn hindurch Evelynes Gesicht.

Ich brauchte ein paar Momente, um zu begreifen, was Evelyne nicht den Mut hatte, mir auf der Postkarte zu sagen. Jérôme hatte dieselben vollen Lippen wie Laurent, dieselben schwarzen Haare, dichte Brauen und ziemlich tief in den Höhlen liegende Augen, die dem Gesicht einen männlichen Ausdruck verliehen. Man erkannte die Ähnlichkeit nur, wenn man die beiden nebeneinander sah. Eigenartigerweise hatte die Blutsverwandtschaft in den Persönlichkeitsmerkmalen die meisten Spuren hinterlassen, als wollte sie kompensieren, was der Körper nicht so getreu zu reproduzieren imstande gewesen war. Im Gegensatz zu Jérôme konnte ich mich nie an die Stille und die Einsamkeit gewöhnen. Er wurde mit der Abwesenheit seiner Eltern besser fertig als ich, und mit dreizehn hatte er sich zu den Eisenbahnschienen geflüchtet, als bräuchte er bereits niemanden mehr. Jérôme akzeptierte sein Los und nutzte es, um auf sein Schicksal zuzugehen. Ich hatte dieselbe Kraft bei Laurent gespürt, eine

Fähigkeit, das Unglück zu ertragen, ohne Einsamkeit oder Verzweiflung zu fürchten.

Ich dachte an Evelyne. Sie hatte Jérôme und mich hierher geführt, in diesen Familiengarten. Hatte sie Laurent, als sie sich mit ihm in Sceaux traf, ihre Absicht mitgeteilt, nach Nizza zu gehen, damit er sich um seinen Sohn kümmerte? Oder hatte sie diese Lehrerstelle angenommen, um sich ihm anzunähern? Verrières-le-Buisson war zwanzig Autominuten vom Gymnasium entfernt. Vielleicht hatte es ihr an Mut gefehlt und sie war Hals über Kopf geflüchtet? Ich entdeckte einen weiteren, unerwarteten Aspekt ihrer Persönlichkeit: Ich sah eine um ihr Kind besorgte Mutter, und das schien meine Liebe zu ihr neu zu entfachen und sie gleichzeitig zu besänftigen, sie weniger glühend zu machen. Sie musste sich jeden Tag fragen, ob ich Laurent gefunden hatte, ob Jérôme und er endlich vereint waren. Ich begann unsere Trennung zu akzeptieren. Wenn Evelyne in diesen Mann verliebt war, zu dem sie nach Nizza zurückgekehrt war, so waren wir noch lange nach ihrem Verschwinden durch eine andere Art Liebe miteinander verbunden, eine geistigere, durch ein Band, das genauso unverwüstlich ist wie die Familienbande.

Während ich die Schrebergärten betrachtete, überkam mich ein tiefes Glücksgefühl. Trotz des Hin- und Herlaufens der Leute, die ihre Obst- und Gemüsekisten in den Kofferraum luden, der Kinder, die währenddessen im Gras spielten, schien hier alles friedlich und geordnet. Ich dachte mir, dass die Welt, jetzt wo Vater und Sohn endlich miteinander vereint waren, die glückliche Gestalt annehmen würde, die sie von Anfang an hätte haben sollen. Laurent hatte recht, nach einem langen Sommertag in der Natur schien alles leichter.

Beim Essen erzählte Laurent uns von seiner Jugend und seiner Leidenschaft für die Oper. Er hatte, als er ungefähr zwanzig war, viele Aufführungen besucht. Er lebte damals mit seiner Freundin in einer kleinen Einzimmerwohnung an der Rue de Vienne. Vom Fenster aus sah man die Gleise des Bahnhofs Saint-Lazare. Er gab mir durch Andeutungen zu verstehen, dass wir dieselbe Frau geliebt hatten. Er war an der Sorbonne für Soziologie eingeschrieben. Sie war etwas jünger als er und studierte bei Nadia Boulanger, von der ich damals zum ersten Mal hörte, am Pariser Konservatorium Klavier. Er hatte nicht viel Geld und saß mit seiner Freundin immer im obersten Rang. Laurent beschrieb uns dieses Pariser Leben, das auch Evelyne geführt hatte. Gemeinsam, sagte er, hatten sie sich die großen Opern angehört, Mozart, Verdi und Tschaikowsky. Sie genossen ihren einzigen Luxus, danach zu Fuß nach Hause gehen zu können, denn die Oper befand sich fünfzehn Minuten von ihrer Wohnung entfernt. Paris war zauberhaft in der Nacht, die Straßen waren leer, und die Stadt schien einem zu gehören, man brauchte nur hinzusehen, erzählte er uns. War das wegen der Musik, die in ihnen weiterlebte und sich mit den gedämpften Stadtgeräuschen vermischte? Ich hatte eine solche friedliche Stille nie empfunden, außer auf diffuse Weise oben auf dem Eiffelturm mit Evelyne.

Ich hatte keine Ahnung, wie es Laurent nach seinem Studium an der Sorbonne in diese Universitätsmensa verschlagen hatte. Ich stellte keine Fragen, begnügte mich damit, ihm aufmerksam zuzuhören. Hatte Evelyne ihn ebenfalls verlassen? Hatte sich Laurent hierher geflüchtet, um sie zu vergessen? Wir glichen uns wie zwei Brüder, sagte ich mir, während ich in ihm nach meinem Spiegelbild suchte, um zu erfahren, welche Richtung mein Leben nehmen würde.

Neue Fragen tauchten auf: Wenn Evelyne am renommierten Pariser Konservatorium studiert hatte, warum musste sie dann auf ihrer Visitenkarte lügen und angeben, sie habe ein Diplom vom Konservatorium Lausanne?

Evelyne, die uns alle drei hier zusammengeführt hatte, war abwesend, und der Abend schien eine geheime Tür auf die Vergangenheit zu öffnen. Es reichte, Laurent zuzuhören, wie er von seinen Erinnerungen erzählte, um sich vorstellen zu können, sie sei genauso alt wie ich, kurz bevor man ihr die Jugend geraubt hatte. Ich kehrte zu den Anfängen dieser Frau zurück, die ich im Café an der Straßenecke kennengelernt hatte und die lachte wie eine Studentin, um die verlorene Zeit nachzuholen. Ich hoffte zu verstehen, was in ihrer Jugend zu ihrem Bedauern, ihrem Verhalten geführt hatte; und vielleicht würde sie dadurch für mich gewöhnlicher werden.

KINDHEIT

12

Samstagnachmittags fuhren Yves und ich, nachdem ich mir neue Platten ausgesucht hatte, zu Laurent nach Verrières-le-Buisson. Hinter der Scheibe zogen Schuppen, Autohäuser und Sportplätze vorbei. Je näher wir unserem Ziel kamen, umso grauer wurden die Gebäude und ausgestorbener die Straßen, so als wäre am Ende des Wegs auch die Welt zu Ende. Wir stellten das Auto auf dem an die Schrebergärten angrenzenden Parkplatz ab, der sich nur am Wochenende füllte, wenn die Familien kamen, um sich um ihr Gemüse zu kümmern. Es war im frühen Sommer. Laurent und Yves setzten sich nebeneinander in die Sonne, um die letzten Strahlen zu genießen, danach aßen wir unter einem am Wohnwagendach befestigten Vorzelt. Etwa hundert Meter entfernt drehten die Autos in einem Kreisel, bevor sie in die Autobahnauffahrt mündeten.

Beim ersten Mal war ich den ganzen Abend nicht von meinem Stuhl aufgestanden. Laurent hatte mir ein Glas Orangensaft gebracht. Ich saß etwas abseits im Schatten. Er drehte sich hin und wieder mit einem verkrampften Lächeln nach mir um. Seit meiner Flucht zu den Bahngleisen hatte ich nicht mehr das Bedürfnis wegzulaufen, sondern bemerkte im Gegenteil eine Fragilität in mir, einen Riss, und es gefiel mir, mich darin zurückzuziehen. Seit ich die klassische Musik entdeckt hatte, ging ich nach der Schule sofort nach Hause und hörte Platten. Ich trauerte der Zeit nicht nach, als ich noch mit dem Rad um den Häuserblock fuhr. Damals schaffte ich es nicht, meinen Gedanken zu entfliehen. Seltsamerweise erlangte ich in diesem Rückzug eine Art Freiheit: Nichts war weiter und reicher als diese von Musik durchdrungene Welt. Yves war bei der Arbeit, und ich hatte Zeit, sanft in die Einsamkeit hineinzugleiten. Ich brauchte nur den Plattenspieler einzuschalten und nicht daran zu denken, dass mein Vater tot war und meine Mutter nichts von sich hören ließ. Ich versuchte nicht, sie zu vergessen, sondern im Gegenteil, die Distanz zwischen uns aufzuheben. Meine Eltern waren durch diese Musik, die meinen Kummer besänftigte, bei mir, und ich konnte ihre Präsenz nur in dieser Form wirklich spüren.

Ich beugte mich vor, um das hohe Gras auszureißen, während ich mit halbem Ohr ihrem Gespräch lauschte. Laurent rutschte auf seinem Stuhl hin und her, während er die großen Fragen des Lebens aufwarf: Frauen, Gott, die Macht des Schicksals. In seiner Erregung steigerte er sich manchmal in Wutanfälle hinein, die ihn selbst zu überraschen schienen und jedes Mal in einem lauten Lachen endeten. Yves trank aus der Flasche, ungerührt angesichts dieser wechselnden Launen. Sie waren das genaue Gegenteil voneinander.

Beim Essen saß ich Laurent gegenüber. Trotz der Wut

kurz davor hatte er eine sanfte Stimme, als er uns von seinen Studienjahren erzählte. Was ihn in diesem Alter vor allem interessierte, war die Oper. Er hatte sich viele Aufführungen angesehen, als er in Paris wohnte. Versuchte er sich durch dieses Thema an mich heranzumachen? Yves hatte mir im Auto gesagt, Laurent sei ein großer Musikliebhaber. Wenn ich Lust habe, könne ich ihn um Rat fragen wegen meiner Platten, doch ich spürte ihm gegenüber eine leichte Verachtung, in die sich Angst mischte. Wer, wenn nicht ein Außenseiter, würde in einem Wohnwagen neben der Autobahn hausen? Laurent erinnerte mich an die Säufer in den Cafés, die dem Wirt hinter der Theke so laut, dass sie auch sicher gehört wurden, ihre Lebensgeschichte erzählten. Glückliche Momente gab es in ihrem Leben nur noch in ihren Erinnerungen. Ich wollte mich lieber nicht am Gespräch beteiligen und ließ meine Augen über den Rasen schweifen, um Laurents Blick auszuweichen.

Laurent trug Lederstiefel, ein kurzärmeliges Hemd, das seine kräftigen Arme freiließ, und eine Weste voller Taschen, wie sie Straßenhändler auf den Märkten tragen. Er hatte etwas von einem Ganoven, aber mit seiner Weste glich er eher einem Sonntagsangler. Um das Grillfeuer anzufachen, zerknüllte er alte Ausgaben von *Le Monde* und der *Libération*, die er von Stofffetzen geschützt unter dem Wohnwagen aufbewahrte. Hatte er tatsächlich an der Sorbonne studiert, wie er behauptete? Ich konnte ihn mir nur schwer inmitten der steifen Zuhörer einer Oper vorstellen. Lebte Laurent aus Liebe zur Natur hier, oder war er ein Intellektueller, der sich zum Meditieren aufs Land zurückgezogen hatte? Von seinen Kleidern einmal abgesehen, hätte er ein Philosophieprofessor sein können, doch er besaß weder die Bravheit eines Lehrers noch die Unerschütterlichkeit eines Bauern, der jeden Tag, Zigarette im Mundwinkel, seine Tiere füttert. Der Wohnwagen musste schon seit Jahren auf dieser Wiese stehen. Die Anhängerkupplung ragte ins Leere, und unter den Reifen verhinderten grün gewordene Betonplatten, dass er in den Boden einsank. Wenn Laurent an einen festen Ort gebunden war, wenn er seinen Lebensunterhalt in der Mensa verdiente, warum lebte er dann nicht in einer Wohnung wie alle anderen auch? Und warum arbeitete ein derart gebildeter Mann als Koch? Der Lebensstil, den er sich auferlegt hatte, verlieh ihm eine besondere Originalität, eine Art Verrücktheit, die umso absurder war, da er keinerlei Gefallen daran zu finden schien.

Auch für mich galten die Regeln der Erwachsenen mittlerweile nicht mehr. Ich war ein dreizehnjähriger Junge, ohne jeden Orientierungspunkt. Wäre mein Vater nicht gestorben, hätte ich Laurent niemals kennengelernt. Er hätte mir höchstens in einer dieser Kneipen über den Weg laufen können, in die mich meine Mutter sonntagnachmittags mitnahm. Ich war weit weg von der Rue de la Turenne, und die Welt, die ich in meiner Kindheit gekannt hatte, hatte sich in Luft aufgelöst. Und an ihre Stelle war nun diese Welt getreten, die ich von dem Wohnwagen aus betrachtete, als wäre sie aus dem plötzlichen Verschwinden meiner Eltern hervorgegangen. Das Wesen dieses Orts entsprach ganz meinem Geisteszustand: einfach, verlassen. Jemand, der nicht wie ich die Freiheit liebte, hätte hier nur dunkle Gedanken gewälzt. Die Schrebergartenidylle, die auf dem Rasen spielenden Kinder, die Nähe zur Autobahn, es kam mir vor, als würden die alten Gewissheiten von mir abfallen. Hinter dem Kreisverkehr leuchtete das Schild *Bar-tabac-PMU* »*Chez Maryvonne*« durch die Dunkelheit, sodass man sich nicht vollständig von der Welt abgeschnitten fühlte. Bestimmt hätte dieses Bistro am Stadtrand meiner Mutter gefallen. Nachmittags zogen sich die Gäste wegen der Sonne, die auf die Terrasse herabbrannte, ins Innere zurück. Von außen stellte man sich eine Welt der Einsamkeit und Verlassenheit vor, und es schien mir, nur jemand, der für eine solche Atmosphäre empfänglich war, hätte Lust gehabt, da hineinzugehen.

Hinter der Wiese war die Stadt bereits der Autobahn gewichen. Wir konnten die bunten Farbflecken der Wagen und die rechteckigen Straßenschilder sehen. Irgendeiner dieser Pfeile, dachte ich an jenem Abend, würde mich zu meiner Mutter führen, aber ich hatte nicht die Kraft, auch nur das Geringste zu unternehmen, um sie zu finden. Ihre Platten zu hören, war das Einzige, zu dem ich fähig war.

Beim Essen fragte mich Laurent, wie alt ich sei, und welche Fächer ich in der Schule hätte. Es waren dieselben Fragen ohne jedes Interesse, die mir Evelyne im Café stellte und auf die ich keine Lust zu antworten hatte.

»Die Schule ist sowieso bald zu Ende«, sagte ich leichthin.

»Ja, das stimmt. Und, was habt ihr in diesem Sommer vor, deine Mutter und du?«

»Wir haben im Moment noch nichts geplant. Wir wohnen auf dem Land und fühlen uns dort bereits ein bisschen in den Ferien.«

Seit meine Mutter mich verlassen hatte, bewahrten wir beide, sie und ich, dasselbe Geheimnis. Niemand durfte wissen, dass sie weggelaufen war und dass ich der Obhut eines neunzehnjährigen Mannes überlassen war, zu dem ich in keinem verwandtschaftlichen Verhältnis stand.

Ich hatte Angst, Laurent könnte mir noch mehr Fragen über meine Mutter stellen, doch er schaute mich nur mit demselben verkrampften Lächeln wie zuvor wortlos an.

Nach dem Essen spielten wir Tarock, Yves und Laurent hatten mir die Regeln beigebracht. Jetzt kam mir Laurent harmlos vor, er hatte mehrere Biere getrunken und versuchte mich zum Lachen zu bringen, indem er das Spiel anheizte. Die Nacht war hell, und die Musik aus dem Café gab dem Moment einen festlichen Anstrich; jeden Samstag wurde dort ein Tanzabend veranstaltet. Ich fühlte mich besser, ich brauchte nur die Karten auf dem Tisch zu sehen und der Musik aus der Ferne zu lauschen, um mich immer leichter zu fühlen: Mein Leben fing an.

Gegen elf begann ich auf meinem Stuhl einzuschlafen. Bestimmt hätte mein Vater mir nicht erlaubt, so lange bei einem Unbekannten zu bleiben. Ich fühlte mich frei, so frei, wie ich war, als ich die Bahngleise entlangging, obwohl ich keine andere Wahl gehabt hatte, als Yves zu diesen Schrebergärten zu folgen.

Als wir an jenem Abend auseinandergingen, fragte Laurent, ob wir am nächsten Samstag wiederkommen möchten. Das nächste Mal würde es Forelle geben.

Wir kamen jeden Samstag früher bei Laurent an. Ich beobachtete das Kommen und Gehen der Leute, die im blauen Arbeitsanzug und in Gummistiefeln die Erde bearbeiteten. Die Schrebergärten waren alle von einem Zaun umgeben, die Türen mit einem Vorhängeschloss versehen. Drinnen gab es Bretterverschläge mit einem Blechdach. Ich konnte mir nichts Kümmerlicheres und Lächerlicheres vorstellen als diese Gemüsegärten, diese Hütten zwischen großen Lagerhallen am Rand der Autobahn, wo alles zubetoniert war. Gartengeräte lagen über dem Rasen zerstreut, und auf ausrangierten Schulstühlen hingen Lappen zum Trocknen. Die Leute riefen einander zu, unterhielten sich laut, ohne von uns Notiz zu nehmen. Ein paar Kinder schoben sich gegenseitig mit der Schubkarre herum. An großen Hitzetagen schlängelten sich Wasserschläuche durch das hohe Gras. Die Kinder rannten umher und bespritzten einander mit kaltem Wasser, bis wir ein Weinen hörten, weil eines von ihnen über einen Eimer gestolpert war. An manchen Stellen bildeten die Pfützen Schlamm, in dem der Abdruck ihrer Schuhe zurückblieb. Ich hätte einfach zu ihnen hingehen können, sie waren jünger als ich, doch die Abwesenheit meiner Eltern hatte mich ängstlich gemacht, sensibler für die Reaktionen der anderen. Damals, als ich noch auf der Place des Vosges spazieren ging, hatte ich mich nie so gefühlt. Die Welt schien mir ganz im Lot, alles an seinem Platz zu sein, und inzwischen wurde alles am Verschwinden meiner Eltern gemessen, das aus mir einen zerbrechlichen, hilflosen Jungen gemacht hatte.

Laurent warf zerstreute Blicke um sich, während er an seiner Zigarette herumkaute, unempfindlich für den Trubel rund um den Wohnwagen, als würde seine Gleichgültigkeit genügen, um das Stimmengewirr zum Verschwinden zu bringen. Einzig das Paar, bei dem Laurent sich mit Gemüse und Kartoffeln eindeckte, grüßte ihn mit einem unauffälligen Handzeichen. Er schien nicht neugierig, sie kennenzulernen. Wenn er nicht sprach, entstand ein verzerrter Zug um seine Lippen, was ihn traurig aussehen ließ. Laurent wollte hier nicht nur in Ruhe gelassen werden, er wollte sich ganz auflösen, nach und nach verschwinden, ohne eine Spur zu hinterlassen. Nicht einmal das Hören einer Oper vermochte ihn noch aus seinem Schweigen zu holen. Dass er so leben, auf alles verzichten konnte, was die Welt zu bieten hat, verlieh ihm eine natürliche Autorität, eine Art Überlegenheit. Ich ahnte, dass Laurent unter dieser scheinbaren Härte eine unfassbare Kraft verbarg, lebhafte Emotionen, die sein Herz zum Klopfen brachten.

Abends hörten wir von den Schrebergärten her ein Radio, das später von der schmissigen Musik des Bistros *Chez Maryvonne* übertönt wurde. Manche verbrannten Unkraut, andere aßen in den Holzhütten zu Abend, bevor sie sich Richtung Tanzabend aufmachten. Wir sahen nur noch dunkle Silhouetten, die über den Rasen gingen, und ab und zu überraschten uns Stimmen in der Dunkelheit. Wir waren abseits der

Festlichkeiten, und die entfernte Musik, das Gelächter, das sich mit dem Autolärm vermischte, standen im Kontrast zu der familiären Atmosphäre bei uns am Tisch, und es war, als rückten wir noch näher zusammen.

Wir könnten uns einfach sagen, meinte Laurent einmal, die Musik spiele für uns, auch wenn wir nicht zu den Gästen des Bistros gehörten. Und uns von der Fröhlichkeit der anderen anstecken lassen. »Das Fest beginnt, meine Freunde!«, rief er uns zu wie eine Aufforderung zum Glück. Reichte es, sich einen Stoß zu geben, um glücklich zu sein wie die Leute, die heute Abend wieder im Café *Chez Maryvonne* tanzen würden? Und wenn das Glück so einfach zu erlangen war, warum wirkte er dann für Momente so traurig und resigniert?

Laurent, Yves und ich waren alle Kinder aus gutem Haus. Eines Tages ist unser Leben zerbrochen, und der Zufall wollte es, dass wir jeden Samstag in einem Wohnwagen in der Pariser Banlieue gemeinsam zu Abend aßen. Mir schoss oft der Gedanke durch den Kopf: Jeder von uns stellte dieselbe Person in einem anderen Alter dar, eine Person, die mit jedem Jahrzehnt tiefer in die Einsamkeit gerutscht war. Es hatte eine leichte Ironie, diese Lebensfreude zu hören, die ganz in der Nähe des Wohnwagens tobte, während wir drei uns immer weiter davon entfernten.

Nach dem Kartenspielen erzählte Laurent uns die *Odyssee*, jeweils zwei der vierundzwanzig Gesänge, aus denen Homers Epos besteht. Die Reise von Odysseus, der von den Göttern zu einer langen Irrfahrt verdammt war, würde bei diesem

Rhythmus gleichzeitig mit dem Sommer und seiner Einfahrt in Ithaka zu Ende gehen, wo seine Frau Penelope auf ihn wartete. Wir ließen uns einwiegen von Laurents anschaulicher Erzählung. Er machte uns Odysseus' Einsamkeit spürbar und lobte die List des Helden angesichts der Prüfungen, die ihm die Götter in den Weg stellten. Odysseus setzte seinen Weg nach Ithaka allen Hindernissen zum Trotz unbeirrt fort, während sein Sohn Telemachos auf der Suche nach ihm über das Meer fuhr. Beim Zuhören schien es, dass jeder seinem Schicksal eine andere Wende geben konnte, dass nichts festgeschrieben war. Aber warum fristete Laurent dann seit so langer Zeit sein Leben auf einem Stück Wiese?

An Regentagen aßen wir im Wohnwagen, der wie eine kleine Wohnung war. Im Gegensatz zur angerosteten Karosserie schien das Mobiliar, das ganz aus Holz war, sorgfältig gepflegt und sorgte für ein gemütliches Ambiente. Ich vergaß den heruntergekommenen Eindruck, den ich noch beim Eintreten gehabt hatte. Das einzige, dickglasige Fenster, vor dem ein Spitzenvorhang angebracht war, erinnerte an ein Bullauge. In diesem Schlupfwinkel war der Autolärm kaum mehr zu hören. Laurents einziger Besitz hier war ein Radio, dessen Knöpfe ganz abgegriffen waren. Die Hälfte des Raums wurde von einem am Boden festgeschraubten Tisch eingenommen. Wir setzten uns auf gepolsterte Bänke, die einander gegenüberstanden. Dank eines ausgeklügelten Systems ließ sich die Tischplatte auf die Höhe der Bänke hinuntersenken; danach brauchte man die einzelnen Teile nur wie ein Puzzle zusammenzufügen, und der Essraum verwandelte sich in ein Schlafzimmer. In diesem engen, kargen Raum war Laurent allein mit sich selbst. Immer mehr verfestigte sich in mir der Gedanke, er gehöre zu diesen Menschen, die von einem großen Unglück heimgesucht worden waren und daraus eine unglaubliche Kraft schöpften. War *er* dieser Odysseus, dieser weit von den Seinen auf einer Insel gestrandete griechische Held, von dessen Einsamkeit er uns erzählte?

Irgendwann wurde es mir auf meinem Stuhl langweilig, und ich strich ein wenig um den Wohnwagen herum. Ich drückte mein Gesicht an den Zaun der Schrebergärten und schaute den Leuten mit den Latzhosen oder Schürzen zu. Einige lasen mit bloßen Händen, auf dem Boden kauernd, Kartoffeln auf. Niemand schien auf mich zu achten, so als wäre ich einer der Jungen, die ihren Eltern im Gemüsegarten halfen. Am Ende jeder der Tomatenstangen, die den Pflanzen Halt gaben, baumelte eine Plastikflasche. Einmal lud mich eine junge Frau mit weinrotem Kopftuch ein, durch eine mit Stacheldraht versehene Tür zu ihr zu kommen. Sie hatte einen starken russischen Akzent und lächelte auf übertriebene Weise. Sie musste geahnt haben, dass ich mich einsam fühlte: Obwohl ich mich bemühte, es zu verbergen, war es wohl das Einzige, was mein Gesicht durchscheinen ließ. Nachdem sie mir gezeigt hatte, wie man von Hand die Quecken ausriss, half ich ihr, die Erde umzugraben. Ich betrachtete ihre sonnengebräunten Beine, sie war dünn und schaffte die Büschel viel schneller aus der Erde als ich, ohne dass ihr eine Anstrengung anzumerken war. Zum Dank gab sie mir eine Tüte mit Kartoffeln. Meine Fingernägel hatten noch mehrere Tage danach einen schwarzen Rand. Die Plastikfla-schen, hatte sie mir an jenem Tag erklärt, dienten dazu, die Vögel vom Gemüsegarten fernzuhalten.

Im Laufe des Samstagnachmittags ging ich im Café für Yves und Laurent Zigarillos kaufen, und manchmal sah ich auf dem Weg die junge Russin, die mir hinter dem Zaun zu-winkte. Das erste Mal habe ich mich gefragt, ob Yves mich geschickt hatte, um mit Laurent über seine Beziehung zu Evelyne und unsere Situation zu sprechen. Es war mir egal, verschaffte es mir doch ein Gefühl der Freiheit, durch die Rauschschwaden hindurch ins Innere des Cafés zu schlüpfen. Ein junges Mädchen führte vor dem Regal, in dem die Ziga-rettenpackungen aufgereiht waren, die Kasse, sie muss vier-zehn oder fünfzehn gewesen sein. Sie war rothaarig und hatte Sommersprossen auf der Nase. Laurent hatte mir ge-sagt, sie würde »die kleine Thérèse« genannt, um sie von der Kellnerin zu unterscheiden, die denselben Vornamen hatte. Sie war die Tochter der Wirtsleute und musste an den schul-freien Wochenenden hier arbeiten. Mit dem Wechselgeld kaufte ich mir eine Rolle Pfefferminzbonbons. Es gefiel mir, auf die kleinen Brüste der kleinen Thérèse zu schielen, die sich unter ihrer Schürze abzeichneten, während sie die Dose Zigarillos, ohne mich zu beachten, mechanisch auf die Theke legte.

Ich trat stets durch die Bistrotür ein, nicht durch die des Tabakladens. Abergläubisch dachte ich, ich würde dort mei-ne Mutter sehen, wie sie in einer Zeitschrift las, und mich ihr gegenüber hinsetzen, um eine Limonade zu trinken. Ich stellte mir vor, dass sie sich in der Pariser Banlieue versteckt hielt, in der Gegend um Verrières-le-Buisson, und dass der Zufall uns in diesem für Außenseiter und Gestrandete bestimmten Café zusammenbringen würde. Vielleicht meinten die Mächte des Schicksals es endlich gut mit mir, dachte ich. Damit sie wieder nach Hause käme, müsste ich ihr nur sagen, die Musik habe mir geholfen, sie zu verstehen. Ich spürte diese Traurigkeit, die Evelyne am Sonntagabend, bevor mein Vater mich bei ihr abholen kam, am Klavier zum Ausdruck gebracht hatte. Während ich Richtung Wohnwagen ging, betastete ich durch meine Hosentasche hindurch die Blechdose. In meinem Kopf hörte ich, wie meine Mutter mich im Ton eines Polizeiverhörs wie jeden Sonntag ausfragte: »Was hast du diese Woche Schönes gemacht?«

Im Wagen legte ich die Zigarillos auf den Tisch, während Laurent mit Yves über die großen Opern sprach, die er als Student gesehen hatte. Sie redeten während meiner Abwesenheit über Evelynes Verschwinden, und sobald sie mich über den Rasen kommen sahen, fing Laurent an, ihm die Geschichte von *Don Carlos* oder *Eugen Onegin* zu erzählen, und Yves tat so, als würde es ihn interessieren. Ich hatte das Gefühl, meine Mutter sei ihr einziges Gesprächsthema. Ich fischte ein Pfefferminzbonbon aus der Tasche und ging in entgegengesetzter Richtung wieder davon. Laurent würde uns nicht bei der Polizei anzeigen, und vielleicht könnte er uns helfen, wenn wir ihn einmal brauchten. Bestimmt hatte er nicht zufällig diesen Ort gewählt, das Desinteresse der Leute, den Lärm der Autobahn, die ihn an die Anonymität der Großstädte erinnerte, wo nichts seine Einsamkeit stören, an seiner Verrücktheit Anstoß nehmen konnte. Laurent musste ein Geheimnis verbergen, ein Geheimnis, das ihn, wie meine Mutter, dazu gebracht hatte, zu fliehen und sich hierher zurückzuziehen.

Sobald die Sonne unterging, stapelten sich die Obst- und Gemüsekisten den Zaun entlang, die später in den Kofferräumen der Autos verstaut wurden. Bevor es dunkel wurde, ließ Laurent mich für eine Viertelstunde mit seinem Mofa herumfahren. Ich wartete, bis der Strom der abfahrenden Autos versiegt war. Ich zog Kreise auf dem Parkplatz, der Wind strich mir durch die Haare. Mit beiden Beinen aufrecht auf den Pedalen stehend stellte ich mir vor, ich sei auf der Autobahn und schlängele mich im Zickzack durch die Wagen hindurch. Ich war befreit, um ein Gewicht erleichtert, und bestimmt entsprach diese Geschwindigkeit, die mir gefiel, genau meiner Situation: Nichts hielt mich mehr an den Dingen und Menschen fest. Ich war an einem fremden Ort, ich hatte meine Eltern verloren und kannte den jungen Mann, der sich um mich kümmerte, kaum. Früher oder später würde diese Situation ein Ende nehmen, und mein Onkel würde mich von der Schule abholen. Laurent hatte recht: Wenn ich mit dem Mofa lospreschte und es mir gelang, mich mit meinem Schicksal abzufinden, würde ich bald glücklich sein.

Nach der Geschichte von Odysseus legte ich mich meist im Wohnwagen etwas hin. Es war gegen halb elf. Wahrscheinlich meldete sich dann die Angst wieder, denn ich spürte nach dem Eindunkeln, wenn ich müde wurde, das Bedürfnis, mich in einen geschlossenen Raum zurückzuziehen. Eine Stunde später, kurz vor Mitternacht, brachen wir auf. Laurent kam mit mir in den Wohnwagen, ich konnte den Tisch nicht allein umbauen. Seine Bewegungen waren ganz vorsichtig, als wollte er die brüsken Gesten und die Wutanfälle gutmachen, die er augenblicksweise hatte. Ich half ihm, die Decke über den Schaumstoffpolstern auszubreiten, und nachdem ich die Schuhe ausgezogen hatte, legte ich mich aufs Bett. Hier, hat er einmal zu mir gesagt, fühle man sich geborgen wie in einer Schiffskabine auf dem offenen Meer. Der Raum spiegelte sein Inneres wider: ein einfacher Ort, karg, der eine besondere Tiefe bekam bei dem Gedanken, dass seine Seele darin eingeschlossen war.

Ich blieb still liegen, die Augen weit offen, als drohte die Fahrt zu Ende zu sein, wenn ich einschlief. Der Autolärm war in Wirklichkeit der des Ozeandampfers, der über das spiegelglatte Meer brauste. Im Bullauge zeichneten sich die Silhouetten von Laurent und Yves ab. Ich dachte an Telemachos, der sich mit einem Schiff auf die Suche nach seinem Vater begeben hat. Auch ich habe mich auf die Suche nach meinen Eltern gemacht, über die Musik, die ich hörte, von der mir schien, sie könnte sie mir zurückbringen. Telemachaos würde seinen Vater bald finden, und ich fragte mich, während ich in diesem Schrebergarten Laurent zuhörte, ob auch ich meine Mutter wiedersehen würde, bevor der Sommer zu Ende war. Ich hatte den Eindruck, eine spannende Zeit zu erleben, und auf der Rückfahrt, halb im Wagen eingeschlafen, empfand ich oft ein Gefühl von Glück.

13

Als ich mich eines Samstagabends in Laurents Wohnwagen hingelegt und vergebens gegen den Schlaf angekämpft hatte, war Yves ohne mich weggefahren. Ich brauchte am nächsten Morgen nach dem Aufwachen erst eine Weile, bis ich mich wieder erinnerte, wo ich war. Die Sonne, die durch das Bullauge drang, durchflutete den Raum, und ich erkannte die Holzverkleidung im Wohnwagen nicht sofort. Der Rücken tat mir weh, und meine Kleider waren verschwitzt. Ich weiß nicht warum, aber ich dachte, Yves habe mich im Stich gelassen. Hatte er Laurent gesagt, er habe vor, uns beide zusammenzubringen? Hatte er sich das alles lange zuvor ausgedacht und sprach darum immer über Opern, damit ich mich nicht ins Gespräch mischte? Oder hatte er Laurent ebenfalls angelogen? Ich konnte mir nicht vorstellen, dass Laurent Lust hatte, sich mit einem Jugendlichen herumzuplagen. In seiner Stimme war oft eine gewisse Nervosität zu spüren, die Gereiztheit von jemandem, dem die Anwesenheit der anderen nach ein paar Stunden zu viel wird. Bei unserem zweiten Treffen hatte Laurent mich in den Wohnwagen geführt. Wenn ich müde sei, schlug er vor, könne ich mich auf die Bank legen und bis zur Abfahrt auf dem Transistor Musik hören. In jenem Moment hatte ich den Eindruck, Laurent versuche mir meine Angst vor ihm zu nehmen, indem er mir den Ort zeigte, an dem er lebte. Es war heiß, und ich trank das Glas Wasser, das er mir am Spülbecken gereicht hatte, in einem Zug leer. In dem engen Raum war sein starker Charakter noch mehr zu spüren. Sein Wohnwagen, sein Beruf als Koch: Er hatte aus seiner Verbitterung eine Lebensform gemacht, die so frei und unberechenbar war wie das Schicksal.

Ich war quer im Bett aufgewacht, und die Füße ragten über die Schaumstoffbank hinaus. Ich war allein. Wo hatte Laurent geschlafen? Kam er nur samstags und sonntags zu seinem Wohnwagen, wenn er freihatte? Vielleicht lebte er bei einer Frau, die in der Gegend von Verrières-le-Buisson wohnte, und fuhr jeden Abend mit dem Mofa zu ihr? Das könnte erklären, warum der Wohnwagen so leer war.

Hinter dem Bullauge bemerkte ich Gestalten, die sich in den Schrebergärten zu schaffen machten. Es musste gegen elf sein. Ich stand auf und ging barfuß zur Tür. Der Riegel war nicht vorgeschoben. An manchen Stellen, dort, wo sich Tau gebildet hatte, glänzte das Gras in der Sonne. Auf der Bistroterrasse saßen Leute, aber ich war zu weit weg, um Yves oder Laurent zu erkennen oder zu sehen, ob Evelynes Auto auf dem Parkplatz stand. Hatten sie die ganze Nacht diskutiert und waren einen Kaffee trinken gegangen, bis ich aufwachte? Ich fragte mich, ob die kleine Thérèse schon an der Kasse war und lethargisch ihre Zigaretten verkaufte. Es war Sonntag, seit dem gestrigen Abend hatte sich nichts verändert, doch die Dinge waren plötzlich bedrohlich geworden. Ich spürte diese Unruhe, die ein Kind befällt, das mitten in der Nacht aufwacht und sich vorstellt, die Eltern seien verschwunden und es sei ganz allein im Haus.

Ich wurde vom selben Gefühl des Schwindels ergriffen wie damals, als meine Mutter mich verlassen hatte, das mich hinderte, mich zu rühren. War Yves ebenfalls weggegangen? Hatte er in der Nacht seine Sachen in der Wohnung gepackt und sich am frühen Morgen auf und davon gemacht? Ich legte mich wieder aufs Bett und rollte mich zusammen. Ich wollte warten, bis ich mich etwas besser fühlte, und dann zum Café gehen in der Hoffnung, Laurent und Yves würden dort sitzen und anfangen, über Opern zu sprechen, wenn ich mich zu ihnen setzte. Sonst würde mir nichts anderes übrig bleiben, als wegzulaufen. Ich würde zum Bahnhof von Verrières-le-Buisson gehen und in einen Zug steigen, der mich fürs Erste zum Gymnasium brachte, bis ich wusste, wie es weitergehen sollte. Wenn ich ebenfalls einen Hang zur Flucht hatte, wie meine Mutter, dann war das einzig, um meiner Situation, dieser Kindheit, zu entkommen, aus der ich nicht ausbrechen konnte.

Die Schulwohnungen wären in den Sommerferien verlassen, und ich wäre vermutlich sowieso nicht fähig gewesen, allein dort zu bleiben. Die Einsamkeit, in die ich mich zurückzog, um Schallplatten zu hören, würde sich nicht gleich anfühlen, wenn ich sie nicht unterbrechen könnte. Wieder hätte ich den Eindruck, an den Grund eines Schwimmbeckens zu sinken, von allen Außengeräuschen abgeschnitten zu sein: Die Musik würde bedeutungslos werden, und ich könnte nichts anderes mehr hören als die Stille hinter dem Plattenspieler. Mir kam der Gedanke, ich könnte mit dem Geld von Evelyne in dem Novotel gegenüber der Schule wohnen. In einem Hotelzimmer würde ich mich weniger allein und genügend sicher fühlen, um mich in mich selbst zurückzuziehen und Musik zu hören. Ich müsste nur am Telefon ein Zimmer auf den Namen meiner Mutter reservieren, und wenn ich an der Rezeption den Schlüssel abholte, sagen, sie würde am Abend nachkommen. Das Personal war es gewohnt, mich zu sehen, wenn Yves und ich schwimmen gingen, und die Touristen würden nicht auf diesen Jungen achten, der in den Gängen mit gesenktem Kopf an ihnen vorbeischlich, um ihrem Blick auszuweichen. Der Plattenspieler hätte in einem großen Koffer Platz, und ich würde noch einmal hin- und zurückgehen für die Alben. In zwei Wochen wäre die Schule zu Ende. Bald hätte ich nichts Konkretes mehr, an dem ich mich festhalten konnte, und diesen Sommer würde ich mich in einem Hotelzimmer durch meine Plattensammlung hören. Wenn der Umschlag mit dem Geld leer wäre, würde ich im Telefonbuch an der Rezeption die Nummer meines Onkels in La Celle-Saint-Cloud heraussuchen und ihn anrufen. Trotz der Narbe auf seiner Stirn würde er mich an meinen Vater erinnern, und bei ihm würde ich wieder zu dem Jungen aus guter Familie werden, egoistisch und launenhaft, der von der Welt keine Ahnung hatte.

Hinter dem Bullauge tauchte Laurents Profil auf. Als er den Wohnwagen betrat, stellte ich mich schlafend. Er schlug die Tür zu, als wollte er mich aufwecken, aber ich behielt die Augen geschlossen. Ich hatte keine Ahnung, was ich zu ihm sagen sollte. War Laurent, wenn Yves nicht da war, noch genauso liebenswürdig zu mir? Laurent legte ein Croissant auf das Abtropfbrett. Er machte Milch warm und gab sie in eine Schale, bevor er die Tür krachend wieder hinter sich zuzog. Ich wartete ein wenig, bevor ich aufstand, die Milch war lauwarm. Ich setzte mich aufs Bett und hoffte, der Schwindel würde vergehen. Ich hatte keine Kleider zum Wechseln. Falls Yves mich tatsächlich Laurent überlassen hatte, würde ich in diesem Wohnwagen lernen, mich noch ein Stück mehr von den Dingen und von mir selbst zu lösen. Um mir Mut zu machen, ging ich die Platten durch, die ich gekauft und am Tag zuvor hier abgelegt hatte, um sie vor der Sonne zu schützen. Von der Hülle eines Albums von Debussy lächelte mir der Pianist Menahem Pressler entgegen, und noch nie hatte ich ein Gesicht gesehen, das so viel Güte ausstrahlte. Nein, ich bräuchte kein Hotelzimmer zu nehmen und auch nicht meinen Onkel anzurufen. Ich würde das Radio anmachen und mich beruhigen, indem ich meine Augen in die von Menahem Pressler versenkte. Ich hätte mein ganzes Leben mit Plattenhören verbringen können. Meine Mutter hatte mich bestimmt verlassen, um einen Mann zu treffen und so ihrer Einsamkeit zu entfliehen, wir waren verschieden, sie und ich. Evelyne hatte weder Angst vor den anderen noch vor der Liebe, und es schien mir, sie gehe auf das Leben zu, während ich mich von ihm entfernte. Alles, was mit der Zukunft, mit Glück zu tun hatte, lag jenseits der Schule.

Nach einer Viertelstunde kam Laurent wieder und setzte sich zu mir aufs Bett.

»Na, ist Monsieur endlich aufgewacht?«, fragte er mit breitem Lächeln.

Ich wusste nicht, ob er nur unbeholfen war oder ob seine Ruppigkeit seinem Kummer geschuldet war.

Yves komme am Abend zurück, sagte er. In der Zwischenzeit wüsste er eine Beschäftigung für uns. Mein Gesicht muss Misstrauen ausgedrückt haben, denn er fügte hinzu:

»Du brauchst keine Angst zu haben. Aber beeil dich ein bisschen, wir sind spät dran.«

Er gab mir ein Handtuch und einen Waschhandschuh und ging auf die Tür zu.

»Ich nehme an, du magst Autoscooter, so wie alle?«, fragte er, die Hand auf dem Türgriff.

Er hatte noch immer dieses übertriebene Lächeln.

Ich nickte und strich mir, ohne einen Tropfen Wasser zu benutzen, mit dem Waschhandschuh übers Gesicht.

Laurent wartete draußen auf mich. Auf dem Weg zum Parkplatz wurde mir wieder schwindelig. Hatte Yves meine Mutter gefunden? Würde er mich heute Abend mit ihr zusammen abholen kommen? Oder erwartete mich hier bei den Schrebergärten ein neues Leben? Ich war ein Kind aus den eleganten Vierteln von Paris, und heute Nacht hatte ich in einem Wohnwagen neben der Autobahn übernachtet. Wenn das alles nicht bald ein Ende nahm, würde ich irgendwann ebenfalls eine mit Taschen übersäte Fischerweste tragen und mir mit achtzehn eine Rose auf die Schulter tätowieren lassen.

Ich stieg auf das Mofa und hielt mich an Laurents Taille fest. Wir fuhren breite, verlassene Chausseen hinauf, an großen, von Mauern verdeckten Sandsteinhäusern entlang Richtung Zentrum von Verrières-le-Buisson, wo die Straßen enger wurden. In der Stadt war im Erdgeschoss jedes Hauses ein Geschäft. Eine große Uhr zeigte auf zwanzig vor eins. Um diese Zeit wartete ich gewöhnlich in meinem Zimmer darauf, dass Yves mit dem Kochen fertig war. Nach dem Abend bei Laurent standen wir am Sonntag immer spät auf.

Wir hielten vor dem Rathausplatz, auf dem ein Jahrmarkt war. Könnte ich den Eiffelturm sehen, wenn ich aufs Riesenrad stieg? Ich musste an die Sonntagabende bei Evelyne denken, wenn ich dem Auto meines Vaters vor dem Haus auflauerte. Die Anwesenheit von Laurent, der Jahrmarkt, war das alles wirklich? Der Gedanke durchzuckte mich, dass ich, wenn ich von oben aus der Gondel springen würde, den Schwindel und dieses Gefühl der Unsicherheit nicht mehr spüren würde, das die Dinge in mir auslösten.

Laurent ging rasch durch den Hauptgang an den Ständen vorbei. Die Gänge waren leer, niemand vergnügte sich mit den grellen, blinkenden Attraktionen, die Schausteller waren noch nicht hinter den Kassen. Laurent schnippte nervös mit den Fingern, und ich konnte kaum mit ihm Schritt halten. Am Schießstand warteten auf der Theke sorgfältig angeordnete Karabiner darauf, dass unschuldige Hände nach ihnen griffen. Wenn man auf der Zielscheibe ins Schwarze traf, gewann man, wie ein Schild verkündete, einen der Plüschflamingos, die an einem Faden hingen und vom Wind gegeneinandergeschaukelt wurden. Ich dachte kurz, ich würde nie wieder eine glückliche Kindheit haben, und dieses Gefühl ließ die ganze Aufmachung noch künstlicher erscheinen. Um meine Angst zu beschwichtigen, klammerte ich mich an den Gedanken, Yves würde mich bestimmt abholen kommen. Laurent schaute geradeaus, teilnahmslos für diese kulissenhafte Welt. Die betäubende Musik, mit der die Lautsprecher den Gang beschallten, schien ihn nicht zu stören. Er musste dasselbe Gefühl des Eingeschlossenseins spüren wie ich, wenn die Einsamkeit so stark war, dass man den Lärm und die Bewegungen der Leute ringsum plötzlich nicht mehr wahrnahm.

Laurent bog in einen Seitengang und lief auf die Autoscooter zu. Ich hatte immer noch Mühe, ihm zu folgen. Dann ging er über die schwarze Fahrfläche zum Kassenhäuschen, über dem in roten Buchstaben stand: »Fun's Car«. Die Piste unter dem Stromnetz lag im Dunkeln. Die kleinen Autos standen dicht aneinandergereiht unter einer Plane, die nur die mit der Decke verbundenen Stromabnehmerstangen am Heck freiließ. Der Anlage gegenüber bot ein als New Yorker Taxi aufgemachter Lastwagen Pommes frites und Hotdogs an.

Ein Mann in den Fünfzigern mit Glatze füllte hinter der

Plexiglasscheibe im Schein einer Taschenlampe Kreuzworträtsel aus. Er war groß und schwer, das Gesicht tief in den Kinnfalten vergraben.

Der Mann sprang mit einem Satz vom Stuhl auf, was reichte, dass seine fülligen Wangen rot anliefen wie die eines Babys. Er schien außer sich, aber seine Stimme klang durch die Plexiglasscheibe gedämpft. Das Kreuzworträtselheft schmiss er auf eine Ablage über der Theke. Er hatte prankenhafte Hände und um beide Armgelenke ein großes goldenes Gliederarmband. Laurent hatte ihm versprochen, sich um den Stand zu kümmern, damit er mit seiner Frau zur Hochzeit seines Neffen gehen konnte, und unseretwegen war er viel zu spät dran.

»Los, los … Aber so beeilt euch doch, um Himmels willen!«, schrie er uns im Ton eines jähzornigen Kinds an.

Er war fett und drehte sich zur Seite, um sich aus dem Kassenhäuschen zu quälen.

Der Schausteller, der den Spitznamen Labrador hatte, drückte mir lasch die Hand, verärgert über diese Anstandsregeln, die ihn noch mehr Zeit kosteten. Er trug einen schlabberigen schwarzen Anzug und eine getupfte Krawatte. Sein weißes Hemd hing aus der Hose.

»Übrigens, dein Neffe, er heiratet doch die kleine Friseurin vom Salon an der Rue de Perthuis?«, fragte Laurent.

»Genau, ich werde sie von dir grüßen«, antwortete er und knuffte ihn in den Oberarm.

Labrador war schon nicht mehr verärgert und quittierte jeden Satz mit einem Lachen. Man merkte ihm eine Über schwänglichkeit an, das Leben schien für ihn Theater zu sein und sämtliche Gefühle nur gespielt.

Er ließ mich hinter dem Schalter Platz nehmen. Dann regelte er den Hocker, damit mein Kopf das kleine Plexiglasfenster erreichte. Hier sollte ich die Plastikchips ausgeben, die in den Spalt des Boxautos geschoben werden mussten, damit es losfuhr.

»Also, ich bin weg«, sagte Labrador, bevor er den hinter einer Klappe verborgenen Stromhebel zog.

Augenblicklich ertönte eine triviale Melodie, von Autohupen durchsetzt, und gleichzeitig gingen über der Piste Lichtspots und Discokugeln an.

Als Labrador über den schwarzen Belag der Anlage lief, leuchtete sein Schädel in allen Farben.

»Bevor ich das vergesse«, sagte er, indem er sich umdrehte, »die Tickets werden nicht zurückerstattet. Wenn ein Scooter liegen bleibt, offeriert ihr eine Gratistour auf meine Kosten. In unserem Haus, meine Herren«, fügte er mit einer Verbeugung zu unserer Belustigung hinzu, »geht es feudal zu.«

An der Ecke gab er uns mit der Hand ein Zeichen und entfernte sich. Sein Gang war mühsam, es sah aus, als würde er von einer Sekunde auf die andere zusammenbrechen.

»Heißt er wirklich Labrador?«, fragte ich Laurent.

»Man hat ihm den Spitznamen wegen seiner Hündin verpasst. Es war ein großer weißer Hund, der ihm überallhin folgte. Er musste ihn auch beim größten Gedränge hier zwischen den Ständen nie an die Leine nehmen.«

Das Tier, erklärte Laurent, sei vor zwei Jahren von einem Auto überfahren worden, aber er werde weiterhin so genannt, aus Gewohnheit wohl, und außerdem sehe Labrador genauso rund und kräftig aus wie seine Hündin.

Eine Stunde später schoben sich die Menschenmassen an den Ständen vorbei. Vor dem Häuschen hatte sich eine Schlange gebildet. Laurent überwachte, Zigaretten rauchend und unempfindlich für den Rummel, die Boxautos. Die Hände in die Westentaschen gesteckt, ging er von einem Ende der Anlage zum anderen und rief den Leuten, die im Autoscooter etwas aßen, ohne große Überzeugung in Erinnerung, der Verzehr von Nahrungsmitteln sei dort nicht erlaubt. Wenn ein Fahrzeug aussetzte, lief er auf die Fahrfläche, um es auf eine der vier Seiten zu schieben und danach zu den anderen unter die Plane zu stellen. Die mühsamste Arbeit bestand darin, die jungen Männer zu beruhigen, die handgreiflich zu werden drohten und behaupteten, man habe sie absichtlich voller Wucht angefahren.

In der ersten Stunde schien mir, dass die Warteschlange mit jedem bedienten Kunden länger wurde. Hinter dem Glaskasten lösten sich Familienväter mit Kindern, mit Zahnspangen tragenden Jugendlichen oder jungen Paaren ab, die sich umschlungen hielten. Immer war es der Familienvater oder der junge Mann, der sich hinter das Steuer setzte. Erst erwiderte ich ihren Gruß kaum. Ich sah nur ihre Hände, die sich hinter der Plexiglasscheibe bewegten. Ich hatte Angst, auf einen meiner Klassenkameraden zu treffen, aber mein

Gesicht lag im Halbdunkel, und niemand achtete auf mich. Ich brauchte eine gute halbe Stunde, bis ich den Dreh raushatte und meine Handbewegungen selbstständig wurden, ich den Chip und das Geld mit demselben Griff blitzschnell herausfischte und dem Kunden unter der Scheibe durchschob. Schließlich wusste ich auswendig, wo welche Fächer waren, und nahm die Münzen, die ich brauchte, mit mechanischer Geste heraus, ohne zur Kasse hinunterzusehen. Die Arbeit fing an, mir Spaß zu machen, ich betrachtete sie als ein Spiel. Ich war von der Sonne geschützt, und die repetitiven Bewegungen hinderten mich, daran zu denken, dass Yves mich bestimmt ebenfalls im Stich gelassen hatte. Meine Schultern gingen mit den Handbewegungen mit, als wäre ich ein Pianist, der die Finger über die Tasten tanzen lässt, und ich achtete darauf, immer im selben Rhythmus zu bleiben. Das Klimpern der Geldstücke, die ich in die Metallkasse fallen ließ, überdeckte die Musik der Anlage und das Geschrei der Kinder mit einer zarten Melodie. Ich hatte einen Weg für mich gefunden, frei zu sein und mich vom Jahrmarkt wegzustehlen. Es erinnerte mich an das Gefühl, das ich beim Musikhören hatte. Es kam mir vor, als wäre ich abseits der Menge, abseits von allem, oder als ob ich die Welt aus dem hölzernen Kassenhäuschen beobachtete. Meine Mutter musste deshalb immer so gedankenverloren gewirkt haben, weil sie sich von der Musik entführen ließ. Wenn sie mir in ihrer Wohnung vorspielte, vergaß sie bestimmt, dass es Sonntagabend war, und vielleicht begann das Leben, all ihr Scheitern, von ihr abzufallen.

Gegen halb drei waren die Scooter zu drei Vierteln besetzt. Die Warteschlange hatte sich auf eine Handvoll Leute verkürzt. Laurent nahm hundert Francs aus der Kasse und ging an dem gelben New Yorker Taxi Hotdogs kaufen. Er nutzte die Gelegenheit, um sich im Tabakladen am Platz seine Westentaschen mit Zigarettenpackungen zu füllen.

Wir aßen nebeneinander, Laurent saß auf einem Gartenstuhl, den er neben den Eingang des Kassenhäuschens gestellt hatte. Er drehte sich in regelmäßigen Abständen um, um die Anlage zu überwachen, und ich musste nur den Stuhl kreisen lassen, um ein paar Chips auszugeben.

»Hast du gesehen, wie viel Geld Labrador mit seinen kleinen Kisten scheffelt?«, fragte er.

»Wie heißt er eigentlich richtig, Labrador?«

»Gilles. Da fällt mir ein, es gibt noch einen anderen Gilles auf dem Jahrmarkt, er verkauft Waffeln. Wenn du willst, kauf ich dir nachher eine. Der wird der Waffel-Gilles genannt«, sagte er lachend. »Waffel-Gilles, Labrador … ein bisschen albern, diese ganzen Spitznamen, aber ich muss jedes Mal lachen, wenn ich sie höre.«

Warum war Laurent so heiterer Laune? Ich lächelte ebenfalls, damit er sich nicht so allein fühlte, aber ich spürte noch immer eine leichte Angst bei der Vorstellung, Yves würde mich am Abend nicht abholen kommen.

»Und woher kennst du ihn, Labrador?«, fragte ich.

»Er war es, der mir den Wohnwagen verkauft hat. Ich habe auf eine Kleinanzeige in einem Café im Stadtzentrum geantwortet.«

Ich dachte an meine Mutter, ich war schließlich bei den einfachen Menschen angekommen, die ich mit ihr in den Bistros beobachtet hatte. Und mir schien, ich würde mich jetzt nicht mehr so unwohl fühlen unter ihnen. Labrador war eigentlich eine rührende Person, und dieser Waffel-Gilles war mir schon allein wegen seines Spitznamens sympathisch. Wenn ich mich hier hinter einem Jahrmarktsstand wiederfand, dann weil wir gar nicht so unterschiedlich waren, Labrador, Waffel-Gilles und ich. Ich hätte sie gut an einem Sonntag im Café treffen können, aber ich hatte früher nie wirklich um mich geblickt. Ich hatte, bis meine Mutter mich wieder nach Hause brachte, nur gewartet, dass die Zeit verging, ohne auf die anderen zu achten. Wahrscheinlich mochte Evelyne diese Bistros, weil hier Leute zusammenkamen, deren Zukunft genauso kaputt war wie ihre. Mir fiel ein, was meine Mutter diesem Kellner gestanden hatte: Sie habe nie Glück gehabt und ihr Leben verpfuscht. Lotto zu spielen, gab ihr die Hoffnung, ihr Scheitern wettmachen zu können. Jetzt war ich an der Reihe, wie meine Mutter dieses Gefühl der Zerbrechlichkeit und Unsicherheit zu spüren: Mein Schicksal könnte genauso zerstört werden, und ich brauchte Trost.

Als Laurent seinen Hotdog aufgegessen hatte, zündete er sich eine Zigarette an. Er wurde plötzlich nachdenklich und sagte in resigniertem Ton:

»Weißt du, die Menschen haben eine viel zu einseitige Vorstellung von der Welt. Sie reduzieren dich auf die Art, wie du dich anziehst, auf deinen Beruf. Aber ich glaube, man kann mehrere Personen gleichzeitig sein.«

Dann fügte er noch hinzu, alles sei sich gleich.

»Ja«, antwortete ich, auch wenn ich nicht ganz sicher war, verstanden zu haben.

»Und dabei«, fuhr er fort, »fühle ich mich ausgerechnet unter den Budenbesitzern und Schaustellern frei. Hier urteilt keiner über dich, hier will keiner wissen, warum du eines Tages zum Koch oder zum Waffelbäcker geworden bist.«

Wäre ich bereit gewesen, meiner Mutter im Café zuzuhören, hätte sie mir vielleicht ähnliche Sachen gesagt. Ich hätte sie trösten können, wenn ich so mit ihr gesprochen hätte. Wenn sich alles gleich, wenn nichts von Bedeutung sei, hätte ich ihr mit sanfter Stimme erklärt, dann brauche sie keine Angst zu haben.

Und Laurent, wer war er wirklich? Hatte er ebenfalls sein Leben verpfuscht, wie er manchmal durchblicken ließ? Im Wohnwagen hörte Laurent Opern und wurde wieder zum zwanzigjährigen Soziologiestudenten, der die Pariser Konzertsäle frequentierte. Er gehörte gleichzeitig der Welt der Schrebergärtner und der Bourgeoisie an, aus der er mit Sicherheit stammte und die ihm die Freude an der Musik vermittelt hat. Seit Evelyne fort war, navigierte ich ebenfalls zwischen mehreren Welten hin und her, und die Musik half mir, in jeder von ihnen zurechtzukommen. Ich begann zu verstehen, warum Laurent mir gesagt hatte, dass sich alles gleich sei: Das Gefühl der Traurigkeit war nicht weniger reich als das der Freude, und der Erfolg war dem Scheitern nicht vorzuziehen. In jedem Musikstück gab es trotz des Motivs, das sich wiederholte, stets Kontraste, Nuancen, und das Interessante an der Musik lag darin, wie diese Gegensätze sich organisierten, ergänzten, gegenseitig bereicherten und schließlich auflösten. Was zählte, war weder die Traurigkeit, die mich umhüllte, seit ich meine Eltern verloren hatte, noch das mit leichter Schuld verbundene Gefühl der Freiheit, das ich zeitweilig spürte, sondern diese Fähigkeit, mehrere widersprüchliche Gefühle zu empfinden, über ihnen zu stehen, um die Liebe zur Musik zu spüren, die auch die Liebe für meine Mutter war, die ich bisher von mir ferngehalten hatte.

Wir machten uns wieder an die Arbeit.

Gegen sechs kam in den Gängen ein kühler Wind auf, der den Staub vom Kies aufwirbelte. Eine Viertelstunde später war der Autoscooter praktisch leer. Der Sonntagabend nahte.

»Hast du Lust, eine Runde zu drehen, bevor wir schließen?«

»Klar«, antwortete ich und nahm zwei Plastikchips aus der Kasse.

Wir waren allein. Laurent hatte die Musik mit ihren Hupgeräuschen abgestellt, um zu signalisieren, dass wir geschlossen hatten. Ich hatte Laurent am Morgen nicht zu sagen gewagt, dass ich Boxautos nicht leiden konnte wegen der Leute, die sich einen Spaß daraus machten, mit den anderen zusammenzuprallen, sodass ich mich am Lenkrad festklammern musste. Wir wichen einander beim Fahren aus. Ich schaute Richtung Horizont, die Gondeln des Riesenrads standen still. Dann verstummte die betäubende Musik der anderen Fahrgeschäfte ebenfalls. Auf einmal begann ich zu verstehen, wer ich war, und in diesem Scooter schien mir auf einmal alles leichter. Einen Augenblick lang sah das Glück für mich so aus: Ich war noch ein Kind, und meine Mutter wartete am Rand der Piste mit Waffeln auf uns.

Als eine halbe Stunde später Labradors Frau kam, hatte Laurent die Boxautos alle geparkt und mit der großen weißen Plane zugedeckt. Ihr Mann, sagte sie uns, habe dem Festessen etwas zu stark zugesprochen und sei nach Hause gegangen, um sich hinzulegen. Sie war schlank und hatte schwarze Haare mit Silberreflexen. Sie trug einen fließenden schwarzen Rock mit einem Schlitz bis zum Schenkel und spitzte die Lippen, um auf Isabelle Adjani zu machen. Während sie im Kasten den Strom ausschaltete, nahm Laurent einen Hundert-Francs-Schein aus der Kasse und drückte ihn mir in die Hand:

»Nimm das«, flüsterte er, »du kannst dir damit Platten kaufen.«

Dann gingen wir bei diesem Gilles, den Laurent kannte, eine Waffel essen. Ich hatte ihn mir pummelig vorgestellt, doch er war von mittlerer Größe, schlank, und sah mit seiner Brille ernst aus.

Die Gänge waren genauso leer wie am Morgen, aber als ich Laurents Mofa bestieg, war mein Schwindel verflogen.

Eine Stunde später holte Yves mich beim Wohnwagen ab. Er war allein. Ich war müde, ich hatte den ganzen Nachmittag in Lärm und Hitze verbracht und trug seit Samstagmorgen dieselben Kleider. Ich holte meine Platten aus dem Wohnwagen. Bald würde ich Menahem Pressler am Klavier hören und dabei an seinen liebevollen Blick auf der Hülle denken.

»Bis nächsten Samstag«, sagte Laurent mit diesem breiten Lächeln, mit dem er sich am Morgen zu mir ans Bett gesetzt hatte.

Als wir zum Parkplatz gingen, blieb er vor dem Wohnwagen stehen. Bevor ich ins Auto stieg, drehte ich mich um und winkte ihm zum Abschied.

Auf der Fahrt fragte mich Yves, als ob nichts wäre, ob ich einen schönen Tag gehabt hätte.

Er wartete ein wenig, bevor er mir verriet, dass Laurent meine Mutter gut gekannt hatte.

»Das war vor sehr langer Zeit. Lange vor deiner Geburt«, sagte er.

Ich fragte mich, ob sich Yves mit seinem Arbeitskollegen nur angefreundet hatte, um uns beide, Laurent und mich, zusammenzubringen.

Ich hatte mich getäuscht, als ich damals an den Bahnschienen dachte, es bestehe eine klare Grenze zwischen der Kindheit und dem Erwachsensein. Seit ich Musik hörte, hatte ich den Eindruck, hinter meiner Kindheit herzurennen, in die Vergangenheit zurückzukehren, um meiner Mutter entgegenzugehen. Konnte Laurent mich zu ihr führen, in diese Zeit, in der sie noch nichts bereute? Ich war reifer geworden, aber ich hatte den Jungen in mir bewahrt, den meine Mutter am Sonntagnachmittag ins Café mitnahm. Die Musik stellte die Verbindung zu meinen Eltern und zur Welt dar. Wenn die Wut auf Evelyne einmal verraucht wäre, würde die Kindheit plötzlich wieder weitergehen: Meine Eltern wären bei mir, und ich würde echte Liebe für sie empfinden, so als würde das Leben keine Gerade, sondern eine Schleife bilden. Wahrscheinlich würde ich das ganze restliche Leben brauchen, um meine Mutter kennenzulernen, um ihr Gesicht wirklich zu sehen und ihre Illusionen zu begreifen. Und wenn ich, einmal erwachsen, durch alle diese Emotionen hindurchgegangen wäre, würde meine Kindheit zu einem glücklichen, strahlenden Lebensabschnitt werden. Sie würde mir dann ganz nah erscheinen, ein in uralter Zeit verlorenes Glück.

14

Anfang August erhielt ich eine Ansichtskarte von Evelyne. Sie hatte sie wieder an ihren eigenen Namen adressiert. Es war ein Schwarz-Weiß-Foto, und auf der Rückseite stand am unteren Rand klein gedruckt das Aufnahmedatum: Dezember 1963. Menschengruppen liefen alle in dieselbe Richtung über die Promenade des Anglais. Rechts konnte man das Leuchtschild des Hotels Negresco durch die Dunkelheit schimmern sehen. Die Spaziergänger im Vordergrund lächelten amüsiert. Hatten sie den Fotografen bemerkt, dessen Gesicht vermutlich hinter einem dieser alten Apparate auf Stativ versteckt war? Der Wind, der die Palmen durchbog und in die Mäntel der Leute blies, brachte Bewegung ins Bild. Quer über dem von Gischt durchzogenen Meer stand in weißen Buchstaben: »Winter in Nizza«. Evelyne hatte es wohl witzig gefunden, mir diese Karte mitten im Sommer zu schicken, aber mir war nicht mehr zum Lachen zumute. Sie nannte mich »mein Liebster« und hoffte, wie sie schrieb, dass ich meine Semesterprüfung mit Bravour bestanden hätte. Ich würde bestimmt ein großer Anwalt werden, wie sie es mir bei unserer ersten Begegnung vorhergesagt habe. Auch diesmal fragte sie nicht nach Jérôme. Es war dieselbe luftige

Schrift, und die Sätze schienen in einem Zug hingeschrieben worden zu sein. Sie wünschte mir viel Glück für das neue Semester und für »das Leben im Allgemeinen«, so als wäre ihr dieser Gedanke während des Schreibens gekommen. Ihre Wortwahl, das Schwarz-Weiß-Foto der Promenade, das alles sah nach einem Abschiedsbrief aus. Evelyne musste in Nizza mit einem Mann glücklich sein und würde nie mehr zurückkommen, um sich um ihren Sohn zu kümmern; vielleicht hatte sie ihn im Gymnasium nicht einmal für das nächste Jahr eingeschrieben. Die Vergangenheit schloss sich leise in der stickigen Hitze des Sommers.

Ich fühlte mich elend. Ich hatte es vorgezogen, mein Leben zu träumen, dachte ich, statt mir einzugestehen, dass seit Evelynes Verschwinden in der Wohnung nichts mehr von uns beiden übrig war. Unsere Beziehung hatte kaum existiert, wir kannten einander überhaupt nicht: Wir hatten die Zeit mit Lachen und Küssen verbracht. Bestimmt hatte sie diese Karte gewählt, weil wir uns im November kennengelernt hatten, und zwischen den Zeilen las ich: Sie hatte den Winter, den sie in meinen Armen, unter der roten Decke verbracht hatte, in sanfter, leichter Erinnerung behalten. Wie bei einer Jugendliebe am Strand, die einen Sommer dauert, liebten Evelyne und ich uns den Winter 1987 lang, als jeder in seine eigene Einsamkeit eingehüllt war, die wir mit unseren Küssen auf Distanz hielten.

Ich hatte plötzlich das Bedürfnis, mein Leben zu ändern. Bis dahin hatten mir diese monotonen Wochen mit Jérôme gefallen, sie gönnten mir eine Atempause, bis wir uns voneinander trennen müssten. Seit ich nach Paris gekommen war, standen alle Ereignisse, mit denen ich konfrontiert wurde, im Widerspruch zu meinem Geisteszustand. Oder war ich es, der sich zu sehr an den Dingen festklammerte? Wenn die Strömung zu stark wurde, ließ ich mich mitreißen von dem, was ich damals für eine Fügung des Schicksals hielt. In diesen Jahren des Zweifelns und der Unsicherheit war nichts selbstverständlich. Genauso wie ich nicht fähig war, gegen den Strom durch eine Menge hindurchzugehen, überließ ich mich einfach dem Zufall und wählte stets den einfachsten Weg.

An jenem Morgen stand ich früh auf. Es war Sonntag. Ich war allein, Jérôme hatte im Wohnwagen in Verrières-le-Buisson übernachtet. Am Abend hatte Laurent mit mir lange über Evelyne gesprochen. Er hatte sie mehrmals in den Pariser Cafés getroffen, in denen sie sich mit ihm verabredete. Sie lebte damals bei ihrem Mann und kam oft in Begleitung von Jérôme; beim letzten Mal war er sechs oder sieben gewesen. Ihrem Sohn hatte sie Laurent als Freund der Familie vorgestellt. Er konnte sich nur schwer an ihr Auftreten als bürgerliche, mondäne Frau gewöhnen. Evelyne machte ihm im Café flüsternd Vorwürfe, sodass Jérôme es nicht hörte. Sie begleitete ihr Getuschel mit Blicken voller Verachtung. Die beiden hielten es zusammen kaum länger als eine Stunde aus. Hatte Laurent sich davongemacht, als er vor fast fünfzehn Jahren von Evelynes Schwangerschaft erfuhr?

Es vergingen Jahre, bevor sie ihn im Februar, nach dem

Tod ihres Manns, von Neuem kontaktierte; sie hatte seine Nummer im Telefonbuch gefunden. Laurent hatte sich mit ihr in Sceaux in einem Café in der Nähe der Mensa verabredet. Hatte Evelyne ihm angeboten, es noch einmal zu versuchen, und ihm vorgeschlagen, bei ihr einzuziehen?

Ich sei zu jung, sagte er zu mir, um einen Jungen aufzuziehen, der fast so alt sei wie ich, und seiner Meinung nach war es Zeit, dass ich mein eigenes Leben lebte. Dann zeichnete er mit schwungvoller Armbewegung die Linie am Horizont nach: »Eines Morgens sagst du niemandem ein Wort und verschwindest von hier.« Sein Ton klang resigniert. »Das ist nicht sehr schwierig, weißt du, ich wüsste nicht, wem ich außer dir Bescheid sagen sollte«, hatte ich ihm geantwortet, einen komplizenhaften Blick versuchend, doch er hatte den Kopf zu den Schrebergärten gewandt, als schämte er sich.

Wusste er, dass Evelyne nicht in die Schule zurückkehren würde? Hatte sie ihn in Sceaux gebeten, sich um Jérôme zu kümmern, wenn sie einmal in Nizza wäre? Kurz streifte mich der Gedanke, Evelyne würde, sobald ich die Dienstwohnung geräumt hätte, mit Laurent dort einziehen. Vielleicht war das der Lauf der Dinge? Wenn sie ihre Jugend verpasst hatten, so schien mir, hatten sie genau wie ich das Recht, zum normalen Fortgang ihres Lebens zurückzukehren.

Als Erstes musste ich Jérômes Stiefmutter kontaktieren, sie könnte mir den Namen einer Person aus der Familie angeben, die geeignet wäre, sich um ihn zu kümmern. Und danach würde ich das Pariser Leben in Angriff nehmen, von dem Evelyne und Laurent mir erzählt hatten. Ich müsste nur im Marais vor dem Haus warten, in dem Evelyne mit ihrem Mann gelebt hatte, um sie früher oder später zu sehen. Als ich an einem Samstagabend einmal mit ihr daran vorbeigekommen war, gestand sie mir, es hätte ihr dort nie gefallen mit den Balken an der Decke und den alten, dunklen Gemälden ihres Manns, mit denen die Wände überladen waren. Ich wollte stehen bleiben, um einen Blick auf das erleuchtete Wohnzimmer zu werfen, doch Evelyne zog mich am Arm weg. Die Wohnung lag in der Nummer acht der Rue de Turenne, aber Jérôme hatte mir, als ich ihn fragte, wo sein Vater mit seiner neuen Frau lebte, eine Adresse an der Rue Saint-Antoine genannt. Ich sagte nichts, wahrscheinlich wollte er nicht, dass ich mit ihr Kontakt aufnahm. Damals hatte ich noch die Hoffnung, Evelyne käme zurück.

Ich war seit mehreren Monaten nicht mehr in Paris gewesen, und ich fürchtete mich vor dem Wechsel von der ländlichen Kleinstadt in das von Touristen überlaufene Marais-Viertel. Auf dem Bahnsteig würde mich bestimmt wieder die Angst vor der Anonymität der Großstadt überkommen und das Gefühl, von der Zugtür in ein Nichts eingesogen zu werden. In Evelynes Auto wäre es einfacher, die Grenze des Autobahnrings hinter sich zu bringen. Hinter dem Lenkrad würde ich mich forttragen lassen wie beim Tellerwaschen, ich würde mechanisch die Handbewegungen ausführen, ohne nachzudenken. Doch vor allem verfolgte ich an diesem Morgen ein Ziel: Wenn ich es ohne Zwischenfall schaffte, in mein altes Viertel zu gelangen und dieses trost-

lose Umland, das einmal meinem Gemütszustand entspro-
chen hatte, hinter mir zu lassen, könnte es mir gelingen, so
dachte ich, glücklich zu sein. Mich Paris zu stellen, dem Ge-
dröhn der Menschenmengen und des Verkehrs, bedeutete
für mich damals eine weit schwierigere Prüfung als jene, die
ich mit Evelyne durchgemacht hatte und die mich zu einem
einfachen Angestellten eines Großküchenbetriebs werden
ließ. Bestimmt war ich nicht der Einzige, der mit der Anonymität der Großstadt zu kämpfen hatte, doch war dieses Gefühl unterzugehen, mich beim Gehen in einem finsteren
Wald zu verirren, mit Sicherheit in mir ausgeprägter als bei
anderen. Dabei hätte ich, wenn ich mich verlaufen hätte, nur
einen Passanten nach dem Weg fragen müssen. Aber damals
war ich nie auf diesen Gedanken gekommen.

Heute scheint es mir, dass meine Angst in Paris nichts anderes als der Ausdruck der viel tieferen Angst war, auf die
anderen zuzugehen. Ich sei allein, weil sich niemand für
mich interessierte, dachte ich damals, aber hatte ich denn
jemals einen der Studenten im Hörsaal angesprochen? Bestimmt fürchtete ich genau darum, mich auf den Straßen
zu verlaufen, weil ich mich allein fühlte, seit ich in Paris
lebte: Ich war unglücklich und konnte nicht, wie auf dem
offenen Meer, einen Notruf aussenden. Würde ich in meinem Zimmer plötzlich um Hilfe schreien, dann würde kein
Nachbar an meiner Tür klingeln kommen, um zu fragen, ob
alles in Ordnung sei. Manchmal spürte ich in der Metro das
Streifen eines Beins an meinem, doch diese Unbekannten,
mit denen ich imaginäre Beziehungen aufbaute, hatten nie

versucht, mich anzusprechen, und ihre Gleichgültigkeit steigerte mein Unbehagen noch. Ich hatte keine Lust auf ein banales Gespräch unter Studenten oder auf einen Flirt in der Metro. Das entsprach nicht meiner Vorstellung von einem Pariser Leben. Ich wollte ein heroisches Leben voller Leidenschaft.

Einzig Evelyne hatte mir geholfen, die Schranke zu überwinden, die mich von den anderen trennte, denn sie hatte, ohne es zu merken, meine Einsamkeit durchbrochen. Und dieselbe Schranke war es, die sich jedes Mal vor mir aufrichtete, wenn ich in den Zug Richtung Paris steigen wollte.

Bei meiner Arbeit in der Mensa konnte ich die Studenten auf Distanz halten und war nicht dem Risiko ausgesetzt, das Wort an sie richten zu müssen. War es einfach Pech? Hätte ich nicht die Assas-Universität, sondern die in Sceaux besucht, dachte ich manchmal, hätten mich die jungen Frauen, die mich anlächelten, wenn sie ihre Bestellung aufgaben, zu sich an den Tisch eingeladen. Aber ich bereute nichts. In Paris hatte ich mich verliebt, und auch wenn ich mich mit den Avenuen und Boulevards, anhand derer man sich in der Stadt orientiert, schlecht auskannte, so war ich doch weit über das Marais hinausgekommen, das ich nicht zu erkunden gewagt hatte. Ich war Tellerwäscher und danach Hilfskoch geworden. Wovor genau war ich in diese Mensa geflüchtet? Ich war nicht nach Paris gekommen, um mein Studium zu absolvieren, sondern in der Hoffnung, neue Erfahrungen zu machen. Ich hatte im Laufe dieses Jahres die Gefühle eines ganzen Lebens kennengelernt: Einsamkeit, Verzweiflung, Angst und, was mir in diesem Alter noch nicht in dieser Deutlichkeit klar war, Glück.

Ich war nicht mehr der schüchterne junge Mann, der zusah, wie sich die anderen in den Cafés an der Rue Soufflot amüsierten. Dank der Abende, die Laurent, Jérôme und ich gemeinsam bei den Schrebergärten von Verrières-le-Buisson verbracht hatten, fühlte ich mich nicht mehr so allein wie früher, vielleicht weil wir alle drei einen Kummer erlebt hatten, den andere Studenten in diesem Alter noch nicht kennen. Man brauchte sie nur hinter der Scheibe der Cafés zu beobachten, sie wirkten wie fehl am Platz, wussten nicht, wie sie ihr Glas halten sollten, wenn sie ihren Aperitif tranken. Laurent hatte recht, sie hatten keine Ahnung vom Leben und von der Welt, waren einzig imstande, sich zu betrinken und große existenzielle Fragen aufzuwerfen, die sie wichtig aussehen ließen. Bestimmt war meine Angst vor Paris, vor dem Leben, zu groß gewesen, um mich genauso unbeschwert zu fühlen wie meine Kommilitonen und mich unter sie zu mischen. Ich weiß nicht warum, aber ich habe die Jugend stets als Last empfunden. Ich stand am Anfang meines Lebens, war in diesem Alter, wo man alle möglichen Richtungen einschlagen konnte, die so zahlreich waren wie die Straßen von Paris, auf denen ich mich zu verirren drohte. Vielleicht hatte ich Angst, später dasselbe Bedauern zu haben wie Evelyne, wenn ich den falschen Weg einschlug und es kein Zurück mehr gab.

Die Universität hatte mir bestimmt geschrieben und mir meine Exmatrikulation mitgeteilt, und ich empfand Erleichterung bei der Vorstellung, dass nichts mehr wäre wie zuvor. Nie wieder würde mir der große Blonde aus Bordeaux einen herablassenden Blick zuwerfen. Es schien mir, ich hätte Glück. Zum ersten Mal in meinem Leben war mir etwas Wichtiges zugestoßen, über das mit meiner Mutter zu sprechen ich kein Bedürfnis hatte. Ich hatte Evelyne geliebt, und ich war sicher, dass sie mich ebenfalls geliebt hatte, auf dieselbe unbeschwerte Art, wie sie über meine Scherze lachte. Ich hatte mit großer Mühe den Faden meines Lebens entwirrt, das sich plötzlich vor mir auftat. Dieses Jahr in Paris war der Sockel, auf dem ich mein Leben aufbauen wollte.

Ich habe lange Scham empfunden, wenn ich an die große Unsicherheit dieses jungen Manns zurückdachte, der ich bis zu jenem Sommer gewesen war: Bis ich eines Tages entdeckte, dass ich nicht der Einzige war, der sich in den öffentlichen Verkehrsmitteln unwohl fühlte. Es war an einem Augustmorgen, und die Luft war zu dieser Stunde noch nicht allzu stickig. Ich saß im Bus neben einer blonden Frau um die sechzig. Sie schaute in ein kleines Heft und hob regelmäßig den Kopf, blickte beunruhigt um sich, als wäre sie verloren. Auf den karierten Seiten standen mit Kugelschreiber Sätze geschrieben. Jedes Mal, wenn der Bus hielt, überlegte sie, ob sie aussteigen musste, bevor sie sich wieder in ihre Lektüre vertiefte. Sie blätterte nie um, was meine Neugier weckte. Schließlich gelang es mir, über den Arm zu lesen, was in ihrem Heft stand: »Das Gebet der Angst«. Die Frau sagte jeden Satz, den sie hingeschrieben hatte, still für sich auf, um gegen die verlassenen Pariser Straßen im August gewappnet zu sein. Ich bekam Lust, ihre Hand zu nehmen, um sie zu trösten, aber ich wollte sie nicht noch zusätzlich erschrecken. Hätte ich vor dreißig Jahren dieses Heft gehabt, hätte ich in der Metro wohl ebenfalls mit leiser Stimme dieses Gebet gesprochen.

Von der zweiten Frau seines Vaters kannte ich nur den Vornamen, Viviane. Ich hatte sie ein einziges Mal vor langer Zeit gesehen, nur kurz, als sie Jérôme von der Schule abholte, und ich wusste nicht, ob ich sie ohne ihren Pelzmantel überhaupt wiedererkennen würde. Aber ich müsste, wenn ich eine dunkelhaarige Frau um die vierzig an der Tür sah, nur ihren Vornamen rufen und warten, ob sie den Kopf nach mir umdrehte. Jetzt, wo ihr Mann gestorben war, machte Viviane mir nicht mehr so viel Angst. Sie musste unter dem Alleinsein leiden, und ich konnte mir nicht vorstellen, dass sie noch immer diese herablassende Art hatte. War sie vielleicht bereits in den Ferien im Haus von Bormes-les-Mimosas, von dem Jérôme mir erzählt hatte? Ich hatte oft an sie gedacht, aber da ich lieber in diesem Dorf im Pariser Umland bleiben und allein zurechtkommen wollte, während ich auf ein Zeichen von Evelyne wartete, hatte ich nie versucht, sie zu erreichen. Glich sie der Frau, in die ich mich vor fast einem Jahr in dem Café an der Ecke verliebt hatte?

Es gab nicht sehr viel Verkehr, und ich konnte meine Hände auf dem Lenkrad sich selbst überlassen, ohne einen Unfall zu riskieren. Das Auto war ein Zufluchtsort, bot mir Schutz vor den anderen, und auf den geraden Strecken beschleunigte ich, getragen von einem Rauschgefühl und der Illusion, mein Schicksal vollständig im Griff zu haben. Bei dieser Geschwindigkeit schien die Vergangenheit unbedeutend im Vergleich zu dem, was die Zukunft bereithielt. Hätte ich den Pariser Autobahnring einmal hinter mir gelassen, dachte ich, könnte ich das Auto im Westen der Stadt in der Nähe der Metro abstellen und eine Bahn nehmen, die mich zu einer Station in meinem früheren Viertel bringen würde. Die Cousine meines Vaters hatte recht, wenn man dem Metroplan folgte, konnte man nicht verloren gehen.

Auf den Straßenschildern stand in großen Buchstaben Paris, und auf halber Strecke tauchte in der Ferne unter mir die Stadt auf, aus der die Wolkenkratzer des Geschäftsviertels La Défense hervorragten. Ich musste an den Eiffelturm denken, von dem aus die Stadt aussah wie eine Ansammlung von Puppenhäusern. Es ging jetzt abwärts, und ich hatte trotz der Kurven das Gefühl dahinzugleiten, als ob mir der Wind in den Rücken blasen würde. Das Auto warf seinen Schatten auf die Fahrbahn. Ich spürte die Begeisterung, die Evelyne gefühlt haben musste, als sie nach Nizza geflohen war. Beim Betrachten des Horizonts schien es mir, die ganze Vergangenheit könnte mit einer Handbewegung weggewischt werden, sodass sie kein großes Gewicht in meinem Leben mehr hatte.

In Boulogne-Billancourt wurde der Verkehr dichter, und ich wusste nicht mehr, welche Richtung ich nehmen musste. Ich parkte das Auto einige Meter von der Metrostation Pont-de-Sèvres. Von Weitem bemerkte ich die Seine-Insel Séguin mit dem großen Renault-Werk, und ich musste an den alten

Zyprioten denken. Der Rand der Hauptstadt war noch trister als das Umland, das ich gerade hinter mir gelassen hatte.

Die Haltestelle war die Endstation der Linie, und der Wagen war fast leer, als er losfuhr. Ich saß allein auf einer Viererbank. An der Station Franklin-Roosevelt musste ich umsteigen. Bald würde sich die Bahn füllen. Eigenartigerweise fühlte ich mich gut in der Metro. Ich drückte die Stirn an die Scheibe und dachte an das Café bei mir an der Ecke, wo ich, nachdem ich Viviane getroffen hätte, etwas trinken gehen wollte in Erinnerung an die verlorene Zeit. Nichts unterschied mich mehr von den mit leerem Blick in ihre Gedanken zurückgezogenen anderen Fahrgästen. Vielleicht hätte ich etwas später die Kraft, mich nach einem von ihnen umzudrehen und ihm zuzulächeln.

Lange habe ich damit gerechnet, irgendwann Evelyne zufällig auf der Straße zu treffen. Würde sie mich wiedererkennen? Würde sie stehen bleiben, um mit mir zu sprechen, oder würde sie nur mit einem höflichen Lächeln an mir vorübergehen? Ich hatte das Gefühl, unsere Beziehung sei in dem Augenblick zu Ende gegangen, als wir gerade anfingen, uns ein bisschen kennenzulernen, und dass wir sie später dort, wo wir sie zurückgelassen hatten, wieder aufnehmen könnten. Evelyne hatte sich nicht eindeutig von mir verabschiedet, redete ich mir ein, sie hatte nur aufgehört, mir zu schreiben. Es war, als wäre noch immer ein Faden vorhanden, ihre Stimme, deren leises Murmeln ich hinter der Stille wahrnahm, und ihr Lachen, wenn ich sie »Elfelyne« nannte, das ich noch immer höre. In dem Jahr, das auf ihr Verschwinden folgte, hatte ich immer noch die Hoffnung, sie würde einmal am Ausgang der Assas-Universität oder im Café an der Rue du Petit-Musc auf mich warten.

Mitte August wurde Jérôme seinem Onkel übergeben, der in La Celle-Saint-Cloud lebte. Ich kehrte in mein Zimmer an der Rue de la Cerisaie zurück. Dort herrschte dieselbe Hitze wie ein Jahr zuvor bei meinem Einzug. Inzwischen fühlte ich mich nicht mehr so allein wie damals, ich kannte das Viertel, und von Zeit zu Zeit trafen Viviane und ich uns im Café an der Straßenecke. Der Wirt hatte draußen drei, vier Tische aufgestellt. Sie erzählte mir das Neueste von Jérôme, der Klavierstunden nahm und sich gut mit seinen beiden Cousins verstand, die ungefähr im selben Alter waren. Viviane kam schlecht mit dem Alleinsein zurecht. Seit dem Tod ihres Manns arbeitete sie wieder, und in der Mittagspause antwortete sie auf Kleinanzeigen, die Männer in der Zeitung aufgaben. Manchmal spazierten wir abends über die Quais der Île Saint-Louis, um die Zeit zu vertreiben. Es blieb lange hell. Der Anblick der Kähne und Touristenschiffe auf der Seine, das Geräusch des Winds in den Bäumen, all das brachte uns einander näher, ohne dass wir zu sprechen brauchten.

Im September immatrikulierte ich mich an der Sorbonne für das erste Semester in Jura, an der Assas konnte man nicht wiederholen. Ich erinnerte mich an den Rat des alten Zyprioten, und auch wenn ich mir nicht vorstellen konnte, eines Tages Anwalt zu sein, so hatte ich doch Glück, studieren zu können. Zweimal pro Woche mischte ich mich am späten

Nachmittag unter die Studenten, die den Hörsaal meiner alten Universität verließen. Die aus dem ersten Jahr erkannte ich an den ängstlichen Gesichtern, und manchmal bemerkte ich den großen Blonden aus Bordeaux, der mich inzwischen ignorierte. Ich tat, als würde ich auf jemanden warten, bis die Menge sich zerstreut hatte. Mein Herz schlug heftiger als gewöhnlich, so als würde gleich Evelyne auftauchen.

Die restliche Zeit versuchte ich, unbeschwert zu sein. Ich ging oft ins Programmkino gleich bei der Rue Soufflot und hatte mich mit einer Studentin angefreundet, die dort nach der Uni an der Kasse arbeitete. Sie nahm mich in den Vorführraum mit. Wir schauten uns gemeinsam die Filme von François Truffaut und Jean Eustache an, die mich durch die Viertel der Hauptstadt führten: Place Clichy, Saint-Germain-des-Prés, Montmartre. Seltsamerweise hatte ich erst nach der Vorstellung das Gefühl, in einer Filmkulisse zu sein. Diese Stadt, die ich auf einmal schwarz-weiß sah, kam mir irreal vor. Dann stellte ich mir vor, Truffauts Kamera sei auf mich gerichtet, als würde gleich ein neuer Film mit mir als Hauptdarsteller gedreht. Der Titel des Films wäre *Paris-Solitude* in Anspielung auf die erste Szene, die ich mir bereits ausgedacht hatte. Ich sprach in einem Café eine Unbekannte an mit den Worten: »Ich bin neunzehn Jahre alt und wohne in Paris-Solitude.«

Als ich im Winter 1988 über Weihnachten zu meiner Familie nach Antibes fuhr, befürchtete ich, irgendwann am Meer Evelyne über den Weg zu laufen, am Arm eines dieser Männer, die auf einer Café-Terrasse dicke Zigarren rauchten.

Ich hatte sie seit ungefähr neun Monaten nicht mehr gesehen. In den Momenten der Angst wurde sie zu einer starren, etwas bedrohlichen Gestalt, die mir an jeder Straßenecke mit einem anderen Mann auflauerte. Ich hatte immer wieder denselben Traum: Evelyne stand vor der Oper in Nizza am Arm dieses älteren Manns mit Bauch, der in der Besucherschlange seine Zigarre rauchte. Sie trug ihren Ledermantel über der Schulter. Ich konnte sie so laut rufen, wie ich wollte, sie drehte sich nicht um. Doch noch mehr fürchtete ich während dieser Ferienwoche, sie käme mich bei meinen Eltern abholen. Sie hätte nur ihre Adresse in einem Telefonbuch heraussuchen und an unserer Haustür klingeln müssen. Ich wäre mit ihr auf und davon gegangen, ohne eine Erklärung zu verlangen oder ihr den leisesten Vorwurf zu machen.

15

Dreißig Jahre waren vergangen, seit meine Mutter mich verlassen hatte. Ich besuchte ein klassisches Konzert, das ein befreundeter Pianist am Festival von La Roque-d'Anthéron im Park des Schlosses Florans gab. Es war Juli, und die Hitze war in diesem Dorf der Provence um neun Uhr abends noch immer drückend. Im Anschluss war ich mit meinem Freund zum Essen verabredet, und am nächsten Tag sollte ich an der Côte d'Azur meine Frau treffen, wo wir zwei Wochen Ferien verbringen wollten. Als ich meinen Platz einnahm, fing mein Herz plötzlich wild zu schlagen an. Rechts von mir, vier Plätze weiter, saß Evelyne. Sie trug ein weißes Kleid, das ihr bis knapp über die Knie reichte. Ihre Haare waren nun kastanienbraun, ihre Taille war nicht mehr so schmal wie in ihrer Jugend, und sie hatte ihre hohen Absätze gegen helle Mokassins getauscht. Ein großer, schlanker Mann mit einem hellblauen Pullover um die Schultern hatte seine Hand auf ihren Schenkel gelegt. Beide trugen einen Ehering. Für einen Augenblick durchzuckte mich der Gedanke, es sei Yves, doch der Mann hatte weiße Haare und helle Augen, und Yves war dunkelhaarig mit braunen Augen. Sie habe von der Hitze Migräne bekommen, beklagte sich Evelyne bei ihrem Mann und hielt die Hand an die Stirn. Dann schluckte sie eine Tablette mit Wasser aus einem kleinen Fläschchen, das sie aus ihrer Handtasche nahm. Sie hatte noch immer diese Nonchalance in den Gesten wie zu der Zeit, als sich die Männer nach ihr umdrehten, aber ihre Schönheit war verblasst.

Ich war inzwischen zu alt, um eine Mutter zu haben. Evelyne hatte mir kein einziges Mal geschrieben, als ich bei meinem Onkel in La Celle-Saint-Cloud lebte, und sie hatte sämtliche Spuren, die es mir erlaubt hätten, sie wiederzufinden, sorgfältig verwischt. Meine Mutter war mehr auf sich bedacht als auf andere, und da sie vor dreißig Jahren das Bedürfnis gehabt hatte zu fliehen, wollte ich sie nicht belästigen. Nichts unterschied uns von den anderen Zuhörern, und es war wohl besser, wenn wir füreinander Unbekannte blieben, die sich ein Konzert anhörten. In zehn Minuten sollte die Vorstellung beginnen, und dank der Musik, hoffte ich, würde ich diese Herzschläge und die Beklemmung um die Brust bald nicht mehr spüren. In der Zwischenzeit tat ich, als würde ich das Programmheft lesen, aber in mir stieg ein heftiges Verlassenheitsgefühl hoch. Wenn ich auch so eine Tablette schluckte wie Evelyne, würde ich dann meine Vergangenheit ebenfalls vergessen? Ich müsste nur auf die beiden zugehen und erklären, ich hätte Migräne, sie würde mir bestimmt eine geben. Und wir hätten nichts mehr miteinander zu tun, meine Mutter und ich.

Als ich fünfzehn war, fing ich an, im Minitel nach Evelynes Adresse zu suchen. Bestimmt wäre die Allgegenwart meiner Mutter nicht so stark gewesen, wenn ich sie irgendwo hätte festmachen können. Hätte sie in Paris gelebt, hätte es gereicht, das Arrondissement zu meiden, und ich hätte aufgehört, ständig zu denken, ich müsste ihr im nächsten Augenblick über den Weg laufen. Ich hatte nie die Spur einer Evelyne Arnaudin gefunden; meine Mutter musste, gleich nachdem sie mich verlassen hatte, diesen Mann mit dem hellblauen Pullover geheiratet und seinen Namen angenommen haben.

Mit dreiundzwanzig begann ich, meine Kompositionen mit dem Pseudonym Jacques Petit zu signieren. Ich dachte mir, dass dieser Name, falls meine Mutter in einem Laden auf mein Foto stieß oder im Radio ein Interview mit mir hörte, ihren Verdacht zerstreuen würde. Das Pseudonym gab mir den Eindruck, ebenfalls die Flucht ergriffen zu haben. Evelyne und ich hatten beide eine neue Identität, und ich glaubte, ich würde sie nie wiedersehen. Doch mit Ausnahme der Schüler des Conservatoire im fünfzehnten Arrondissement, wo ich musikalische Komposition unterrichtete, und der Stammgäste des Kinos an der Rue des Ecoles, in dem ich am Mittwochnachmittag zu den alten Stummfilmen am Klavier improvisierte, hatte nie jemand von diesem Jacques Petit gehört.

Evelyne schwenkte ihr Programmheft vor dem Gesicht wie einen Fächer. Ich schaffte es nicht, meinen Blick von ihr abzuwenden. Ich bekam Lust, mich zu ihr zu drehen und zu sagen, endlich hätten wir beide doch noch ein glückliches Händchen: Der Zufall hätte dafür gesorgt, dass wir bei einem Konzert mit zweitausend Plätzen fast nebeneinandersaßen.

Bestimmt hätte es ironisch geklungen, ich wollte unfreundlich sein zu meiner Mutter, wie damals, als sie mich sonntags in die Cafés schleppte. Ich schwieg, ich war wieder der unglückliche Junge von dreizehn Jahren, der gerade von seiner Mutter verlassen worden war, und es fehlte mir die Kraft, sie anzusprechen. Es schien mir, als hätte die Vergangenheit unterirdisch all die Jahre weitergelebt, wie die Metrobahnen, die unter den Pariser Straßen zirkulieren und deren Existenz man oben vergisst. Ich war in einen der Wagen gestiegen, und plötzlich befand ich mich wieder in dieser düsteren Phase meines Lebens, genau an derselben Stelle. Ich konnte noch so gut einen Beruf haben, eine Frau, ich war noch immer ein Waisenkind. Die Jahre waren vergangen, ohne dass ich etwas anderes hätte tun können, als mein Leid in der Musik zu ertränken.

Ich hatte Angst, meine Mutter könnte mich erkennen, und versteckte mein Gesicht hinter dem Programmheft. Dabei war ich alles andere als ein Kind mehr, meine Haare hatten sich gelichtet, und ein Dreitagebart gab mir ein vernachlässigtes Aussehen. Ich glaube, wenn sie mich erkannt hätte, hätte sie mich mit einem höflichen Lächeln davon abzubringen versucht, sie anzusprechen. Erinnerte sie sich noch an diesen dreizehnjährigen Jungen, mit dem sie Lotto gespielt hatte? An das abgelegene Gymnasium im Pariser Umland, in dem sie mich zurückgelassen hatte? Im Laufe des Konzerts würde es dunkel werden, und unsere Blicke könnten sich nicht mehr treffen. Bis zur Pause würde ich darauf achten, den Kopf nicht mehr in ihre Richtung zu drehen, und dann ins Hotel zurückkehren. Ich hatte keine Ahnung, wie ich das schaffen sollte, denn ich war viel zu nervös, um eine Stunde lang ruhig auf meinem Stuhl zu sitzen. Ich hatte dasselbe Gefühl wie damals mit meiner Mutter im Café: Ich hatte Lust aufzustehen und zu verschwinden. Doch die Zeit der Bistros war vorbei.

* * *

Mit neunzehn war ich ins staatliche Konservatorium von Paris eingetreten, um Komposition zu studieren. Als ich zwei Monate später einmal in der Eingangshalle auf einen Freund wartete, sah ich mir eine Ausstellung über Nadia Boulanger an. Mehrere Tafeln informierten über die Biografie der Pianistin, die durch großformatige Archivfotos in Schwarz-Weiß illustriert war. Jedes Mal waren Ort und Datum der Aufnahme angegeben, dazu die Bildunterschrift: »Die Pianistin und Pädagogin Nadia Boulanger (1887–1979) mit einer ihrer Schülerinnen«. Neben der fast neunzigjährigen Dame mit dem lebhaften Blick erkannte ich plötzlich meine Mutter. Das Foto stammte vom Januar 1974 und war im Conservatoire an der Rue de Madrid aufgenommen worden. Es war dieselbe junge Frau, die auf dem Bild, auf dem ich ein Säugling war, in Megève neben meinem Vater stand. Die Bildaufteilung war auf jedem Foto dieselbe: Nadia Boulanger saß in der zweiten Reihe, eine Hand auf dem Klavier, das Gesicht im Zentrum, während die Schüler zu ihrer Rechten nur im Profil oder in einigen Fällen von hinten zu sehen waren, den Oberkörper zu drei Vierteln zur Lehrerin gewandt. Ich musste an die Worte meines Vaters denken, als er mich einmal am Sonntagabend bei ihr abholen kam: Meine Mutter sei eine große Pianistin. Evelyne hatte nie eine Platte aufgenommen, und ich war unfähig, mich daran zu erinnern, wie sich ihre Finger über das Klavier bewegten oder wie sie beim Spiel die Tasten anschlug, was eine Interpretation einzigartig macht. Das alles war für immer verloren.

Zum ersten Mal in meinem Leben begann ich mich für Evelyne zu interessieren, und ich spürte Bewunderung für sie. Ich kannte vom Leben meiner Mutter nur die großen Linien. Sie hatte mit dem Klavierspiel als Kind in Besançon angefangen und kam nach dem Abitur zum Studium nach Paris. Ich hatte nie versucht, die fehlenden Details von ihr zu erfahren. Im Café war ich nie auf die Idee gekommen, sie zu fragen, welche Fächer sie an der Universität studiert hatte. Wenn sie in ihrem Leben nur Misserfolg gehabt hatte, wie sie es diesem Kellner gestand, wollte ich ihr lieber keine Fragen über ihre Jugend stellen. Sie las im Café immer nur Frauenzeitschriften, und ich hätte es wohl nicht geglaubt, wenn sie mir gesagt hätte, sie habe einen Abschluss, zum Beispiel in Geschichte oder moderner Literatur.

Auf dem Foto trug meine Mutter eine geblümte Bluse und hatte ein helles Band in den Haaren. Sie war im Profil, die Hände lagen auf einer Partitur von Debussy, die sie auf dem Schoß hatte. Den Blick zum Klavier gewandt, lächelte sie schüchtern, als versuchte sie sich aus Verlegenheit vor dem anwesenden Fotografen auf dem Bild so unsichtbar wie möglich zu machen. Nadia Boulanger, die Lippen leicht geöffnet, schaute zur Partitur auf dem Notenständer. Ihre Hände berührten die Tasten. Wahrscheinlich zeigte sie meiner Mutter die Fingerpositionen für die Akkorde. Evelyne beugte leicht den Kopf, als wollte sie gleich die Höhe des Sessels einstellen, um mit dem Spielen anzufangen, doch wegen der Partitur auf ihren Beinen erahnte man, dass die Stunde noch nicht angefangen hatte. Der Fotograf hatte Lehrerin und Schülerin gebeten, für ein paar Minuten eine Probe zu mimen, damit er ein paar Bilder schießen konnte, bestimmt für einen Zeitungsartikel. Evelyne wurde in diesem Jahr zwanzig, und im November brachte sie mich zur Welt. Es schien mir, meine Mutter hätte mit diesem Foto die Zeit zurückgedreht und würde mir durch die Jahre hindurch ein Zeichen schicken. Ahnte sie, dass ich sie eines Tages an genau dem Ort, an dem dieses Foto aufgenommen wurde, betrachten würde, und dass sie den Kopf senkte, um meinem Blick auszuweichen, so wie damals, wenn ich in der Eingangshalle der Schule an ihr vorbeiging? Sie sah auf dem Foto zugleich glücklich und ängstlich aus, wie ein junges Mädchen in dem Alter, da man das Leben noch vor sich hat.

Ich sah in der Bibliothek des Konservatoriums die Archive der Jahre 1972, 1973 und 1974 durch. Ich fand ein einziges Foto von Evelyne an der Seite von Henri Dutilleux aus dem Jahr 1973. Die Bildlegende präzisierte, dass es sich um das Abschlusskonzert des Studienjahrs handelte. Das Bild musste kurz vor der Aufführung aufgenommen worden sein. Meine Mutter war stark geschminkt und in Abendgarderobe:

ein fließendes, schwarzes, schulterfreies Kleid mit tiefem Ausschnitt. Henri Dutilleux stand neben ihr, leicht über den Flügel gebeugt, während sie mit ernstem Ausdruck spielte. Er war ungefähr sechzig Jahre alt, klein, um den Hals einen Schal gebunden wie eine Krawatte, der ihn vor dem Luftzug schützte. Seine schwarzen Haare waren zurückgebürstet. Ich erkundigte mich beim Verein ehemaliger Schüler in der Hoffnung, weitere Informationen über Evelyne zu bekommen, doch ihr Name war unbekannt. Sie musste kurz vor meiner Geburt mit der Musik aufgehört haben, bevor sie ein Diplom hatte. Mit einem Kind hätte sie niemals einen ersten Preis im Conservatoire bekommen und Konzertpianistin werden können. Die acht Stunden Üben, die täglich von einem Schüler verlangt wurden, internationale Musikwettbewerbe gewinnen, nichts davon war möglich. Hatte sie es gewagt, »Mademoiselle Boulanger«, wie sie genannt wurde, oder Henri Dutilleux, dem Mann mit dem Schal, der ihr Großvater hätte sein können, von ihrer Schwangerschaft zu erzählen? Oder hatte sie ihr Studium aus Scham von einem Tag auf den anderen abgebrochen, ohne ihre Lehrer zu informieren?

Ich wohnte damals in einem kleinen Zimmer an der Rue de Miromesnil, zu Fuß fünf Minuten vom Conservatoire entfernt. Als Evelyne aus Besançon nach Paris kam, musste sie sich ebenfalls im Viertel um die Gare Saint-Lazare niedergelassen haben. Sie war durch dieselben Straßen gegangen wie ich und hatte dieselben Cafés besucht. Ich hatte den Eindruck, im Abstand von zwanzig Jahren ihr Leben zu leben.

Abends lag ich auf dem Bett und hörte stundenlang Platten. In der Stille hätte ich gespürt, wie allein ich war, und ich wollte mich lieber von der Musik einwiegen lassen. Manchmal blieb ich an einem Takt, an zwei oder drei Akkorden hängen, die dann das restliche Stück überlagerten, aus denen ich vielleicht ein Motiv für eine meiner Kompositionen entwickeln konnte. Manche Platten hatten meiner Mutter gehört, sie musste sie im selben Alter gehört haben, im selben Viertel, in dem ich nun lebte, um die Leere zu verdrängen. Evelyne hatte recht, als sie mir wiederholte, dass ich sie mit dem Älterwerden verstehen würde, und ich bedauerte es, ihr diese Zuneigung, die ich nun für sie spürte, nicht mitteilen zu können. Trotz der sechs Jahre, die vergangen waren, seit sie mich verlassen hatte, fühlte ich mich Evelyne näher und näher. Vielleicht waren wir einander nicht im richtigen Alter begegnet, meine Mutter und ich. Es war, als ob sie mich im Café damals gebeten hätte, älter zu werden, um mir die Gefühle anvertrauen zu können, die sie für sich behielt und von denen sie ein paar Bruchstücke preisgab, wenn sie mit dem Kellner sprach.

Einmal pro Woche nahm ich am Kompositionskurs von Henri Dutilleux teil. Er war inzwischen ein alter, fast achtzigjähriger Herr mit grauen Haaren, und aus seinem halb offenen Hemd schaute stets sein unvermeidlicher Seidenschal heraus. Erinnerte er sich an Evelyne? Er konnte diese Schwangerschaft kaum vergessen haben, die vor zwanzig Jahren im Conservatoire einen Skandal ausgelöst haben musste, aber hatte wahrscheinlich den Namen meiner Mutter vergessen.

In der Aula fiel es mir schwer, mich zu konzentrieren. Ich drehte mich nach den anderen Studenten um in der Hoffnung, auf den Blick dieses Mädchens zu treffen, das ich auf dem Foto gesehen hatte. Damals stellte ich mir jedes Mal, wenn ich mich ängstlich und verletzlich fühlte, vor, dass wir beide uns bald im Conservatoire begegnen würden. Ich klammerte mich an diese talentierte junge Frau, deren Anwesenheit beruhigend wirkte. Sie war nicht melancholisch wie meine Mutter. Der nach vorn geworfene Kopf, ihr Lächeln auf dem Foto zeugten von einer gewissen Verwegenheit. Meine Mutter sah auf dem Bild so lebendig aus, dass mir schien, die ersten Monate des Jahres 1974, in denen sie glücklich gewesen war, würden noch immer existieren. Evelyne hatte in jedem der Übungszimmer, die den Studenten zur Verfügung standen, Klavier gespielt, und nach dem Unterricht muss sie in ein Café in der Nähe des Conservatoire gegangen sein und mit dem Kellner gespaßt haben. Die Jahre hatten aufgehört, uns zu trennen, und ich hatte immer stärker den Eindruck, dass meine Mutter und ich unsere Jugend zur gleichen Zeit lebten.

Ich fragte mich oft, wie das Mädchen auf dem Foto zu dieser traurigen, verbitterten Frau hatte werden können, die mich sonntags ins Café führte. Ich zog diese vielversprechende junge Pianistin vor, die ich gerne kennengelernt hätte. Ich hatte Lust, sie in einem der Cafés, in denen sie verkehrte, auf ein Glas einzuladen und sie nach ihrem Lieblingskomponisten zu fragen. Mochte sie die Musik von Henri Dutilleux? Es schien mir, ich hätte an diese junge Frau, die bald meine Mutter werden sollte, nie das Wort gerichtet, so als wollte ich von den beiden Versionen Evelynes nur eine behalten: jene, die mir unbekannt war. Ich stellte mir vor, dass das Mädchen, das sie in meinem Alter gewesen war, sanft und zartfühlend wäre und mir keine Vorwürfe gemacht hätte, wenn wir allein waren. Dann hätte ich versucht, sie zum Lachen zu bringen, als hätte das gereicht, das Unglück von unserem Tisch fernzuhalten. Meine Mutter musste sich in dieser Klavierstunde mit Nadia Boulanger, die mit dem Fototermin angefangen hatte, frei und unglaublich lebendig gefühlt haben. Sie stellte sich vor, dass sie ebenfalls bald so bekannt wäre, dass ihr Porträt nach einem Konzert in der Zeitung erscheinen würde. Aber was kann man schon wissen über ein Mädchen, das man auf einem Foto gesehen hat?

Damals interessierte ich mich noch nicht für die jungen Frauen meines Alters. Wenn ich sie lächeln sah, dachte ich mir, sie hätten eine sanfte und glückliche Kindheit gehabt, und das schien mir ein Hindernis zu sein, um mich mit ihnen einzulassen. Einzig dieses Mädchen auf dem Foto hatte meine Aufmerksamkeit erregt. Wenn ich Musik hörte oder am Klavier komponierte, hatte ich den Eindruck, meine Mutter wiederzufinden. Es war eine andere Art zu leben, die Gestalt annahm, wenn die Wörter auf einmal überflüssig geworden waren, ein inneres Leben, in dem sie mich begleitete, ohne dass ich mir dessen wirklich bewusst war, so sehr schien mir, wir dachten und fühlten dasselbe. Evelyne war mir noch nie so nah gewesen, sie gehörte mir, und ich war frei, ihr eine andere, erfundene Persönlichkeit zuzuschreiben. Obwohl sie nicht da war, liebte meine Mutter mich genau so, wie ich es brauchte. Es reichte, jeden Abend den Arm des Plattenspielers auf die Scheibe zu legen, damit das wirkliche Leben verschwand und ein anderes, sanfteres von mir Besitz ergriff. Die Musik war das einzige stabile Element in meinem Leben. Es war, als hätte ich es immer gebraucht, einen Filter über die Wirklichkeit zu legen: Die Musik überdeckte die Stille, besänftigte meine Einsamkeit, und jetzt hatte ich mir die Gestalt dieser jungen Frau erfunden, die in den Gängen des Conservatoire auf mich wartete. Solange sich die Platte drehte, wartete ich auf sie in der behaglichen Gewissheit, dass mir nichts mehr zustoßen konnte.

War es der Mut meiner Mutter, die Kühnheit, die sie bewiesen hatte, um mich zu verlassen, was mich hinderte, meine Jugend zu leben? Manchmal hoffte ich, sie sei glücklich. Die Blutsbande hatten mich bis ins Conservatoire geführt, und es schien mir, jetzt sei ich an der Reihe, traurig zu sein, dieses Unglück zu akzeptieren, das sie erst für uns beide auf sich genommen und dann an mich weitergegeben hatte.

* * *

Ich hörte dem Konzert kaum zu, betrachtete stattdessen Evelyne. Ich war so sehr in meine Gedanken vertieft, dass nichts mehr von außen zu mir drang. Ich hatte Angst, sie könnte meinen beharrlichen Blick bemerken, doch sie hatte die Augen geradeaus auf die Bühne gerichtet. Sie streichelte den

Arm ihres Manns und deutete hin und wieder mit den Fingern auf ihrem Schenkel einen Klavierakkord an, als würde sie das Stück auswendig kennen. Die Musik hatte ihre Gesichtszüge entspannt, die Verzweiflung von früher war daraus verschwunden. Ihre Erscheinung, ihre gebräunte Haut erweckten den Eindruck, meine Mutter sei glücklich. Erinnerte sie sich noch an ihre Jugend, an ihre Klavierstunden bei Nadia Boulanger am Pariser Conservatoire? Dachte sie noch an ihr Leben zurück, bevor es in die Brüche ging? Kam es vor, dass sie an mich dachte? Diese Fragen spulten sich in meinem Kopf ab, seit ich sie mit neunzehn auf diesem Foto gesehen hatte. Ich hatte mir oft vorgestellt, Evelyne wäre in einem Café und ich bräuchte mich einfach an ihren Tisch zu setzen und mit autoritärer Stimme zu sprechen, damit sie mir antwortete.

Ich war inzwischen ein Mann und hatte noch immer nicht den Mut, auf sie zuzugehen. Es kam mir vor, als wäre ich wieder dreizehn, und ich hielt die Tränen zurück wie ein Kind. Ich hoffte, es würde plötzlich ein Gewitter ausbrechen und die Zuhörer müssten sich vor dem Regen in Sicherheit bringen. Alle würden sich Hals über Kopf aufmachen, und ich sähe meine Mutter weggehen, ohne sie zurückhalten zu können, unter einem Zelt aus Regenschirmen versteckt in der Menge verschwinden. Doch der Himmel war an jenem Abend von einem hellen, klaren Blau, und bald würde die Nacht hereinbrechen.

In der Pause gingen die meisten Zuschauer zum Getränkestand. Evelyne und ihr Mann waren von ihrem Sitz aufgestanden. Ihr Kopfweh sei vergangen, sagte sie zu ihm, und sie habe Durst. Ich dachte kurz, sie habe mich erkannt und käme nicht mehr an ihren Platz zurück. Ich stand ebenfalls auf, vielleicht könnte ich ihnen zu den Getränken folgen und sie anzusprechen versuchen. Aber ich fühlte diese Stiche in der Brust und setzte mich wieder hin. Bestimmt wäre es besser, die Wahrheit nicht zu kennen und zu versuchen, so unbeschwert zu sein wie Evelyne. Falls ich in einigen Minuten die Kraft hätte, würde ich zu ihnen gehen und meiner Mutter banale Fragen stellen: Woher sie kämen. Ob ihnen das Konzert gefalle. So als setzten sich nach all den Jahren die nichtssagenden Café-Gespräche fort, bis ein Läuten das Ende der Pause verkünden würde.

Fünfzehn Minuten später kehrten Evelyne und ihr Mann scherzend an ihre Plätze zurück, der Wein hatte ihre Wangen gerötet. Das Konzert ging weiter. Es war inzwischen fast dunkel, und ein frischer Wind war aufgekommen. Von Zeit zu Zeit schloss ich die Augen und stellte mir vor, ich sei mit meiner Frau am Meer und wir hätten gerade die Sonne untergehen sehen. Das half mir ein wenig, das Gewicht von meiner Brust zu schieben.

Nach der Zugabe applaudierte Evelyne begeistert mit einem breiten Lächeln auf den Lippen. Die Zuschauer zerstreuten sich auf den Wegen. Ich folgte Evelyne und dem Mann, die unter Platanen durch den Park gingen. Es war kühler geworden, ihr Mann hatte seinen hellblauen Pullover übergezogen und sie eine Leinenjacke. Auf dem Weg hatte sie sich bei ihm untergehakt. Ich wäre gern an seinem Platz gewesen und mit Evelyne schweigend unter den Bäumen spaziert. Vielleicht sah das Glück so aus? Dann hätte ich an den Studenten gedacht, der ich gewesen war, und an das neunzehnjährige Mädchen auf dem Foto. Als ich jung war und die Einsamkeit zu stark wurde, hatte ich mir, während ich durch das Viertel der Gare Saint-Lazare ging, oft vorgestellt, meine Mutter wäre bei mir. Plötzlich nahm dieses innere Leben, in das ich mich so oft zurückgezogen hatte, die Gestalt der Wirklichkeit an: Ich brauchte nur zuzusehen, wie diese beiden Gestalten ohne Ziel durch den Park schlenderten. Ich war dreiundvierzig, und nach all den Jahren der Abwesenheit zog ich es vor, hinter ihnen zurückzubleiben und das Bild der beiden Musikstudenten in mir zu behalten, das uns all die Jahre hindurch vereint hatte.

Evelyne und ihr Mann verließen den Park und gingen zu ihrem Hotel, Le Mas des oliviers, ein Haus mit Steinfassade und weinroten Fensterläden.

Fünf Minuten später betrat ich hinter ihnen die Hotelhalle, ohne genau zu wissen, warum ich diese Tür aufgestoßen hatte. Ein Mann mit Glatze und Bauch, dessen Hemd seine halbe Brust frei ließ, stand an der Rezeption und blätterte Seiten um, vermutlich im Geschäftsbuch.

»Verzeihen Sie, ich bin ein Freund des Paars, das eben hereingekommen ist. Die Dame hat ihren Schal in meinem Auto vergessen.«

»Möchten Sie ihn an der Rezeption abgeben, Monsieur?«, schlug er vor, nachdem er seine runde Metallbrille abgenommen hatte.

Trotz seiner Korpulenz hatte er eine hohe Fistelstimme.

»Nein, danke. Ich möchte ihn lieber selbst übergeben, aber ich bin nicht sicher, ob ich es morgen Abend schaffen werde. Ich logiere in einem Hotel in Aix-en-Provence und werde vielleicht nicht genug Zeit haben, rechtzeitig herzukommen.«

»Ganz wie Sie wünschen, Monsieur.«

Er sah mich misstrauisch an, er hatte gesehen, dass meine Hände leer waren, ohne diesen Schal, von dem ich gesprochen hatte.

»Hören Sie. Es tut mir leid, ich weiß nicht mehr, wann meine Freunde abreisen wollten ...«

Der Mann setzte seine Brille wieder auf, die ihm einen kindlichen Ausdruck verlieh, und schaute in sein offenes Heft auf dem Rezeptionstisch. Er nahm einen verächtlichen Ausdruck an und sagte dann kurz angebunden:

»Herr und Frau Altman reisen in zwei Tagen ab.«

»Und hätten Sie zufällig ein freies Zimmer für morgen? Verstehen Sie, falls ich den Abend mit meinen Freunden verbringe, wäre ich wohl zu müde, danach nach Aix-en-Provence zurückzufahren.«

»Tut mir leid, Monsieur. Das Hotel ist während des Festivals ausgebucht. Wenn Sie mich jetzt entschuldigen möchten«, sagte er und kehrte wieder zu seinem Geschäftsbuch zurück.

Falls ich den Mut aufbrachte, wollte ich am nächsten Tag zurückkehren und mich beim Frühstück unter die Gäste mischen. Vielleicht würde ich es wagen, Evelyne anzusprechen und mich mit ihr über die Konzerte zu unterhalten, die sie am Festival gehört hatte. Das wäre kein so schlechter Anfang für zwei Menschen, die seit dreißig Jahren kein Wort miteinander gewechselt hatten. Die Aussicht auf dieses leichte Gespräch würde mir die Kraft geben, auf sie zuzugehen, und diesen Druck auf meiner Brust etwas lösen.

Ich spürte eine große Müdigkeit und zog es vor, in mein Zimmer im Hotel von Aix-en-Provence zurückzukehren, statt zu dem Essen mit meinem Freund zu gehen. Ich würde ihn am nächsten Tag anrufen, um ihm zu gratulieren, und mich für meinen hastigen Aufbruch entschuldigen.

Im Auto merkte ich, dass in meiner Jackentasche bei den Schlüsseln noch immer das gefaltete Programmheft steckte. Mein Freund hatte das Scherzo Nummer 2 in b-Moll von Chopin gespielt, aber ich konnte mich kaum daran erinnern. Ich hatte es oft gehört, als ich am Conservatoire studierte. Meine Mutter hatte mir die ersten Takte sonntagabends auf dem Klavier vorgespielt, und als ich das Stück mit dreizehn zum ersten Mal auf der Schallplatte hörte, erkannte ich sofort die berühmten Triolen wieder, mit denen es einsetzt. Ich mochte die plötzliche Melancholie in der Mitte des Stücks, auf die dann der Schwung und die Macht der letzten Takte folgen. Ich drehte den Plattenspieler laut auf, um mich von dieser Leidenschaft mitreißen zu lassen, die mir Hoffnung gab. Bald würde ich ein berühmter Komponist sein, sagte ich mir, und ich würde für das Mädchen schreiben, das ich auf dem Foto neben Nadia Boulanger gesehen hatte. Dieses Stück von

Chopin, schien mir damals, war das Stück meines Lebens. Vielleicht wegen der Traurigkeit, die dann, aus den Akkorden und der Abfolge der wechselnden Gefühle hervorbrechend, in diese fabelhafte Kraft überging. Meine Passion für die Musik war untrennbar mit der für meine Mutter verbunden.

16

Am nächsten Tag kehrte ich ins Hotel von La Roque-d'Anthéron zurück, in dem sich meine Mutter und ihr Mann auf-
hielten. Ich hatte die ganze Nacht wach gelegen und war bei
Sonnenaufgang aufgebrochen. Eigentlich hätte ich an diesem Morgen nach Sainte-Maxime fahren sollen, wo meine
Frau mich erwartete.

Ich parkte mein Auto auf dem Gehsteig vor dem Hotel.
Der Patio, den ich durchquert hatte, um mit dem Mann an
der Rezeption zu sprechen, war von einem weißen Steinmäuerchen umgeben und mit Olivenbäumen und Sukkulen-
ten bewachsen. Die Eingangstür erlaubte einen Blick auf die
runden Tische, die zum Frühstück bereitstanden. Ich hatte
am Abend zuvor weder das Mobiliar aus weißem Schmiede-
eisen noch das Hotelschild gesehen, das nachts nicht beleuchtet war.

Es war sehr früh, und die Tische waren noch nicht ge-
deckt. Es machte mir nichts aus, mehrere Stunden im Auto
zu sitzen und darauf zu warten, dass Evelyne auftauchen
würde. Für den Augenblick hatte ich nicht den Mut, sie anzusprechen. Bestimmt hatte ich deshalb dieses Bedürfnis, hierher zurückzukommen, weil ich zum ersten Mal, seit meine

Mutter verschwunden war, auf der Karte einen Punkt festmachen konnte, an dem sie sich aufhielt. Bald würde sich dieser Punkt wieder auflösen und ich mich erneut im luftleeren Raum befinden. Ich wusste nicht, in welcher Stadt sie wohnte. Der Name Altman kam im Telefonbuch recht häufig vor, und vielleicht wurde Altman auch mit zwei N am Ende geschrieben.

Die Zeit stand still im Auto. Ich war ein Kind, das fürchtete, von seiner Mutter ein zweites Mal verlassen zu werden, wenn sie aus diesem Hotel trat. Oder war ich es, der nicht den Mut hatte, sie loszulassen? Wenn Evelyne zum Frühstück herunterkäme, würde ich sie bestimmt nur durch die Scheibe beobachten. Ich würde auf das Konzert am Abend warten, um sie ein zweites Mal zu sehen, und dann nach Sainte-Maxime fahren. Und danach für mein restliches Leben diese Bilder mit mir herumtragen: ihr Sommerkleid, ihre zärtlichen Gesten für den Mann an ihrer Seite und das Lächeln, das nach dem Konzert auf ihrem Gesicht geblieben war. Ich war in meinem Auto gefangen wie dreißig Jahre früher in diesem Gymnasium der Pariser Banlieue. Es hatte sich nichts geändert, seit sie gegangen war, außer dass ein Hotel in der Provence an die Stelle des düsteren, nebligen Horizonts dieser Schule im Departement Yvelines getreten war. Dieselben Hindernisse stellten sich mir in den Weg und hielten mich vom Handeln ab.

Ich hatte mich getäuscht: Mich durch die Plattensammlung meiner Mutter zu hören, im Bahnhofsviertel von Saint-Lazare zu wohnen und am Conservatoire zu studieren, das

hatte nicht gereicht, um zwischen uns eine Verbindung entstehen zu lassen. Meine Mutter war zwanzig Jahre vor mir
durch die Gänge gegangen, durch die Avenuen ringsum, aber
dies hatte lediglich eine künstliche Nähe zwischen uns hergestellt, und wenn ich mich durch meine Gedanken mit ihr
verband, so waren wir immer noch weit voneinander entfernt. Zwischen uns war die unüberwindbare Distanz der
Jahre und ihrer Abwesenheit. Es war, als lebten wir nicht in
derselben Epoche, meine Mutter und ich, und ich hatte keine
Ahnung, warum ich versuchte, Verbindungen in der Vergangenheit mit ihr herzustellen, in diesem Alter, als sie bei Nadia Boulanger studierte und ich noch nicht auf der Welt war.

Wollte ich ihr gleichen, wollte ich das Leben der jungen
Frau auf dem Foto führen, die davon träumte, auf dem Cover
von Zeitschriften zu erscheinen? Im Café hatte Evelyne mir
zu spüren gegeben, dass ich noch zu jung sei, um sie zu
verstehen: Ich müsste erst reifer werden, bis sie mit mir genauso aufrichtig sprechen würde wie mit dem Kellner. Aber
ich auch, dachte ich jedes Mal: Wären wir gleich alt gewesen, hätte ich ihr auch anvertrauen können, was ich auf dem
Herzen hatte. Lange Zeit habe ich von unserem Wiedersehen
geträumt, das sich stets auf dieselbe Weise abspielte: Beim
Verlassen des Conservatoire lief ich meiner Mutter in die
Arme, wir diskutierten ein wenig über Musik, und dann kam
sie mit zu mir nach Hause, um sich meine Kompositionen
anzuhören. Auch als ich mein Studium schon längst abge-
schlossen hatte, dachte ich weiterhin, einzig die Vergangenheit und die Musik könnten uns wieder zusammenbringen.

Eigenartigerweise hatte ich vor Evelynes Hotel ein Déjà-vu. Ich hatte das Gefühl, wir hätten gerade ein paar nichtssagende Sätze miteinander getauscht und ich sei zu meinem Wagen zurückgekehrt, weil keiner von uns ein Thema gefunden hatte, um das Gespräch in Gang zu halten. Ich wollte mit ihr weder über meinen Beruf noch über mein Studium am Conservatoire von Paris sprechen. War es wegen dieser seltsamen Intuition, dass meine Mutter und ich nur in der Vergangenheit miteinander kommunizieren konnten? Und wenn ich mich mit ihr unterhalten hatte, warum lauerte ich dann noch immer auf ihr Erscheinen im Hof, statt zu meiner Frau nach Sainte-Maxime zu fahren? Wir waren immer noch so weit voneinander entfernt, dass ich mich nicht erinnerte, jemals das Wort an sie gerichtet zu haben. Wie damals in den Bistros konnte ich mich nicht vor einer bestimmten Uhrzeit von meiner Mutter verabschieden, und ich wartete hinter dem Lenkrad, dass die Zeit verging.

Gegen halb acht bereitete der Rezeptionsangestellte, den ich am Abend zuvor ausgefragt hatte, im Patio das Frühstück vor. Es war kühl, und die Knöpfe an seinem Hemd waren bis zum Kragen geschlossen. Das Büfett wurde wahrscheinlich auf dem großen Kirschbaumtisch in der Eingangshalle angerichtet. Der Angestellte entfaltete auf jedem Tisch ein weißes Tuch, dann kam er mit dem Geschirr wieder. Er hatte einen leichten Watschelgang. Seine Handbewegungen waren flink und behutsam zugleich. Danach setzte er sich hin, um eine Zigarette zu rauchen, den Aschenbecher in der Handfläche. Bestimmt um den Durchgang für den Betrieb am Tag frei zu machen, öffnete er schließlich das Schmiedeeisentor im Hof, bevor er im Hotel verschwand. Für einen Moment dachte ich, der Hotelangestellte kenne meine Geschichte. Er hatte, als ich ihm von diesem Schal erzählte, geahnt, dass ich auf der Suche nach meiner Mutter war, und ließ heute Morgen die Tür offen, um mich einzuladen, mit dieser Frau zu sprechen, die er Frau Altman nannte. Aber warum kommen Sie denn nicht herein, um ihr den Schal zu übergeben und sich ein wenig mit ihr zu unterhalten, hörte ich ihn jedes Mal mit seiner Fistelstimme sagen, wenn er in Richtung Auto blickte. Ich hatte plötzlich das Bedürfnis, mich an jemanden zu klammern, um mich weniger allein zu fühlen, und jedes Zeichen von außen kam mir tröstlich vor. Ich hätte in ein Café gehen und einen Vorwand finden können, um mit dem Gast am Nebentisch ins Gespräch zu kommen. In diesem Augenblick sah ich keinen direkteren Weg, um zu mir selbst zu gelangen, als das Lächeln eines Unbekannten, als ein simples Wort, das ich hätte ergreifen können, um den Faden meines Lebens wieder aufzunehmen.

Im Abstand von fünf Minuten kamen zwei Paare, um im Hof zu frühstücken. Es war kurz vor neun. Bald würden meine Mutter und ihr Mann ebenfalls ihr Zimmer verlassen und zu ihnen stoßen. Es schien mir unvorstellbar, dass ich aussteigen und mich einfach so, als wäre nichts, zu ihnen setzte. Wusste ihr Mann, dass es mich gab? Und worüber hätten wir drei uns miteinander unterhalten sollen? In den ersten dreizehn Jahren meines Lebens hatte Evelyne mir stets dieselben Sätze wiederholt, und ich hatte keine Ahnung, was sie ihnen hinzugefügt hätte, wenn sie sich in den Osterferien 1988 nicht auf und davon gemacht hätte. Ich hatte die nächsten dreißig Jahre damit verbracht, die Fragen, die sie mir stellte, tief in meinem Innern zu hören, ohne je eine Antwort zu finden. Ihre Stimme verschmolz mit meiner inneren Stimme und führte dieses sinnlose Verhör mit mir immer weiter. Ich hatte den Eindruck, wir hätten nie über das gesprochen, was wichtig war. Während all dieser Jahre der Abwesenheit hatte ich mich an Evelyne gewandt, indem ich Musik komponierte, und vielleicht spielte sie sonntagabends Klavier im Gedanken, ich höre ihr rittlings auf einem Sessel sitzend zu wie damals, als ich von ihrer Wohnung aus den Eiffelturm zu erblicken suchte. Wir waren durch eine sonderbare Musik miteinander verbunden, der Musik der Stille.

Kurz vor zehn betrat meine Mutter den Patio. Der Angestellte räumte die Tische ab, es war ein kleines Hotel, und die anderen Gäste waren bereits an die frische Luft oder in ihre Zimmer zurückgegangen. Ihre Haare waren ungekämmt, als hätte sie sich beeilt. Hatte sie den Wecker gestellt, um sicher zu sein, rechtzeitig da zu sein, bevor das Büffet abgeräumt wurde? Evelyne trug ein beiges Sommerkleid mit Blumenmuster und hatte ihre große Sonnenbrille auf die Stirn geschoben. Sie setzte sich an den Tisch neben dem Schmiedeeisentor, zwischen die beiden weißen Steinmäuerchen. Es war Samstag, und am nächsten Tag würde meine Mutter das Hotel mit ihrem Mann verlassen. Ob sie danach zu ihren Kindern und Enkeln in ihr Ferienhaus fuhren? Ich weiß nicht warum, aber ich stellte mir vor, sie wären glücklich.

Während sie sich am Büffet bediente, stellte der Angestellte ein Kännchen Kaffee auf den Tisch. Ihr Mann kam zehn Minuten später, in einem karierten, kurzärmligen Hemd, Bermudas und Sandalen. Sie wirkten beide älter als am Abend zuvor, ihr Gesicht war geschwollen, und ohne das Lächeln zeugten die Falten um den Mund von den verflossenen Jahren. Er stand ebenfalls auf, um zum Büffet zu gehen. Sie sprachen wenig beim Essen. Diese Frau glich meiner Mutter nicht. Sie war nicht sehr um ihr Aussehen besorgt, und sie hatte mit dem dickbäuchigen Hotelangestellten nicht zu spaßen versucht, als sie um einen Sonnenschirm bat. Diejenige, an die ich mich erinnerte, war eine elegante junge Frau, die mich in die einfachen Cafés mitnahm. War Evelyne nur älter geworden, oder war sie hinter dieser Dame mit dem bürgerlichen Verhalten verschwunden? Wenn ich künftig an sie denken würde, käme mir nun als Erstes das Bild dieser distanzierten Frau vor Augen. Ich war auch nicht mehr dieses Kind, das sich mit seiner Mutter im Bistro langweilte. Meine Erinnerungen kamen mir jetzt lächerlich vor angesichts der Wirklichkeit der Gegenwart. Als er seine mit Butter bestrichenen Brote gegessen hatte, holte ihr Mann an der Rezeption die Zeitung. Er blätterte die Seiten um, während er seinen Kaffee trank, als wäre er allein. Meine Mutter starrte ins Leere. Hatte sie mich am Abend in den Sitzreihen der Zuschauer bemerkt? Spürte sie meinen Blick, der sich hinter der Scheibe auf sie richtete?

Wie damals, als sie am Samstagmorgen im Novotel neben der Schule mit mir schwimmen ging, passte ich auf, mich nicht zu weit vom Beckenrand zu entfernen: Ich hatte nicht den Mut, zu ihr zu gehen. Gewöhnlich hatte sie kaum auf mich geachtet, einmal jedoch bekam sie einen Wutanfall: Sie nehme mich jetzt schon so lange hierher mit, hatte sie gesagt, und es ärgere sie, dass ich immer im Flachen bleibe. Dabei sei es ganz einfach, man halte die Arme vor die Brust, lege beide Hände aneinander und stoße sich ins Wasser, erklärte sie, indem sie mir die Bewegungen vormachte. Man müsse im Leben nach vorne blicken, hatte sie noch hinzugefügt, bevor sie wieder ihre Längen schwamm. Als Evelyne am anderen Ende des Beckens innehielt, um Atem zu schöpfen, während ich sie beobachtete, legte sie die beiden Handflächen aneinander und zeigte in meine Richtung. Auf ihren Lippen las ich: Man muss nach vorne blicken. Wusste sie bereits, dass sie fortgehen würde, und wollte mir im Schwimmbecken Mut machen? Viel war das nicht, um für den Rest des Lebens allein zurechtzukommen.

Evelyne ging kurz vor ihrem Mann wieder aufs Zimmer. Ich beruhigte mich ein wenig und schaute dem Hotelangestellten zu, der im Hof die Tische abräumte. Seine Bewegungen waren jetzt langsamer, und er schaute hin und wieder in meine Richtung. Ich hatte den Eindruck, er wollte, dass ich ausstieg und auf einem Hocker an der Hotelbar auf Herrn und Frau Altman wartete. Hatte er es nicht vorhin vorgeschlagen? Das kann doch nicht so schwer sein, sagte er mir, indem er seine Brille mit den runden Gläsern abnahm, alles, was Sie brauchen, um der Dame den Schal zurückzugeben, ist ein kleines bisschen Mut.

Ich wartete, bis der Angestellte an die Rezeption zurückgekehrt war, dann stieg ich aus. Meine Beine waren gefühl-
los geworden, und ich ging ein paar Minuten durch das Dorf,
bis ich auf einem besonnten Platz ein Café fand. Ein Glas
Porto würde mir jetzt guttun. Ich setzte mich im Schatten
einer Platane auf die Terrasse. Ein Mann in Jeans und hell-
gelbem Hemd, die Ärmel hochgekrempelt, kam, um die Bestellung aufzunehmen. Der Platz war von Provence-Häusern
mit Fensterläden in verschiedenen Farben umgeben. Gegenüber vom Café erblickte man die Türme des Schlosses Florans, darüber die Zypressen und Platanen des Parks. Beim
Gedanken an das Glas Porto entspannte ich mich ein wenig:
Nach einigen Schlucken würde ich bestimmt eine künstliche
Leichtigkeit spüren, die mich vergessen ließ, dass sich meine
Mutter ganz in meiner Nähe in einem Hotel befand. Als der
Mann mich bediente, entschuldigte ich mich. Danke, aber
eigentlich hätte ich gerne noch ein zweites Glas, sagte ich,
ohne dass ich es wagte, ihm in die Augen zu sehen. Er ging
kommentarlos davon. Er hatte stark behaarte Arme, und auf
den Fingergliedern waren die Härchen ganz schwarz.

Als er mir das zweite Glas Porto brachte, sah ich Evelyne
den Platz überqueren. Sie war viel eleganter als beim Frühstück. Ihre Haare waren zu einem Knoten gebunden, sie trug
ein weißes, ärmelloses Leinenkleid, dazu offene Schuhe mit
Keilabsatz und einem Riemen um die Knöchel. Sie kam mit
ihrer großen schwarzen Brille auf das Café zu, die Sonne verlieh ihrer Haut einen goldenen Schimmer. Als sie sich an den
Nebentisch setzte, war meine leichte Berauschtheit vom ers-

ten Glas auf der Stelle verflogen. Ich drehte den Kopf in die entgegengesetzte Richtung. Ich hörte, wie sie beim Kellner einen Kaffee bestellte, sie schien nicht das erste Mal hier zu sein, denn der Dunkelhaarige im gelben Hemd fragte sie, ob das Konzertprogramm für den heutigen Abend nach ihrem Geschmack sei. Ja, sie werde sich die Beethoven-Sonaten anhören, antwortete sie, und am nächsten Morgen mit ihrem Mann wieder abreisen. Meine Mutter hatte noch dieselbe hohe Stimme wie vor dreißig Jahren; am Telefon hatte ich stets den Eindruck gehabt, mit einem Mädchen in meinem Alter zu sprechen. Nach dem Tod meines Vaters war meine tief geworden wie die eines Erwachsenen. Falls die Stimme das Gemüt widerspiegelt, sagte ich mir, dann wäre ich schon seit sehr langer Zeit älter als meine Mutter, während sie die junge, neunzehnjährige Frau auf dem Foto geblieben war.

Nach ein paar Minuten sprach Evelyne mich an:

»Kann ich etwas für Sie tun?«, fragte sie in einem zögernden Ton und nahm ihre Sonnenbrille ab.

Ich wagte ihr nicht in die Augen zu sehen. Hatte sie mich wiedererkannt? Ich hatte mich heute Morgen nicht rasiert, bevor ich losgefahren war. Vielleicht wollte sie mir ihre Hilfe wegen der Porto-Gläser auf meinem Tisch anbieten. Es war kaum Mittag, und ich musste sie an die Männer erinnern, die in den Bistros, in die sie mich schleppte, an der Bar herumhingen.

»Danke, Madame«, antwortete ich, als hätte ich mit der Kellnerin eines vornehmen Restaurants gesprochen, »sehr liebenswürdig von Ihnen, aber ich brauche nichts.«

Warum hatte ich mit meiner Mutter in diesem verächtlichen Ton gesprochen? Wahrscheinlich wollte ich, dass sie
mich in Frieden ließ. Dieser innere brennende Schmerz kapselte mich ab und hinderte mich zu antworten. Es war derselbe Schmerz, der mich mit dreizehn Jahren dazu gebracht
hatte, mich in die Platten meiner Mutter zu flüchten, doch
ich war mir meines Leids nie bewusst, ich hörte nur die Musik, die an der Oberfläche spielte. Und bestimmt hatte ich
ihn genauso erstickt, wenn ich komponierte.

Was hätte ich Evelyne sagen können? Dass ich sie nach all
den Jahren endlich verstanden hatte? Aber das reichte nicht,
damit wir es schafften, einander zu lieben, meine Mutter
und ich. Ich war nur ein treues Hündchen, das sich in der
Erinnerung an seine Eltern suhlte.

»Monsieur, verzeihen Sie, wenn ich insistiere«, sagte sie
im selben affektierten Ton.

Sie war aufgestanden und suchte meinen Blick. Ich drehte
den Kopf weg, ich weinte wie ein kleines Kind.

»Jérôme ... bitte!«, sagte sie und zog mich am Arm zu sich
heran. »Los, komm, lass uns von hier weggehen. Gehen wir
spazieren.«

Sie kramte in ihrem Portemonnaie und legte einen Geld-
schein auf den Tisch. Wir gingen Richtung Park, in dem ich
ihr und ihrem Mann nach dem Konzert gefolgt war. Sie war
nicht mehr geschminkt, es schien mir, als hätte sie ebenfalls
geweint.

»Maman.«

Wir spazierten durch die Allee. Mit den Keilabsätzen war meine Mutter größer als ich. Als sie mich am Arm fasste, stieß ich sie nicht zurück. In der Mitte des Wegs fiel die strahlende Sonne der Provence in unsere Gesichter, aber ich spürte kein Bedürfnis, mich mit dem Handrücken zu schützen. Wenn sie mich blendete, nahm ich es an, wie ich meine Mutter annahm, mit Angst, in die sich Hoffnung mischte, ohne etwas an diesem Augenblick verändern zu wollen.

»Und, hat dir das Konzert gestern gefallen?«, fragte sie mich angesichts der Sitzreihen, vor denen mein Freund sein Konzert gegeben hatte.

»Ja.«

Wir setzten uns im Schatten der Platanen auf eine Bank. Hier war es kühler, so wie an Sommertagen unter den Arkaden an der Place des Vosges. Seit wie langer Zeit war ich nicht mit meiner Mutter spazieren gegangen? War ich bis zu diesem Moment überhaupt schon jemals mit ihr spazieren gegangen?

»Es ist der Traum jedes Pianisten, einmal hier zu spielen«, sagte ich, als erwartete ich, sie würde mir ihre Träume als junge Konservatoriumsstudentin anvertrauen.

Evelyne schwieg eine Weile. Was verband diese beiden Frauen noch miteinander?

»Und du, Jérôme, gibt es etwas, das du bereust?«

»Was ich bereue? … Nein, ich glaube nicht.«

»Dann schaffst du es, glücklich zu sein.«

»So einfach ist das nicht«, sagte ich kühl.

Sie erinnerte mich an Laurent, sie hatte dieselbe Sicht

auf das Leben. Ich hatte ihn seit mehreren Jahren nicht mehr gesehen, wir schickten einander aber regelmäßig, zweimal pro Jahr, eine Postkarte. Wir waren in Kontakt geblieben, nachdem Yves weggegangen war. Laurent hatte einen Klavierlehrer für mich gefunden und meine musikalischen Fortschritte mitverfolgt bis zu meinem Eintritt ins Conservatoire von Paris. Mit dem Einverständnis meines Onkels durfte ich ihn damals an einem Sonntag im Monat besuchen. Laurent beriet mich, welche klassischen Schallplatten ich mir anschaffen sollte, und erzählte mir von meiner Mutter, von ihrem Spiel. Er hoffe, dass ich eines Tages eine erfolgreiche Oper komponieren würde, schrieb er mir auf die Rückseite der Ansichtskarten von Saint-Rémy-lès-Chevreuse, wo er inzwischen wohnte. Er und meine Mutter hatten das Alter erreicht, wo man das Gespür für die Realität zu verlieren beginnt und einem alles möglich scheint. Waren sie in ihren Träumen gefangen? Oder lebten sie noch einmal ihre Jugend, indem sie die Schwierigkeiten der Dinge vergaßen, den Zufall, die dafür gesorgt hatten, dass sie scheiterten, ohne es zu merken und ohne noch einmal von vorne anfangen zu können?

»Du bist noch sehr jung, weißt du das?«, sagte meine Mutter mit sanfter Stimme.

Obwohl sie mit ihrem Lächeln darüber hinwegzutäuschen suchte, war um den Rand ihrer Lippen noch immer die Kraft einer rebellischen jungen Frau zu spüren. Nichts legt sich mit der Zeit, nicht die Leidenschaft, nicht die zerbrochenen Träume.

Vielleicht sollte ich mich nicht beklagen und meine Mutter im Glauben lassen, ich sei glücklich.

Ich wagte es nicht, sie zur Rechenschaft zu ziehen: Wo war sie während all dieser Jahre gewesen? Hatte sie noch mehr Kinder bekommen? Und sie, schaffte sie es, glücklich zu sein?

Ich zog es vor, ihr nicht von Laurent zu erzählen. Ich hatte auch das Recht, ein paar Geheimnisse zu haben.

»Sag mal«, schlug ich ihr vor, »möchtest du nicht mit mir im Café einen Lottoschein ausfüllen? Ich glaube, auf der anderen Seite des kleinen Platzes gibt es einen Bar-Tabac.«

»Einverstanden«, sagte sie. »Aber lass uns erst noch ein wenig weiterspazieren.«

Inhalt

Elena Costa, geboren 1986 in Nancy, hat zypriotsch-griechi-sche wie auch deutsche Wurzeln, ihr Großvater kam aus Berlin. Seit 2006 lebt sie in Paris. *Der Traum vom kühnen Leben*, erschienen 2020 bei Gallimard, ist ihr zweiter Roman und ihre erste Publikation in deutscher Übersetzung.

Lis Künzli studierte Germanistik und Philosophie in Berlin und lebt heute in Toulouse. Sie hat Amin Maalouf, Camille Laurens, Pascale Hugues, Marivaux, Corinna Bille u. a. über-setzt und wurde 2009 mit dem Eugen-Helmlé-Übersetzer-preis ausgezeichnet.

EDITION BLAU
Rotpunktverlag